reinhardt

Anne Gold

Das LACHEN des Clowns

Kommissär FERRARI

Friedrich Reinhardt Verlag

Lektorat: Claudia Leuppi
Gestaltung: Bernadette Leus, www.leusgrafikbox.ch
Illustration: Tarek Moussalli
ISBN 978-3-7245-2081-8

www.reinhardt.ch

Willst du den Charakter eines Menschen erkennen,
so gib ihm Macht.
Abraham Lincoln

1. Kapitel

Aus der Hard drangen Trommel- und Pfeifenklänge. Trotz Dauerregen, der die Waldwege in einen Morast verwandelt hatte, liessen einige Fasnachtscliquen keinen Abend aus, um sich mit Marschübungen den letzten Schliff für die Fasnacht zu geben. Nur noch ein, zwei Tage, dann ist dieser Spuk endlich vorbei, dachte Kommissär Francesco Ferrari, der absolut gar nichts damit anfangen konnte. Puma, die schwarze Nachbarskatze, kratzte an der Balkontür. Einem lieb gewonnenen Ritual folgend, erhob sich Ferrari und liess sie hinein. Mit herzzerreissendem Miauen streifte die Katze um seine Beine und begann sofort zu schnurren, als ihr der Kommissär über den Kopf strich.

«Puh! Du bist ja total nass.»

Ferrari holte aus dem Badezimmer ein Handtuch und rieb die Katze trocken, sie schien es sichtlich zu geniessen. Von Minute zu Minute verstärkte sich der Regen. Da werden wohl auch die letzten unbeirrbaren Fasnächtler ihre Übung abbrechen. Gut so. Tja, alles hat seine zwei Seiten. Der Kommissär nahm sein Rotweinglas und prostete in Richtung Waldrand. Seit dem Vogel Gryff rannten sie Tag für Tag wie die Verrückten durch den Wald und jetzt, kurz vor dem

Morgestraich, liefen die Vorbereitungen natürlich auf Hochtouren. Gedankenverloren schüttelte er den Kopf. Diese Welt wird sich mir nie öffnen. Als Sohn einer genialen Schnitzelbanggsängerin und eines Tambours, der im Keller neue Märsche kreierte, floh er seit Jahren mit seiner Partnerin Monika und deren Tochter Nikki in die Berge. Die Natur und die Ruhe taten einfach gut. Was gab es Schöneres? Ein Schmunzeln umspielte Ferraris Lippen. Schon als Binggis hatte ihn niemand dazu gebracht, in eine Clique einzutreten, um im Vortrab mit zu marschieren und unzählige Fasnachtszettel zu verteilen. So verbrachte der kleine Francesco wohl oder übel diese drei Tage bei den Grosseltern, die ihn trotz gewaltigem Terror gnadenlos an den Cortège schleppten. Widerstand war zwecklos! Vom Donnerstag an war die Welt dann wieder einigermassen in Ordnung. Mutter Martha krächzte zwar noch einige Tage vor sich hin, zumal sie bereits nach dem ersten Abend die Stimme verloren hatte, während sich Vater Herbert schlicht vom einen oder anderen zu viel genehmigten Glas Wein und den zig Kilometern in den Knochen erholen musste. Spätestens am Wochenende waren alle Blessuren wie durch ein Wunder verschwunden. Und so stimmten sich die beiden beim traditionellen vom Schweizer Fernsehen produzierten Querschnitt ganz nach dem Motto «Nach der Fasnacht ist vor der Fasnacht» bestens gelaunt aufs kommende Jahr ein. Nur eine Sache wurmte seinen Vater immer wieder von

Neuem, auch wenn er sich nichts anmerken liess. Die beste Fasnachtsclique aller Zeiten, selbstverständlich seine, wurde von diesen ignoranten Fernsehmachern aus Leutschenbach boykottiert. Die verstanden einfach nichts von der Basler Fasnacht! Mutter sass derweil schmunzelnd neben ihm und verkniff sich jegliche Bemerkung, zumal sie seit Jahren Stammgast in der Sendung war. Die Welt war und blieb nun einmal ungerecht. Doch mit der Zeit wurde dem heranwachsenden Francesco auch klar, weshalb es in diesem speziellen Fall so war. Bei aller Liebe zum Detail und allem Engagement während des ganzen Jahrs blieb sein Vater Mittelmass. Seine Mutter hingegen war ein Schnitzelbanggstar, die nach ihrem Rücktritt nur so mit Ehrungen überhäuft wurde. Die «Basler Zeitung» widmete ihr sogar vier Sonderseiten und zitierte ihre besten Pointen. Vermutlich hat es mit charakterlicher Stärke zu tun, wenn ein Mensch im richtigen Moment zurücktritt. Diese Eigenschaft war Ferraris Vater nicht gegeben. Selbst als er den Zenit überschritten hatte und seine Kameraden sich längst in die Alte Garde verzogen hatten, marschierte er unverdrossen mit der Stammclique mit. Aus Respekt gegenüber dem alten Mann, der viel für die Clique geleistet hatte, hielten sich die Jungen bedeckt. Doch eines Tages kam es zum Eklat. Als Herbert Ferrari total erschöpft bei den Marschübungen nicht mehr mithalten konnte, schlug ihm der Obmann vor, dieses Jahr ausnahmsweise auszusetzen, weil er nach einer längeren Krankheit konditionell noch nicht in Form sei. Die Reaktion war heftig. Schäumend vor Wut warf er den Bettel hin und trat noch am gleichen Abend, vor dem Einpfeifen der Laterne, aus der Clique aus. Und von diesem Tag an durfte das Thema Fasnacht im Hause Ferrari nicht mehr erwähnt werden. Ein Umstand, der Ferrari junior nicht im Geringsten störte. Erst nach dem Tod des geliebten Vaters hatte seine Mutter noch ein-, zweimal versucht, ihren Sohn von der Schönheit der Basler Fasnacht zu überzeugen, allerdings ohne Erfolg.

Monika und Nadine Kupfer, Ferraris Kollegin, kamen aus der Küche.

«So, fertig mit dem Aufräumen. Kriegen wir auch noch ein Glas Wein?»

«Sicher!»

«Die haben aber Ausdauer, und das bei diesem Wetter.»

«Ich bin froh, wenns vorbei ist, Monika. Jedes Jahr das Gleiche. Einen Monat lang rennen sie wie die Wahnsinnigen durch die Hard, ohne Rücksicht auf die Anwohner.»

«Irgendwo müssen sie ja üben.»

«Nur nicht gerade vor unserer Haustür.»

«Oh, oh! Dringt hier wieder einmal der Fasnachtshasser durch?», fragte Nadine schmunzelnd.

«Ich hasse die Fasnacht nicht. Ich kann nur nichts damit anfangen. Kadergehorsam, Marschübungen – wie im Militär.»

«Die machen das alles freiwillig.»

«Die spinnen doch.»

«Du musst wissen, Nadine, Francesco ist fasnachtgeschädigt. Seine Mutter war eine begnadete Schnitzelbänggleriн und sein Vater ein grossartiger Tambour.»

«Martha hat Schnitzelbängge gesungen? Das kann ich gar nicht glauben.»

«Es ist wahr. Sie schrieb wirklich gute Texte, ihre Pointen werden noch heute oft zitiert. Sie war ein richtiger Star.»

«Da hat Francesco aber nichts vom Talent seiner Mutter abbekommen.»

«Na ja, ein Humorbolzen ist er nicht gerade. Aber er hat andere Qualitäten.»

«Gut, dass wir darüber gesprochen haben. Wenn ihr mich weiter beleidigen wollt, nur zu. Dann kann ich ja gehen.»

«Komm schon, Brummbär, es war nicht so gemeint.»

Monika strich ihm durchs Haar.

«Lass das! Ich mag das nicht.»

Ferrari rückte von ihr ab.

«Gut, dann eben nicht, mein Schatz.»

«Die drehen heute Abend total durch. Es ist bereits halb elf. Wann hören die endlich auf? Das ist Ruhestörung.»

«Du kannst ja die Polizei rufen.»

«Eine gute Idee, Nadine. Die sollen die Spinner aus dem Wald vertreiben.»

«Am Sonntag ist es vorbei, Liebling.»

«Zum Glück! Ich werde mich einmal mit Kuno unterhalten.»

«Wer ist Kuno?»

«Unser Jurist. Ich will wissen, wie lange die trommeln und pfeifen dürfen.»

«Wozu? Willst du die gesamten Basler Fasnachtscliquen verklagen? Ich sehe schon die Schlagzeile vor mir: ‹Schickimickikommissär schiesst sich auf die Basler Fasnacht ein›. Ist Staatsanwalt Borer nicht bei den Olympern?»

«Du hast recht, Nadine. Das wird ihm gar nicht gefallen. Und Olivia Vischer ist bei der Spezi.»

«Oje. Da sammelt Francesco auch keine Punkte.»

So ist das in unserer Stadt! Alle nehmen irgendwie an der Fasnacht teil. Aktiv oder passiv. Im Vorstand, in der Clique oder bei einer der wie Pilze aus dem Boden schiessenden Vorfasnachtsveranstaltungen. Die Basler Fasnacht ist sozusagen der Heilige Gral. Wer gegen die Fasnacht ist, wird ausgemistet. Ohne Rücksicht auf Verluste.

«Was ist denn das?»

Monikas Stimme überschlug sich. Blitzartig setzte sich der Kommissär auf das Handtuch. Monika riss es unter ihm weg.

«Wieso liegt das Handtuch hier auf der Couch?»

«Ich habe mir die Hände gewaschen und …»

«Hundert Mal, nein, tausend Mal habe ich dir gesagt, du sollst Puma nicht mit unseren Handtüchern abreiben, Ferrari.»

Monikas Stimme klang gefährlich und dass sie den Kommissär beim Nachnamen nannte, sprach Bände.

«Ich … sie war nass, da …»

Monika warf ihm das Handtuch ins Gesicht.

«Bin ich denn hier eigentlich nur die Dienstmagd? Der Herr holt sich einfach zum weiss nicht wie vielten Mal ein Handtuch, um seinen kleinen Liebling trocken zu reiben.»

Puma verzog sich unter die Polstergruppe.

«Noch einmal, Ferrari, und du kannst deine Wäsche selbst waschen!»

Nadine sah der Szene belustigt zu.

«Und alles wegen eines blöden Handtuchs», brummte Ferrari.

«Was hast du gesagt?»

«Nichts! … Komm, Puma, wir gehen.»

«Aber diese Nacht schläft sie nicht bei uns im Schlafzimmer. Hörst du?!» Monika wandte sich an Nadine. «Unsere Nachbarin ist nach der fünften Operation innerhalb von zwei Jahren noch im Spital. Deshalb kümmern wir uns um die Katze. Ich bin echt froh, wenn sie wieder zu Hause ist. Gestern lag die Katze nämlich sogar auf unserem Bett!»

«Nur am Fussende.»

«Wag es nicht, sie nass aufs Bett zu setzen.»

«Ja, ja, schon gut. Komm Puma, wir gehen. Hier bei den bösen Frauen ist es nicht lustig.»

«Übrigens, Andreas hat sich gestern das Bein gebrochen.»

Misstrauisch sah Ferrari zu Monika hinüber. Was bezweckte sie mit dem plötzlichen Themenwechsel?

«Andreas? Welcher Andreas?»

«Wie viele Andreas kennen wir?»

«Hm! Du meinst den Hampelmann von nebenan.»

«Red nicht so von ihm. Er ist ein sehr netter Mensch und Eleonore gehört zu meinen Freundinnen.»

«Eine grüne Spinnerin!»

«Francesco!»

«Ist doch wahr. Die haben ja nicht einmal einen Fernseher.»

«Das ist natürlich ein schlagendes Argument, um Eleonore als grüne Spinnerin zu bezeichnen.»

«Tatsache ist, dass die arme Sau ständig unter einem Vorwand zu uns rüberkommt, um mit mir Fussball zu schauen. Kreativ ist er ja, damit er von zu Hause abhauen kann. Ich habe ihm schon mehrmals …»

«Sprich ruhig weiter, Francescolein.»

«Hm! Gut. Ich habe ihm schon mehrmals gesagt, dass er ein Waschlappen ist. Er soll endlich auf den Tisch hauen. Besser noch, er soll seine über alles geliebte Eleonore, sein Zuckermäuschen, einfach mit einem Fernseher konfrontieren. Mich nervt seine ständige Anwesenheit. Er stopft meine Chips rein, als ob es von morgen an verboten wäre, und säuft meinen Wein, von trinken kann keine Rede sein, um dann jedes Mal halb besoffen nach dem Spiel heimzutorkeln. Wahrscheinlich erzählt er der dummen Kuh, dass ihn der böse Francesco zu Chips und Wein verführt hat. So schaut sie mich nämlich immer an. Als ob ich der Teufel in Person bin.»

«Ich gebe zu, sie ist etwas eigen.»

«Ha! Eigen! Das ist aber sehr nett ausgedrückt. Was solls. Das ist nicht unser Problem. Jetzt hat sich der Hanswurst auch noch das Bein gebrochen. Das passt zu ihm.»

«Wie meinst du das, Francesco?», hakte Nadine nach.

«Kennst du den Schauspieler Pierre Richard?»

«Ich habe einen Film mit ihm und Gerard Depardieu gesehen. Weshalb fragst du?»

«Pierre Richard spielt immer den zerstreuten Tollpatsch, der unverschuldet in die kritischsten Situationen gerät. Er zieht das Unglück magisch an. Der da drüben ist unser Pierre Richard. Selbst wenn in ganz Birsfelden die Sonne scheint, regnets über dem Haus von Andreas. Wie hat er sich eigentlich seinen Scheichen gebrochen?»

«Er ist in eine Baugrube gefallen, an der Wartenbergstrasse reissen sie die Strasse auf.»

«Was!? War die Baustelle nicht gesichert?»

«Doch, schon. Er hielt sich an der Bauschranke fest, um hineinzuschauen, und ist dann samt der Schranke abgestürzt.»

«War das Loch tief?»

«Nicht wirklich, aber Andreas prallte unglücklich auf eine der Leitungen.»

«Siehst du, Nadine. Das meine ich. Bei jedem anderen hätte die Absperrung gehalten, nur nicht bei ihm. Der Trampel fällt mit ihr zusammen in die Baugrube und bricht sich das Bein. Jetzt hängt mir die Klette noch mehr am Hals. Er wird jeden Abend auftauchen, mich mit seinen treuen Hundeaugen anglotzen und fragen: ‹Störe ich dich, Francesco? Ich komm nur auf einen Sprung vorbei, dann bin ich schon wieder weg. Ah! Ist das ein Champions-League-Match? Darf ich mich etwas zu dir setzen? Nur für die erste Halbzeit. Ich muss dann wieder zu Eleonore, sie vermisst mich sicher schon. Was trinkst du da? Einen roten Dezaley. Ein guter Wein. Macht es dir etwas aus, wenn ich ihn koste?›», äffte der Kommissär den Nachbarn nach.

«Nun hab dich nicht so. Er ist ein lieber Mensch.»

«Eine Nervensäge.» Ferrari gähnte. «Ausserdem bin ich müde und will nicht länger über Andreas diskutieren. Ihr kommt sicher auch ohne mich aus. Komm, Puma, wir gehen schlafen.»

«Da wäre noch eine Kleinigkeit!»

Ferrari sah die beiden fragend an. Was kommt denn jetzt? So, wie die zwei dasitzen, schwant mir nichts Gutes. Das gefällt mir nicht. Überhaupt nicht! Beim letzten Mal sollte ich auf der Schützenmatte für die Stiftung von Olivia Vischer unzählige Runden laufen. Das wurde zum Glück durch einen Mord verhindert. Na ja, das klingt jetzt etwas pietätlos. Was hecken die beiden bloss aus?

«Wie gesagt, Andreas liegt mit gebrochenem Bein im Bett.»

«Das hatten wir schon. Und, was heisst das?»

«Lea und Iris brauchen deshalb einen Ersatz.»

«Ich verstehe nicht, einen Ersatz wofür? Was haben Andreas' Kinder mit seinem gebrochenen Bein zu tun? Und vor allem, was geht das mich an?»

«In drei Tagen ist Fasnacht, mein Schatz.»

«Unüberhörbar! Und?»

«Andreas wollte mit den Kleinen am Montag an den Cortège.»

Ferraris Augen weiteten sich vor Schreck.

«Kommt nicht infrage!»

«Und am Dienstag an den Kinderumzug.»

«Spinnst du, Nadine?»

«Sie basteln seit Wochen an einem Leiterwagen herum. Sie freuen sich riesig auf die Fasnacht.»

«Eleonore hat den beiden zwei sensationelle Kostüme geschneidert und für Andreas, der den Leiterwagen ziehen sollte, einen Waggis.»

«Das ist nicht euer Ernst! Womöglich soll ich noch mit den Mädchen an den Morgestraich?!»

«Das ist lieb von dir, aber nicht nötig. Auf deinem Programm stehen nur der Cortège und die Kinderfasnacht, Liebling!»

Das darf doch alles nicht wahr sein! Ich soll als Waggis verkleidet am Dienstag bei Wind und Regen mit zwei kleinen Kindern und womöglich noch mit dieser Eleonore im Schlepptau am Kinderumzug teilnehmen? Mit einer Larve, unter der ich ersticken werde! Und alles, weil sich Pierre Richard das Bein gebrochen hat. Womöglich mit Absicht, um nicht an dem stupiden Umzug teilnehmen zu müssen.

«Nun, was ist, Francesco?»

Monika konnte sich ein Lächeln nicht verkneifen und auch Nadine schmunzelte auf den Stockzähnen.

«Nein und nochmals nein! Mein letztes Wort. Ich spiel nicht den Pausenclown für diese Eleonore.»

«Du machst es für die Kinder oder magst du die Kleinen nicht?»

«Hm!»

Die beiden Hyänen haben meinen wunden Punkt getroffen. Es sind zwei sehr nette Mädchen. Höflich, hilfsbereit, lustig, verspielt und manchmal ein bisschen frech. Genau so, wie Kinder sein sollten.

«Wer hilft dir im Spätsommer, die Äpfel einzusammeln, die am Boden verfaulen würden, weil der Herr des Hauses sie nicht pflücken will? Wer recht das Laub, während der Pascha träge auf seiner faulen Haut liegt?»

«Also, ich muss schon bitten!»

«Ganz richtig geraten. Es sind Lea, Iris und Nikki, die deine Arbeit machen.»

«Kinderarbeit! Schäm dich, Francesco!»

«Diese lieben Kinder sind jetzt traurig, todtraurig. All ihre schönen Fasnachtspläne haben sich in Luft aufgelöst, weil sich der hartherzige Nachbar querstellt.»

«Schöner Nachbar!»

«Komm, Nadine, wir gehen in die Küche. Du

musst dich nicht weiter bemühen, Francesco. Ich gehe morgen früh rüber und sage Eleonore, dass du nicht kannst. Aus beruflichen Gründen. Ich lüge sogar für dich, alles andere ist mir so was von peinlich.»

«Wir wären sogar mitgekommen», fügte Nadine an.

«Stimmt. Du hättest nur den Leiterwagen ziehen müssen. Mehr nicht. He … ich rede mit dir. Was spielst du da mit deinem Natel herum?»

«Francesco trägt seit Neustem seine Termine im iPhone ein. Da staunst du, Monika.»

«Also, was ist jetzt?»

Monika verlor langsam, aber sicher die Geduld.

«Mittwoch geht nicht!»

«Aha, und warum nicht?»

«Da ist Champions League.»

«Blödsinn! Während der Fasnacht ist kein Fussball.»

«Die internationalen Spiele finden trotzdem statt. Unsere Fasnacht interessiert die UEFA nicht.»

«Und wer spielt an diesem Tag?»

«Monaco gegen Arsenal und Leverkusen gegen Atletico Madrid.»

«Na, das ist ja kein Problem. Ich dachte schon dein Marco spielt.»

«Das Rückspiel in Porto findet erst am 10. März statt. Mit dem Unentschieden haben wir eine gute Chance, in die Viertelfinals zu kommen. Ich bin jetzt schon ganz aufgeregt, wenn ich daran denke.»

«Dann steht der Fasnacht ja nichts im Weg.»

«Du kannst dich auf den Kopf stellen, Monika. Es bleibt dabei. Montag und Dienstag sind mir egal, am Mittwoch schaue ich Champions League.»

«Was diskutiert ihr da eigentlich? Die Spiele beginnen doch erst um Viertel vor neun.»

Monika sah Nadine irritiert an.

«Stimmt das, Francesco?»

«Sag ich doch die ganze Zeit.»

«Hast du nicht. Ich dachte, die spielen viel früher.»

«Champions-League-Spiele beginnen immer um Viertel vor neun. Das weiss doch jeder.»

«Gut, damit können wir die Diskussion beenden. Die Kids müssen spätestens um acht zu Hause sein. Die sind dann sicher total durch den Wind und du kannst problemlos vor der Kiste für deinen Marco Tränen vergiessen.»

«Wenn er nicht noch eine Saison anhängt. Kann ja durchaus sein, oder?»

«Möglich wäre es natürlich schon. Aber ich will nicht …»

«Schluss mit der Diskussion! Ich kanns nicht mehr hören. Marco hier, Marco da. Es wundert mich, dass im Arbeitszimmer nicht alles mit Marco-Postern zugepflastert ist.»

«Eine gute Idee!»

«Untersteh dich. Und, was ist jetzt? Wenn wir dir garantieren, dass du am Mittwoch um acht zu Hause bist, springst du dann für Andreas ein?»

«Ja, ich machs. Weil ich die Mädchen mag. Aber ihr kommt mit. Wehe, ihr haut einfach ab. Dann könnt ihr was erleben. Und ohne den Waggis, damit das klar ist.»

Sie sahen sich triumphierend an und verzogen sich tuschelnd in die Küche. Diese Runde ging ganz klar an das weibliche Geschlecht. Weshalb gebe ich eigentlich immer nach? Oder anders herum gefragt, warum sperre ich mich überhaupt dagegen? Sie gewinnen immer. Sie wissen nur zu gut, wie sie mich in die Defensive drängen und letztendlich besiegen können. Ein raffiniertes Gespann! Und alles, weil Monika in diesem Jahr nicht wegfahren kann. Eine ihrer Apothekerinnen erwartet ein Kind und muss sich nun vorzeitig schonen. Im Klartext heisst das, die letzten sieben Wochen liegen. Auch nicht gerade verlockend! Auf jeden Fall ist die Häufung dieser unglücklichen Zufälle nun meine Bürde. Ich bin der Hofnarr, der die Suppe auslöffeln darf. Dabei betrifft mich weder der Beinbruch noch die schwierige Schwangerschaft! Genau. Wenn ich es mir recht überlege, dann war das eine absolut unfaire Attacke von Monika und Nadine. So nicht, meine Damen! Ich gehe jetzt zu den Amazonen in die Küche und sag ihnen die Meinung. Und dann können sie sich ihren Leiterwagen weiss Gott wohin stecken.

«Ist was, Francesco?»

«Öh … ich … nein, nein. Es ist nichts. Gar nichts.

Ich freue mich nur auf den nächsten Dienstag. Gute Nacht.»

Das Lachen von Monika und Nadine überdröhnte sogar die zum Endstreich ansetzenden Fasnächtler im Hardwald.

2. Kapitel

Am Wochenende schaute sich Ferrari die Bescherung an. Eines musste man Andreas lassen, der Leiterwagen war grosse Klasse. Pierre Richard humpelte voller Stolz und ziemlich unbeholfen durch die Garage. Der Kommissär blieb auf Distanz. Womöglich trifft er mich noch mit einer seiner Krücken. Jetzt ist mir auch klar, weshalb er seinen braunen Volvo die ganze Zeit in der Einfahrt und nicht in der Garage stehen liess. Lea und Iris wichen nicht von Ferraris Seite. Sie führten ihn ins Haus und zeigten ihm die Kostüme, die ebenfalls wunderschön waren. Ehrfürchtig fuhr Ferrari über den Stoff.

«Möchtest du einen Kaffee?», Eleonore trat mit einer Tasse ins Kinderzimmer.

«Oh ja, sehr gern.»

«Danke, dass du für meinen Mann einspringst, Francesco.»

«Gern geschehen. Die Kostüme sind super. Bist du Schneiderin?»

«Eigentlich Designerin. Doch seit einigen Jahren etwas aus der Übung.»

«Scheint mir aber nicht so.»

«Danke. Das macht wirklich Spass, ist allerdings

keine besonders kreative Leistung. Es gibt nur wenige klassische Sujets. Den Waggis, die Alte Tante, den Harlekin, den Blätzlibajass,» sie dachte einen Augenblick nach, «ah ja, den Dummpeeter, den Stänzler und den Ueli. Lea wollte unbedingt eine Alte Tante und Iris ein Harlekin sein.»

«Und das sind unsere Laternen, Francesco.»

Auch diese waren mit viel Liebe und Geschick von Eleonore gestaltet worden. Ferrari spürte ein Kribbeln, so etwas wie Vorfreude machte sich bemerkbar. Vielleicht wird es ja gar nicht so schlimm.

«Schade, dass niemand den Waggis trägt. Der ist mir besonders gut gelungen», hörte er Eleonores Stimme.

Das war nun definitiv der Moment, in dem der Kommissär dringend weg musste.

In der Nacht auf Montag stand Ferrari kurz vor vier Uhr auf, weil Puma ihren morgendlichen Waldrundgang machen wollte. Im Halbschlaf liess er die Katze zur Balkontür hinaus. Es war ziemlich kühl, aber trocken. Von Weitem hörte er Trommeln und Pfeifen aus der Stadt, die Basler Fasnacht hatte soeben begonnen. Gähnend setzte er sich auf die Couch und stellte den Fernseher an. Telebasel übertrug live vom Marktplatz aus. Ferrari sah sich einige Minuten das Spektakel an und verkroch sich danach wieder unter die Bettdecke, nicht ohne die Tür zum Garten einen Spalt offen zu lassen, damit Puma ungehindert wieder hineinschlüpfen konnte. Herrlich, diese wohlige Bettwärme. Zwei, drei Stunden Schlaf lagen noch drin.

Gut gelaunt stieg Ferrari am Montagmorgen am Barfüsserplatz aus dem Dreier, um zu Fuss durch die Steinenvorstadt zum Waaghof zu schlendern. Basel ist einfach schön, auch wenn sich die Stadt derzeit im Ausnahmezustand befindet. Andere würden wohl vom Fasnachtsfieber, von den drey scheenschte Dääg reden. Wie immer war es eine Frage des Standpunkts. Vor verschiedenen Lokalen hatten die Fasnächtler unbeaufsichtigt ihre Trommeln und Larven abgestellt. Echt mutig, dachte Ferrari und nahm sich vor, die zuständigen Kollegen zu fragen, ob es während der Fasnacht zu vermehrten Diebstählen kam.

Nadine sass bereits an ihrem Schreibtisch, sie sah übermüdet aus. Langsam, fast schon in Zeitlupe nippte sie an der Kaffeetasse.

«Guten Morgen. Am Morgestraich gewesen?»

«Freinacht!» Sie gähnte herzhaft. «Es bringt nichts, um Mitternacht ins Bett zu gehen. Da haben wir einfach durchgemacht.»

«Wir?»

«Es geht dich zwar nichts an, aber ich bin heute grosszügig. Ja, wir. Ich war mit Yvo unterwegs.»

Das hätte ich mir denken können! Yvo Liechti, gut aussehender Stararchitekt und ein alter Schulfreund, der nebenbei bemerkt viel zu alt für Nadine war. Doch mit dieser Meinung stand der Kommissär ziemlich allein auf weiter Flur. Na ja, nicht ganz – Nadines Vater, Nationalrat Kupfer, stärkte ihm den Rücken.

«Es war genial. Zuerst haben wir in der Bodega gut gegessen, sind in verschiedenen Bars abgehangen, bis Punkt vier Uhr die Lichter ausgingen. Morgestraich, vorwärts marsch! Ein echt magischer Moment. Mir lief es kalt den Rücken rauf und runter. Später sind wir noch zu einem Freund von Yvo, der am Marktplatz wohnt. Und jetzt bin ich topfit und voll im Einsatz.»

«Man siehts! Aber heute Nachmittag kneifst du nicht.»

«Von wegen. Ich freue mich riesig. Fasnachtsmuffel Francesco Ferrari mit drei attraktiven Frauen und zwei Mädchen. Das wird bestimmt lustig.»

«Drei attraktive Frauen?»

«Eleonore, Monika und ich.»

«Eleonore ist nicht attraktiv.»

«Oh doch, verdammt attraktiv sogar. Nur versteckt sie es ziemlich gut unter ihren weiten Kleidern.»

«Hm. Und wann gehts los?»

«Wir treffen uns mit Monika, Eleonore und den Kids um halb zwei auf dem Wettsteinplatz. Deine Aufgabe ist es, die Kleinen bei den Wagencliquen hochzuhalten, damit sie so viele Süssigkeiten wie nur möglich ergattern können.»

Wunderbar! Und am Abend habe ich einen Hexenschuss. Das sind ja schöne Aussichten.

«Der Freund von Yvo heisst nicht zufällig Roman?»

«Du kennst ihn?»

«Allerdings. Das Haus am Marktplatz gehört ihm, so wie noch einige andere in der Innenstadt. Mich wundert, dass Yvo und Roman keine Fasnacht machen.»

«Sie setzen für ein Jahr aus. Ehrlich gesagt, ich glaube, dass sie sich nicht damit abfinden können, in der Alten Garde zu trommeln.»

«Wie bei meinem Vater. Nur nicht zugeben, dass man älter wird.»

«Sagt der, der an keinem Fenster vorbeigeht, ohne einen Blick hineinzuwerfen. Es könnte ja eine der spärlichen Haarsträhnen verrutscht sein.»

«Tja, Schönheit will gepflegt sein. Ich bin eben ein eitler Pfau, aber ich kenne meine Grenzen. Im Gegensatz zu …»

«Du meinst im Gegensatz zu Yvo.»

«Yvo Liechti, der renommierte Architekt?»

«Genau der. Guten Morgen, Herr Staatsanwalt. Wieso sind Sie denn hier und erst noch im Kostüm?»

«Ich fahre gleich nach Hause. Ich bin froh, wenn ich aus dem Zeug rauskomme. Noch ein oder zwei Jahre, dann höre ich bei den Olympern auf.»

«Wo ist denn Ihre Trommel?»

«Ich spiele Piccolo, Frau Kupfer», stellte Staatsanwalt Jakob Borer richtig.

Nadine sah den Kommissär fragend an.

«Die Olymper sind eine reine Männerclique, also ist Pfeifen auch Männersache.»

«Nur nicht so despektierlich, Ferrari. Man könnte meinen, dass es für einen Mann eine Schande ist, Piccolo zu spielen. Zudem ist das heute nicht mehr so getrennt, Frauen trommeln und Männer spielen Piccolo. Wir leben in einer modernen Gesellschaft. Da greifen Stereotypen nicht mehr.»

«Also für mich stimmt das völlig. Ich bin nämlich kein Fasnächtler.»

«Erstaunt mich nicht. Ein humorloser Mensch wie Sie kann mit der Fasnacht nichts anfangen.»

«Humorlos? Was bitte hat Fasnacht mit Humor zu tun?»

«Ha! Sehen Sie, Frau Kupfer. Ihr Partner ist ein Banause. Wie soll ich jemandem wie Ihnen den tieferen Sinn der Fasnacht erklären?»

«Versuchen Sies!»

«Nun gut. Die Fasnacht ist ...»

Weiter kam der Staatsanwalt mit seinen Erklärungen nicht. Big Georg, der Chef der Fahndung, trat ohne anzuklopfen ins Büro.

«Gott sei Dank, da seid ihr ja!»

«Hallo, Georg, willst du dich nicht setzen?»

«Keine Zeit, Nadine. Wir müssen zum Rümelinsplatz. Sofort!»

«Nun setz dich erst einmal. Du bist ja ganz fertig.»

Georg liess sich widerwillig auf Ferraris Stuhl plumpsen, der ob des Gewichts von hundertfünfzig Kilo bedenklich knackste.

«Was sollen wir am Rümelinsplatz?»

«Eine Frau wurde auf offener Strasse überfallen … von einem Kostümierten.»

«Ist sie tot?»

Georg nickte.

«Ich habe Peters Leute bereits informiert. Sie warten am Tatort auf euch.»

Nadine sah Big Georg nachdenklich an.

«Wer ist es, Georg? Kennen wir die Frau? Oder kennst du die Frau?»

Der Chef der Fahndung nickte, Tränen liefen über seine Wangen.

«Es … Nadine, Francesco … die Tote ist meine Tochter!»

Die Polizei hatte den gesamten Platz abgesichert. Nadine half Georg aus dem Streifenwagen. Er zitterte und wirkte abwesend.

«Willst du dir das wirklich antun?»

«Wie? … Äh … ich … ich muss sie sehen, Nadine. Nochmals in den Arm nehmen … nur noch einmal.»

Peter Strub, der leitende Polizeiarzt, kam auf sie zu.

«Gut, dass ihr da seid. Wir haben eben erst mit der Spurensicherung begonnen. Wie geht es Big Georg?», wandte er sich flüsternd an Nadine.

«Den Umständen entsprechend. Er reisst sich zusammen. Ist es Annik?»

«Mit Sicherheit. Getötet durch einen Kopfschuss aus nächster Nähe.»

Ferrari ging langsam auf die unter einer Blache liegende Tote zu. Bevor er das Tuch hob, drehte er sich nochmals zu Big Georg um, der bewegungslos an einer Wand lehnte. Mit sichtlicher Überwindung hob er das Leichentuch, Nadine und Strub knieten sich zu ihm nieder.

«Gehts, Francesco?»

Der Kommissär atmete tief durch. Sein Puls raste.

«Mein Gott! Es … es ist ein glatter Durchschuss.»

«Ja. Sie ist sofort tot gewesen.»

«Wie ein aufgesetzter Schuss», stammelte Nadine. «Ein geplanter Mord. Jemand hat ihr aufgelauert und sie kaltblütig erschossen.»

Ferrari sah seine Kollegin entsetzt an. Sekunden vergingen, niemand sprach auch nur ein Wort. Nach einer gefühlten Ewigkeit erhob sich der Kommissär und zog sich die Plastikhandschuhe, die ihm Peter Strub gegeben hatte, von den Händen.

«Wie lange brauchst du, Peter?»

«Eine Stunde. Was machen wir inzwischen mit Georg?»

«Lass ihn zu seiner Tochter.»

«Und die Spuren?»

«Lass Georg mit seiner Tochter für einige Minuten allein. Er soll in Ruhe von ihr Abschied nehmen.»

Strub wollte insistieren, wurde aber durch einen warnenden Blick von Nadine gestoppt. Sie wusste, dass Ferrari jetzt keine Widerrede duldete. Der Polizeiarzt gab seinen Leuten die Anweisung, eine Pause einzulegen.

«Es ist kein schöner Anblick», wandte sich der Kommissär mit rauher Stimme an Big Georg.

«Ich will sie sehen.»

Ferrari nickte. Der Chef der Fahndung schritt wie in Trance die wenigen Meter zu seiner Tochter hin. Mühsam sank er in die Knie, zog das Tuch weg und nahm Annik von einem Weinkrampf geschüttelt in die Arme. So verharrte er einige Minuten, bis Nadine ihn sanft an der Schulter berührte.

«Ich … sie hat doch niemandem etwas getan! Wieso nur? Ich … ich begreife das nicht.»

«Es ist sicher ein grausamer Irrtum. Komm, Georg, wir bringen dich nach Hause.»

Big Georg nahm seine Tochter ein letztes Mal in den Arm. Ein Abschied für die Ewigkeit. Dann legte er sie sanft zurück auf den Boden. In dieser Geste lag eine unendlich tiefe Liebe, wie sie nur Eltern für ihre Kinder empfinden können. Unauffällig wischte der Kommissär eine Träne weg. Etwas lief ganz entschieden falsch. Nie und nimmer sollten Kinder vor ihren Eltern sterben. Das entsprach nicht dem Lauf der Dinge. War es Schicksal? Oder einfach abgrundtiefe Ungerechtigkeit? Ferrari und Strub halfen Big Georg hoch, jegliche Farbe war aus seinem Gesicht gewichen.

«Es … es tut mir leid … ich habe eure Ermittlungen aufgehalten … Spuren vernichtet …», mit einem letzten Blick auf seine Tochter ging er zum Streifenwagen zurück. Wie ein alter, geschlagener Mann, dachte der Kommissär und legte sorgfältig das Tuch über Annik. Hoffentlich gibt es einen Himmel und hoffentlich entspricht dieser Ort dem so sehr ersehnten Paradies.

Inzwischen war auch Staatsanwalt Jakob Borer eingetroffen, zum Glück ohne Kostüm. Aufgeregt unterhielt er sich mit einem Mann.

«Wer ist das?», wandte sich Nadine fragend an Ferrari.

«Ich glaube einer von der ‹TagesWoche›. Die haben dort an der Ecke ihre Büros.»

Anscheinend waren sich Borer und der unbekannte Mann einig geworden. Mit zackigen Schritten trat der Staatsanwalt auf sie zu.

«Die ‹TagesWoche› wird sich zurückhalten, nur einen kleinen Online-Bericht bringen. So können wir in Ruhe arbeiten … ich meine natürlich, so können Sie in Ruhe ermitteln.»

«Wer war das?»

«Der Chefredaktor. Er hat sich sehr kooperativ gezeigt. Ich bringe jetzt Georg nach Hause.»

«Gut. Wer hat den Mord gemeldet?»

«Eine Kellnerin aus dem Unternehmen Mitte, sagen die Kollegen. Greif … Christine», antwortete Nadine.

«Sollen wir nun mit unserer Arbeit beginnen?», mischte sich Strub ein. «Falls es überhaupt noch Sinn macht.»

Ruckartig drehte sich Ferrari zu ihm um. Der vorwurfsvolle Ton war nicht zu überhören gewesen.

«Fangt an! Und sag jetzt am besten nichts mehr … Komm, Nadine, ich muss unbedingt einen extrastarken Kaffee trinken.»

In Gedanken versunken rührte der Kommissär in seiner Kaffeetasse. Die drei Zuckerstücke hatten sich längst aufgelöst, doch einem inneren Zwang folgend wechselte er nach exakt fünf Umdrehungen die Richtung.

«Er wird dadurch nicht besser», bemerkte Nadine, die dem eigenartigen Treiben eine Weile zugesehen hatte.

«Wie? … Was? Oh, entschuldige. Ich war abwesend. Das ist grausam und absolut ungerecht. Wer tut so etwas? Annik wurde regelrecht hingerichtet. Einfach entsetzlich!»

«Das stimmt. Vielleicht war es ein Irrer oder jemand, der sich an Annik rächen wollte.»

«Oder an Big Georg.»

«Kann auch sein.»

Eine Angestellte des Unternehmens Mitte trat an ihren Tisch.

«Mein Name ist Greif, Christine Greif. Sie wollen mich sprechen? Das ist alles so schlimm … Ich kann es noch immer nicht begreifen … Annik … sie trank bei uns jeden Morgen einen Kaffee.»

«Auch heute?»

«Ja, auch heute. Annik arbeitet … arbeitete am Spalenberg in einem kleinen Laden. Unsere letzten Morgestraichgäste sind so gegen sieben gegangen. Annik …», sie begann zu schluchzen, «Annik war unter der Woche immer der erste Gast. Sie kam um acht, trank ihren Kaffee, bevor sie zur Arbeit ging. Heute war es nicht anders.»

«Ist Ihnen etwas aufgefallen?»

«Ich habe den Clown gesehen», flüsterte sie.

«Einen Clown?»

«Ja, den Mörder! Ich dachte noch, was für ein wunderschöner Clown.»

«Sie meinen einen Harlekin?»

«Nein, Herr Ferrari, einen richtigen Clown.»

«Aus welcher Richtung kam er?»

«Vom Hotel Basel. Er stand einen Augenblick unschlüssig auf dem Platz. Was der wohl sucht, dachte ich. Dann sah er Annik und rannte auf sie zu. Ich hatte zu Ende geraucht und wollte gerade wieder ins Lokal zurück, da hörte ich einen Schuss. Ich drehte mich um. Der Clown rannte zum Spalenberg hoch … und ich … ich rannte rüber zu Annik. Sie lag in einer Blutlache. Ich wusste sofort, dass sie tot ist. Das … das ist alles so schrecklich.»

«Riefen Sie die Polizei an?»

«Es drehte sich alles. Ich konnte mich nur noch an die Telefonnummer der Feuerwehr erinnern. Die nahmen alles auf. Einige Minuten später wimmelte es bereits von Polizisten.»

«Waren noch andere Personen auf dem Platz?»

«Einige blieben stehen und gafften. Ob sie dann

weitergegangen sind, weiss ich nicht. Wäre ja verständlich. Es will ja niemand in einen Mord verwickelt werden. Möchten Sie noch einen Kaffee?»

«Gern!»

Ferrari rührte erneut wie wild in seinem Kaffee.

«Das musste ja einmal so weit kommen.»

«Was meinst du?»

«Wenn ich jemanden ermorden würde, dann während der Fasnacht. Es gibt nichts Einfacheres. Eine ideale Zeit. Zehntausend in Kostümen und kein Mensch rechnet mit dem Schlimmsten. Ich wundere mich, dass es nicht mehr Überfälle in diesen drei Tagen gibt.»

«Nur dass es kein Überfall war, Francesco. Vielmehr haben wir es mit einem eiskalten, geplanten Mord zu tun. Du hast ja selbst von Hinrichtung gesprochen. Der Clown sieht sich nach Annik um, wartet, bis sie den Platz überquert, rennt auf sie zu, zückt seine Pistole und drückt ab. Dann verschwindet er in Richtung Spalenberg. Keine Spur eines Raubversuchs. Er hat Annik vorsätzlich erschossen.»

«Aber warum? Mit welchem Motiv?»

«Tja, das gilt es, herauszufinden. Kanntest du Annik gut?»

«Nicht wirklich. So viel ich weiss, war sie mit einem Polizisten liiert. Big Georg redet nicht über sein Privatleben, auch nicht über das seiner Tochter.»

«Vielleicht galt der Anschlag gar nicht Annik, sondern Big Georg.»

Ferrari nickte. Daran musste er die ganze Zeit denken. Nadine wollte die beiden Kaffees und ihr Mineralwasser bezahlen.

«Lassen Sie nur. Sie sind meine Gäste. Das bin ich Annik schuldig.»

Jetzt war es um Christine Greifs Beherrschung geschehen. Weinend rannte sie hinter den Tresen.

Peter Strubs Leute hatten unterdessen ihre Arbeit beendet.

«Viel ist dabei nicht herausgekommen», rapportierte der Polizeiarzt. «Die wenigen Spuren, die vorhanden waren, habt ihr vernichtet. Sie wurde mit einer grosskalibrigen Waffe aus nächster Nähe erschossen. Ein Schädeldurchschuss. Die Kugel ist in der Wand stecken geblieben. Wer auch immer Annik auf dem Gewissen hat, ist nicht recht bei Trost. Ein Wahnsinniger!»

«Danke, Peter. Ergab die Befragung weiterer Zeugen etwas?»

«Wie immer, niemand hat etwas gesehen oder gehört. So, wir rauschen jetzt ab und geben den Platz wieder frei. Das definitive Ergebnis kriegt ihr morgen. Mir ist die Freude an der Fasnacht eh gründlich vergangen.»

Ferrari fuhr mit der Hand über die Wand, das Projektil hatte ein Loch in die Wand gerissen. Annik ist knapp dreissig gewesen. Ein junger Mensch, lebensfreudig, interessiert, offen und mit vielen Plänen. Die Zukunft lag doch noch vor ihr, so vieles hätte es zu entdecken gegeben. Das Leben will gelebt sein, und zwar in all seinen Schattierungen. Aus unerklärlichen Gründen sollte es für Annik anders kommen, jäh wurde das Ihrige beendet. Mit einem einzigen Schuss, abgegeben von einem Clown. Ausgerechnet ein Clown, der doch Freude verbreiten, die Menschen zum Lachen bringen soll, und kein Blutbad anrichten darf!

«Mir ist die Lust am Cortège vergangen. Soll ich Monika anrufen und absagen?»

«Nein! Die Mädchen freuen sich darauf. Da müssen wir durch. Ich glaube nicht, dass wir heute noch etwas herausfinden. Gehen wir zurück in den Waaghof. Ruf bitte Georg an. Ich möchte wissen, wie es ihm geht.»

Auf dem Weg ins Kommissariat sprach keiner ein Wort. Immer wieder von Neuem wählte Nadine die Telefonnummer des Fahndungschefs. Vergeblich.

«Er nimmt nicht ab, Francesco.»

«Vielleicht schläft er ein wenig. Wir müssen ganz schnell den Mörder finden, Nadine, bevor Big Georg durchdreht und mit ihm seine ganze Truppe.»

«Na, prima! Und wie stellst du dir das vor? Hast du einen konkreten Ansatz?»

«Zunächst müssen wir alles über Annik wissen. Am besten wir reden mit ihrem Freund.»

«Den treibe ich problemlos auf. Soll er zu dir ins Büro kommen?»

«Ja, bitte sofort. Für Big Georg ist das alles zu viel. Vor einem Jahr der Tod seiner Frau und jetzt Annik. Kein Mensch erträgt solche Schicksalsschläge.»

Im Kommissariat schlichen die Kollegen wortlos an ihnen vorbei. Die Stimmung war auf dem Tiefpunkt angelangt.

«Was ist denn hier los?»

«Der Mord hat die Runde gemacht.»

«Da muss noch was sein. Fragen wir Borer, der weiss schliesslich alles. Hast du Anniks Freund erreicht?»

«Noch so etwas Eigenartiges. Er ist nicht da und niemand kann mir sagen, wo er sich befindet.»

Wider Erwarten sass Staatsanwalt Borer nicht in seinem Büro und auch seine Vorzimmerdame glänzte durch Abwesenheit.

«Was ist hier eigentlich los? Ruf Peter an. Vielleicht kann er uns weiterhelfen.»

«Das wird nicht notwendig sein.»

«Ah, da sind Sie ja, Herr Staatsanwalt. Haben wir etwas verpasst? Die Kollegen weichen uns aus, als ob wir die Pest hätten.»

«Es ist nicht wegen Ihnen, sondern wegen Big Georg.»

«Hören Sie bitte mit der Geheimniskrämerei auf. Was ist mit Big Georg?»

«Er sitzt in seinem Büro.»

«Sie wollten ihn doch nach Hause fahren.»

«Korrekt. Er weigerte sich, also fuhr ich ihn ins Büro. Wenn ich gewusst hätte, weshalb, wäre ich nicht so blöd gewesen.»

«Jetzt reisst mir dann endgültig der Geduldsfaden. Was geht hier ab? Reden Sie Klartext!»

«Georg ging nicht in sein Büro, sondern zu Anniks Freund … Exfreund Daniel Spiess. Er ist Wachtmeister.»

«Und?»

«Es kam zu einem … einem Disput. Und bevor jemand eingreifen konnte, stürzte sich Georg auf ihn. Spiess liegt jetzt im Kantonsspital. Er wirds überleben, aber Georg muss ziemlich ausgerastet sein. Es brauchte sechs Mann, um ihn zu bremsen, Frau Kupfer. Die wollten ihn in eine Zelle sperren … Jetzt sitzt er in seinem Büro und wird von zwei Polizisten bewacht.»

Ferrari rannte bereits durch den Gang, die Treppe hinunter, rechts, dann links zu Georgs Büro. Weiter kam er nicht, denn die beiden vor der Tür postierten Polizisten stellten sich ihm in den Weg.

«Der ist total ausgerastet, Francesco. Wir lassen dich nicht allein zu ihm.»

«Unsinn! Zudem bin ich nicht allein, Nadine begleitet mich.»

«Wie du willst. Auf eigene Gefahr.»

Big Georg sass wie versteinert auf seinem Stuhl. Der Kommissär setzte sich ihm gegenüber, während sich Nadine im Hintergrund hielt. Minutenlang schwiegen sie sich an. Die Luft war gespannt, es knisterte förmlich.

«Er war es! Dieses Schwein konnte nicht verkraften, dass ihn Annik verlassen hat.»

«Sie war nicht mehr mit Spiess zusammen?»

«Seit einigen Monaten. Er akzeptierte es nicht, lauerte ihr vor dem Geschäft auf und bedrohte sie.»

«Was hast du dagegen unternommen?»

«Zuerst habe ich ihm gedroht, dann liess ich ihn versetzen. Es sollte nicht heissen, ich würde ihn schikanieren. Aber das Ganze wurde nur noch schlimmer, seine Aggressivität steigerte sich. Sicher auch, weil er sich von mir ungerecht behandelt fühlte. Niemand wechselt gern von der Fahndung in die Uniform. Ein bewusster Schachzug in der Hoffnung, er würde den Dienst quittieren, doch er hielt durch. Ein Kollege nach dem anderen distanzierte sich von ihm. Da er gegen mich machtlos war, schoss er sich auf Annik ein. Francesco, ich … ich allein bin für den Tod von Annik verantwortlich!»

«Gibt es Zeugen für seine Drohungen?»

«Frag Robert oder Martin. Sie werden es dir bestätigen.»

«Warum bist du so sicher, dass er Annik erschossen hat?»

«Er ist ein Waffennarr. Seine Wohnung ist voll

davon. Peter war kurz hier und sprach von einem grosskalibrigen Geschoss. Da wusste ich, dass er es gewesen ist … Vor einer Woche kam Annik vollkommen aufgelöst nach Hause.»

«Sie wohnte bei dir?»

«Wieder. Weil sie es nicht allein in ihrer Wohnung aushielt. Er lauerte ihr nämlich auch dort auf. Sie zeigte mir einen Brief von Spiess. Darin stand sinngemäss: Entweder du kommst zu mir zurück oder ich bringe dich um … Dass er wirklich so weit gehen würde … Francesco, das konnte ich doch nicht ahnen!»

Georg schloss die Augen.

«Wo ist der Brief?»

«Bei mir zu Hause. Glaubst du mir nicht?»

«Doch. Wir brauchen ihn als Beweis.»

«Ich … jetzt habe ich alles verloren … zuerst Petra … und jetzt Annik. Francesco … dass ich dazu fähig bin …»

Ferrari nestelte nervös an einem seiner Jackenknöpfe. In solchen Momenten die richtigen Worte zu finden, war schwer. Sehr schwer.

«Ich liess ihn in den Waaghof kommen mit dem einzigen Ziel, ihn für seine Tat büssen zu lassen. Ohne eine Sekunde darüber nachzudenken, was ich da tue, hätte ich ihn kaltblütig ermordet, wenn die Kollegen nicht dazwischengegangen wären …»

«Das sind sie zum Glück. Er liegt im Spital und wird wieder gesund.»

«Gut oder auch nicht … Hier, Francesco, gib das bitte Staatsanwalt Borer.»

Georg schob Ferrari einen Briefumschlag über den Tisch.

«Sobald die Presse Wind davon kriegt, ist hier der Teufel los. Wenn ich jetzt zurücktrete, bleibt zumindest nichts an der Polizei hängen.»

«Versprich mir, dass du nichts mehr auf eigene Faust anstellst, Georg», insistierte der Kommissär und steckte den Umschlag ein.

«Es ist bei Gott schon genug passiert. Ihr wart immer gute Kollegen, du und Nadine. Mehr noch. Ihr gehört zu den wenigen, die ich als Freunde betrachte. Überführt Daniel Spiess. Mehr verlange ich nicht. Er soll für den Mord an meiner Annik lebenslang ins Gefängnis. Gerechtigkeit ist das Einzige, was mir noch bleibt.»

«Wir werden ihn überführen», sofern er es gewesen ist, fügte Ferrari im Stillen hinzu.

«Danke, Francesco! Bin ich jetzt verhaftet?»

«Blödsinn! Staatsanwalt Borer fährt dich nach Hause und wir beschäftigen uns mit Daniel Spiess.»

Ferrari trottete neben Nadine die Treppe hoch.

«Gib her!», wandte sie sich oben angelangt abrupt an ihren Chef.

«Was meinst du, Nadine?»

«Komm, mach schon.»

«Ich verstehe dich wirklich nicht.»

«Den Umschlag. Gib mir den Brief von Georg.»

Wortlos reichte er ihn Nadine, die ihn noch auf dem Weg in ihr Büro in tausend kleine Stücke zerriss.

«Und keine Bemerkung zu Monika, Eleonore und den Mädchen! Sie sollen die Fasnacht unbeschwert geniessen können.»

Ja, ja, auf diese Idee wäre ich auch selbst gekommen. Frauen und ihre Anweisungen. Mann hat es wirklich nicht leicht. Ferrari schüttelte den Kopf. So, jetzt war es an der Zeit, sich innerlich auf den bevorstehenden Einsatz vorzubereiten. Auf die richtige Einstellung kam es nämlich an. Genau. Irgendwie ironisch, seit über zehn Jahren flüchte ich vor der Fasnacht und nun stürze ich mich mit den Mädchen und den drei lustigen Weibern ins Getümmel, natürlich nicht, ohne mir von Monika die obligate Plakette anheften zu lassen. Aber nur die aus Silber, die Goldene ist zu protzig. Der Kommissär sah zum Himmel hoch. Grauschwarze Wolken zogen gemächlich über die Stadt, aber noch hielt das Wetter.

Der Cortège war bereits in vollem Gang. Alle Formationen folgten wie gewohnt der in sich geschlossenen Route, die in beide Richtungen zirkulierte, man sprach von einer inneren sowie von einer äusseren Route, die keinen bestimmten Anfangspunkt hatten. Grob skizziert führte der Umzug von der Messe über die Wettsteinbrücke zum Barfüsserplatz, weiter zum Marktplatz, Fischmarkt und dann über die Mittlere Brücke zurück ins Kleinbasel Richtung Messe. Oder eben umgekehrt. Ferrari postierte sich mit den Mädchen am Kleinbasler Brückenkopf der Wettsteinbrücke. Der Wind blies leicht und es begann zu regnen. Sicher mit ein Grund dafür, dass sich das Gedränge in Grenzen hielt. Iris und Lea erblickten hocherfreut die ersten Wagen, die Schlacht um Süssigkeiten konnte beginnen. Abwechselnd hob der Kommissär die Mädchen hoch, doch vergebens. Die Kostümierten liessen sich von den Kinderrufen nicht erweichen, hingegen deckten sie die drei Schönen im Hintergrund tonnenweise mit Orangen, Rosen, Mimosen und Räppli ein. Hm, es bedurfte dringend eines Strategiewechsels. Ferrari bat Nadine und Monika, sich neben ihn und die Mädchen zu stellen – und siehe da, die Taktik ging voll auf. Die eitlen Tröpfe pflasterten die Mädchen zu – wohl einzig und allein mit der Absicht, die Schönheiten zu beeindrucken. Ein übermotivierter Waggis versuchte gar, Nadine auf den Wagen zu zerren. Er hatte bestimmt nicht mit der Frauensolidarität gerechnet, denn in Nullkommanichts gingen Monika und Eleonore so entschieden dazwischen, dass er blitzartig aufgab. Nach eineinhalb Stunden und unzähligen Kraftanstrengungen des Kommissärs begann es, stärker zu regnen. Aus Regen wurde Schnee und innerhalb weniger Minuten suchten die Zuschauer einen sicheren Unterschlupf vor dem sich anbahnenden Schneegestöber. Ferrari rannte mit seinen fünf Frauen zum

Hirscheneck. Keine Sekunde zu früh. Der leichte Schneefall steigerte sich in einen kleinen Schneesturm. Zum Glück hatte Nadine gerade noch den letzten freien Tisch ergattert.

«Das wars für heute», brummte Ferrari müde.

«Schade. Aber immerhin hat das Wetter zwei Stunden gehalten.»

«Und die Ausbeute lässt sich durchaus sehen», ergänzte Monika, während sich Eleonore um ihre beiden Mädchen kümmerte.

Nach zwei Halben und je einer Mehlsuppe für die Erwachsenen, Cola und Pommes für die Mädchen war der Frust über das abrupte Ende des Fasnachtsausflugs vergessen. Den Cliquen schien das Schneegestöber nichts anzuhaben. Unbeirrbar zogen sie ihre Runden.

«Und jetzt?»

«Jetzt bin ich dafür, dass du und die Mädchen samt Kriegsbeute mit einem Taxi nach Hause fahrt und wir Frauen noch in der Stadt bleiben.»

«Im Ernst?»

«Wir möchten noch ein wenig durch die Gassen ziehen und uns einige Schnitzelbängge anhören. Oder stört es dich, wenn wir die Stadt unsicher machen?»

«Überhaupt nicht, Monika. Ich bin nur froh, bald aus den nassen Kleidern rauszukommen.»

«Gutes Stichwort. Bitte zieh die Sachen im Wintergarten aus … besser noch im Flur. Und schüttle die

Räppli aus. Ich will nicht, dass du sie überall im Haus verteilst.»

«Ja, ja, schon gut. Ich ziehe mich im Gang splitternackt aus.»

«Wers glaubt!»

«Auf gehts, Kinder. Packen wir das Zeug zusammen, wir schnappen uns ein Taxi.»

Nach kurzem Protest der Mädchen, den Eleonore mit einem sanften Machtwort im Keim erstickte, keuchte der Kommissär mit den Kindern zum erstbesten Taxi. Doch der Taxifahrer winkte ab, als er den Leiterwagen sah. Zehn Minuten später wars geschafft, der Chauffeur eines Warentaxis erbarmte sich ihrer und nahm sie mit. Endlich zu Hause. Iris und Lea rannten mit ihren vollen Taschen an ihrem Vater vorbei ins Wohnzimmer.

«Und wo ist Eleonore?», fragte Andreas.

«Ist mit Nadine und Monika in der Stadt geblieben.»

Andreas sah Ferrari mit einem mitleiderregenden Blick an.

«Sie geniesst bloss den Abend mit meiner Frau und meiner Kollegin. Ohne Männer», und ohne einen treuherzigen Bernhardiner, der mit heraushängender Zunge an ihrer Seite mitläuft und nach Streicheleinheiten japst.

«Hat sie gesagt, wann sie nach Hause kommt?»

«Um sechs Uhr in der Früh.»

«Aber … aber das geht doch nicht. Sie kann doch nicht die ganze Nacht in der Stadt bleiben.»

«War nur ein kleiner Scherz. Sie wirft sich wahrscheinlich vor Mitternacht an deine Brust.»

«Stört es dich denn gar nicht, wenn Monika allein in der Stadt ist?», jammerte Andreas.

«Wieso sollte es? Im Gegenteil, ich freue mich, dass sie sich mit Eleonore und Nadine einen schönen Abend macht.»

Ferrari drängte sich an Andreas vorbei ins Haus.

«Lea! Iris! Ich gehe jetzt.»

Die beiden Mädchen rannten auf ihn zu und umarmten ihn.

«Nur nicht so stürmisch. Schlaft gut. Und bis morgen.»

Beim Hinausgehen klopfte Ferrari dem Krückenmann kräftig auf die Schulter.

«Kopf hoch, Andreas! Nimm es wie ein Mann! Du musst das Ganze positiv sehen. Am Donnerstag ist die Fasnacht vorbei. Eleonore kann also nur noch Dienstag und Mittwoch die Puppen tanzen lassen.»

Bevor Andreas vollkommen die Beherrschung verlor, zog Ferrari leise die Tür hinter sich zu.

Jetzt nichts wie raus aus den nassen Klamotten, die Räppli abschütteln und dann ab unter die Dusche. Eine halbe Stunde später sass Ferrari mit Puma bei einem Glas Wein auf der Couch und zappte durchs Fernsehprogramm. Bei der Schnitzelbanggübertragung von Telebasel blieb er hängen, aber nur gerade eine Viertelstunde. Das entsprach einer noch knapp erträglichen Dosis. Was wohl Mutter denkt, wenn sie sich diese peinlichen Darbietungen anschaut? Oder lässt sie als ehemalige Grösse die Bängge einfach aus? So schlimm ist der heutige Nachmittag gar nicht gewesen und in Eleonore habe ich mich getäuscht. Sie ist schwer in Ordnung. Das Übel der Familie läuft an Krücken. Was macht wohl Big Georg? Wie geht es ihm? Mit einem Schlag war Anniks Ermordung wieder voll präsent und verdrängte alle anderen Gedanken. Zu Recht. Soll ich Georg anrufen? Ferrari schaute auf die Uhr. Elf durch. Wahrscheinlich schläft er bereits, falls er überhaupt Ruhe findet. Was für ein tragisches Schicksal. Zuerst verliert er seine geliebte Frau, dann seine einzige Tochter. Wie würde ich reagieren, wenn jemand Nikki umbringt? Ein kalter Schauer erfasste Ferrari. Was für ein Gedanke! Schrecklich und absolut unvorstellbar. Ferrari warf einen Blick auf sein Handy. Wieder keine SMS von Nikki, die mit Freunden in den Skiferien war. Es geht ihr anscheinend gut, sonst hätte sie sich schon längst gemeldet. Kurz vor Mitternacht kam Monika nach Hause.

«Puh! Jetzt ist es nicht mehr auszuhalten. Abwechselnd Regen und Schnee. Du bist noch wach?»

Sie küsste ihn.

«Ich kann nicht ohne dich schlafen. Oh … Mist!»

«Was ist?»

«Ich kann mich nicht mehr bewegen.»

«Muskelkater?»

«Oder ein Hexenschuss. Von der Kälte und dem Hochheben der Mädchen.»

«Soll ich dich massieren?»

«Es … es geht schon. Elender Mist! Mein Rücken ist total steif. So kann ich nicht ins Bett.»

«Dann schenk mir schon mal ein Glas Wein ein, wenn das noch geht. Ich dusche rasch und bin gleich bei dir.»

Minuten später kuschelte sich Monika zu Ferrari aufs Sofa.

«Soll ich dich wirklich nicht massieren?»

«Wenn wir ins Bett gehen, dann kann ich auch grad liegen bleiben.»

«Gut. Danke, dass du uns die Kleinen abgenommen hast.»

«War mir ein Vergnügen. Wie wars heute Abend?»

«Super! Zuerst waren wir in der Kunsthalle, dann gässlen. Irgendwann waren wir alle ziemlich durchfroren. Auf dem Heimweg hat mir Nadine von Annik erzählt. Das ist so furchtbar! Einfach grauenhaft! Big Georg tut mir unendlich leid. Hat er nicht schon seine Frau verloren?»

«Ja, leider. Er glaubt, dass es Anniks Exfreund gewesen ist.»

«Glaubst du das auch?»

«Wir werden ihn morgen verhören. Dann wissen wir hoffentlich mehr.»

«Was geht nur in einem Menschen vor, wenn er zum Mörder wird, Francesco?»

«Ich weiss es nicht. Es gibt viele Gründe. Eifersucht, Wut, Missgunst, Rache, Gier oder einfach nur Macht.»

«Halt mich bitte ganz fest. Das Leben ist schon grausam. Wir vergnügen uns an der Fasnacht, während Georg einsam um seine Tochter trauert.»

«Und Rachepläne schmiedet.»

«Glaubst du, dass er diesen Spiess umbringen will?»

«Ich befürchte das Schlimmste. Wenn es sich herausstellt, dass er der Mörder ist, wird Georg ihn umbringen.»

«Mein Gott! Das musst du verhindern.»

Monikas Handy summte.

«Eine SMS von Nikki. Es geht ihr gut. Ich soll dich grüssen und dir einen Kuss geben.»

Bei dem es in dieser stürmischen Nacht trotz Rückenbeschwerden nicht blieb.

3. Kapitel

Mühsam schleppte sich Ferrari den Wald entlang zum Dreier. Der gestrige Kraftakt war eindeutig zu viel gewesen für einen aus der Übung gekommenen Golden Ager, wie es in der Werbung so schön hiess. Und dann noch die Nacht! Gegen seine Gewohnheit kroch der Kommissär auf den erstbesten Sitz im Tram. Während die Stadt langsam zu neuem Leben erwachte, machten sich die letzten Nachtschwärmer auf den Heimweg. Eine Unmenge an Räppli, zerquetschten Orangen, platt gedrückten Täfeli, leeren Schachteln, Plastikfolien und sonstigem Abfall zeugte von den vergangenen Stunden. Die Stadtreinigung war seit vier Uhr früh in vollem Einsatz, bis Fasnachtsende würde sie nach eigener Schätzung rund dreihundert Tonnen Abfall aus der Basler Innenstadt wegräumen.

Im Büro angekommen, blätterte der Kommissär die «Basler Zeitung» durch. Nur eine kleine Notiz über den Mord. Anscheinend machten die meisten Journalisten aktiv an der Fasnacht mit. Uns soll es recht sein. «onlinereports» informierte etwas detaillierter, aber noch im grünen Bereich. Die «TagesWoche» brachte als Einzige ein Foto der zugedeckten Leiche. Immerhin war der Artikel sachlich verfasst und setzte nicht auf Panikmache. Borer sei Dank.

Nadine drückte ihm einen Pappbecher in die Hand. «Guten Morgen, heisser Kaffee.»

«Danke. Den kann ich gebrauchen.»

«Du siehst nicht gerade frisch aus.»

«Mir tun alle Glieder weh.»

«Oje. Opa hat sich übernommen!»

«Also, bitte. Du hast ja nicht zwei Stunden lang die Mädchen hochgehalten, damit sie möglichst viel Zeugs ergattern konnten. Ich frage mich, wer das alles isst und schleckt.»

«Darum geht es doch gar nicht.»

«Nicht?»

«Nein, es geht einzig und allein ums Beutemachen. Je grösser diese ist, desto grösser der Spass. Das kennst du doch sicher von früher oder warst du nie ein Kind?»

«Kind schon, aber nur mit Widerwillen an der Fasnacht. Meine Grosseltern haben mich an den Cortège geschleppt, meine Eltern waren …»

«… aktiv. Ich weiss, ich kenne die Geschichte. Nur der Sohn ist aus der Art geschlagen.»

«Ja, ja! Nicht jeder ist zum Fasnächtler geboren. Was wären die ganzen Fasnächtler übrigens ohne die Zuschauer? Nichts! Stell dir vor, die laufen durch die Gegend und niemand schaut zu. Dann haben sie höchstens noch halb so viel Spass an der Fasnacht.»

«Auch eine Ansicht. Aber ich denke, dass die auch ohne Zuschauer Spass hätten.»

«Blödsinn! Die wollen gesehen werden, Applaus kriegen für ihr Sujet … Autsch! … Ich weiss gar nicht, ob ich heute Nachmittag am Kinderumzug teilnehmen kann.»

«Na klar! Das hätte ich mir ja denken können.»

«Was?»

«Du ziehst hier eine miese Show ab, nur um heute Nachmittag zu kneifen. Typisch!»

«Also bitte. Ich hab mich weiss Gott bemüht, dass Lea und Iris gestern einen tollen Cortège erleben konnten. Und was ist der Dank? Nicht nur, dass ich platschnass nach Hause gekommen bin und mich bestimmt erkältet habe, nein, ich fang mir auch noch einen Hexenschuss ein. Zu guter Letzt darf ich mir noch anhören, dass ich ein Simulant bin.»

«Eine Memme!»

«Hm!»

«Das ist alles?»

«Gut, wir gehen heute an den Kinderumzug.»

«Wir?»

«Wie gestern. Du, Monika, Eleonore, die Mädchen und ich.»

«Eigentlich wollte ich mit Yvo …»

«Entweder alle zusammen oder ich steige aus.»

«Also gut, ich komme mit. Auch wenn deine Methoden erpresserisch sind. Was ist, willst du noch ein kleines Nickerchen machen oder ein ausgiebiges Bad im Selbstmitleid nehmen oder können wir heute noch etwas zur Lösung unseres Falls beitragen?»

«Nein. Wir …» Ferrari erhob sich stöhnend. «Wir suchen Spiess im Kantonsspital auf. Weisst du, wie es Big Georg geht?»

«Nicht gut. Der Kommandant hat ihn vorerst suspendiert. Stephan übernimmt solange die Fahndung.»

«War das nötig?»

«Vermutlich schon. Schliesslich ist er auf einen Kollegen losgegangen. Fahren wir mit meinem Wagen?»

«Die paar Schritte gehen wir zu Fuss.»

Lieber leide ich, als mit der Spinnerin in ihrem Porsche zu fahren. Ausserdem bin ich nicht sicher, ob ich überhaupt wieder aus der Kiste herauskomme.

Für einige Stunden tickte die Stadt beinahe im normalen Rhythmus, nur vereinzelt waren Trommelschläge und Piccolotöne zu hören. Ein Bild, das sich nach dem Mittag schlagartig ändern würde, zumal der Dienstagnachmittag ganz den Kindern gehörte. Nadine hielt der Dame an der Empfangspforte ihren Ausweis unter die Nase. Nach einer gefühlten Ewigkeit und diversen Fehlversuchen wurden sie von einer jungen Frau zum Direktor des Kantonsspitals geführt.

«Frau Kupfer, Herr Ferrari … Nehmen Sie doch bitte Platz. Mein Name ist Amstutz.»

Ferrari setzte sich umständlich und leise stöhnend auf einen Stuhl, was Nadine mit einem strafenden Blick quittierte. Männer!

«Rückenbeschwerden?»

«Ja, hier!» Der Kommissär zeigte auf die schmerzende Stelle. «Da tuts besonders weh.»

«Rückenbeschwerden sind ein wahres Volksleiden und treten in allen Altersgruppen auf. Damit ist wirklich nicht zu spassen. Sie sollten sich von einem unserer Ärzte untersuchen lassen. Vielleicht hat sich ein Wirbel verschoben. Das kommt immer wieder mal vor.»

Die Wirbel! Das ist es! Dass ich daran nicht gedacht habe. Wie war das gleich noch? In der Apothekerzeitschrift, die Monika immer mitbringt, gabs doch kürzlich einen Artikel zum Thema Rückenwirbel. Ja, genau. Jetzt erinnere ich mich wieder. Da hiess es, die Beschwerden könnten bis zur Lähmung führen. Ferrari schluckte leer, aus seinem Gesicht war jegliche Farbe gewichen.

«Soll ich Sie zu einem unserer Ärzte bringen? Sie sind ja ganz blass.»

«Das ist nicht nötig. Der Herr Kommissär hat gestern nur ein wenig zu viel Sport getrieben», schaltete sich Nadine ins Gespräch ein.

«In Ihrem Alter kann das natürlich schon vorkommen. Vor allem, wenn man in einem Fitnessstudio mit den Jüngeren mithalten will. Ich weiss, wovon ich spreche.»

Ein förmliches Lachen erklang.

«Meine Rede, Herr Amstutz. Du gehst auf die sechzig zu, Francesco. Da solltest du deine Kräfte besser einteilen.»

«Wirklich? Das gibt man Ihnen gar nicht, Herr Ferrari. Ich hätte sie höchstens auf fünfundfünfzig geschätzt. Aber kommen wir zum eigentlichen Grund Ihres Besuchs. Sie wollen zu Daniel Spiess, wenn ich richtig informiert bin.»

«Das ist korrekt. Er ist unser Kollege.»

«Leider ist das nicht möglich. Herr Spiess hält sich nicht mehr im Kantonsspital auf.»

«Und wo ist er dann?»

«Das entzieht sich meiner Kenntnis. Er wurde heute Morgen entlassen, auf seinen ausdrücklichen Wunsch und auf eigenes Risiko. Wir wollten ihn zu einer weiteren Untersuchung hier behalten, doch er hat sich mit dem Stationsarzt ziemlich heftig angelegt. Herr Spiess bestand darauf, das Spital sofort zu verlassen.»

«Können Sie uns etwas über seine Verletzungen sagen?»

«Würgemerkmale am Hals, eine leichte Gehirnerschütterung und verschiedene Schürfungen. Innere Verletzungen liegen keine vor, soweit wir dies beurteilen können. Eine weitere Untersuchung hätte mehr Aufschluss gegeben, aber das hat sich ja nun erübrigt.»

Ferrari erhob sich mit schmerzverzerrtem Gesicht.

«Wollen Sie wirklich nicht zu einem Arzt? Ich bringe Sie persönlich hin.»

«Vielen Dank, Herr Amstutz. Aber wir müssen dringend zurück ins Kommissariat. Mein Chef ist hart im Nehmen.»

«Wie Sie meinen. Ich begleite Sie noch hinaus.»

Der Kommissär humpelte zum Petersplatz, abwechselnd laut und leise stöhnend.

«Hör mit dem Gejammer auf!»

«Ich könnte tot umfallen, es wäre dir absolut egal.»

«Von Muskelkater stirbt man nicht.»

«Es ist ein verrenkter Wirbel oder ein eingeklemmter Nerv. Das tut echt weh.»

«Quatsch! Muskelkater, sonst nichts. Du bist und bleibst ein Hypochonder. Warum hat niemand diesen Spiess bewacht?»

«Weil keiner auf die Idee kam, dass er die Finken klopft.»

«Super! Weisst du, wo er wohnt?»

«Nein. Aber Stephan wird uns das sagen können.»

«Okay. Gehen wir ins Büro zurück ... Könntest du dich etwas beeilen, du lahme Ente?!»

«In meinem biblischen Alter geht alles etwas gemächlicher. Sagtest du nicht eben, ich gehe auf die sechzig zu?»

«Ja, ja, schon gut!»

Stephan Moser hatte die Leitung des Fahndungsteams ad interim übernommen – ohne Begeisterung. In die Fussstapfen von Big Georg zu treten im Wissen, dass dieser einen eigenen Feldzug gegen Spiess führte, Suspendierung hin oder her, und dabei auf die Unterstützung seiner ganzen Mannschaft zählen konnte, die ihm im Verstohlenen laufend Informationen zuhielt, war nicht gerade das, was man sich wünschte. Und schon gar nicht als langjähriger Freund.

«Wenn der Kommandant glaubt, dass er mit der Suspendierung etwas erreicht, ist er gründlich auf dem Holzweg. Das Fahndungsteam hält wie Pech und Schwefel zusammen. Jedes Detail der Ermittlungen wird sofort an Big Georg weitergeleitet.»

«Sofern die Kollegen auch wirklich etwas erfahren.»

«Es wäre das erste Mal, dass hier etwas geheim bleibt, Francesco.»

«Lassen sie dich auflaufen?»

«Nein, das nicht. Sie führen brav meine Anweisungen aus. Vor einer Stunde habe ich die Kollegen zusammengetrommelt und ihnen klipp und klar gesagt, dass wir alle in einer Scheisssituation stecken, die sich keiner von uns ausgesucht hat, und dass ich nur der Notnagel bin. Hoffentlich ist der Spuk bald zu Ende und Georg wieder im Dienst. Spiess ist anscheinend abgehauen.»

«Ja, er wurde auf eigene Verantwortung aus dem Spital entlassen. Weisst du, wo er wohnt?»

«An der Entenweidstrasse im St. Johann. Ich habe zwei Beamte in Zivil hingeschickt. Fehlanzeige, er ist nicht aufgetaucht.»

«Und was steht in seinem Personaldossier?»

Nadine deutete auf die auf dem Tisch liegende Akte.

«Ein Wahrheitsfanatiker und ein Ausländerhasser,

kurz ein Wahnsinniger! Dani Spiess verkörpert exakt jenen Typ Polizist, den es eigentlich nicht geben darf. Steck ihn in die Uniform und er leistet sich alles. Kein vernünftiger Mensch will mit ihm etwas zu tun haben.»

Nadine blätterte das Dossier durch.

«Nicht gerade ein Vorbild. Disziplinarverfahren wegen Amtsmissbrauch und sogar eine Anzeige wegen Körperverletzung. Auf dem Kasernenareal schlug er einen Jugendlichen bewusstlos. Wieso ist so einer überhaupt noch im Dienst?»

«Das frage ich mich auch. Vermutlich weil er den Kopf immer irgendwie in letzter Sekunde aus der Schlinge ziehen konnte. Ich schicke euch seinen ehemaligen Partner vorbei, der kann euch mehr erzählen. Du kennst doch LL noch, Francesco?»

«Lucky Luke?»

«Genau. Lukas Loser. Als Big Georg Dani endlich aus dem Verkehr zog, führte er einen Freudentanz auf.»

Lukas Loser glich nicht im Entferntesten der einsamen, rast- und heimatlosen Comicfigur Lucky Luke. Ganz im Gegenteil. Er hatte ein rundes Gesicht, war Mitte fünfzig, kahl geschoren, stämmig und sehr muskulös.

«Setz dich, Lukas. Lang, lang ists her … Weisst du noch damals in der Polizeischule? Der Ausbilder hatte einen Vollknall. Ein Rambo-Typ. Wie hiess er noch gleich … ah ja, Walter Zaug. Du warst der Star unserer Truppe, während ich nur eine Randfigur abgab. Trainierst du noch immer?»

«Zwei Mal in der Woche, aber natürlich nur noch für den Hausgebrauch.»

«Luki war zehn Jahre in der Schweizerischen Nationalmannschaft im Kunstturnen», wandte sich der Kommissär erklärend an Nadine. «Wie viele Schweizer Meistertitel besitzt du?»

«Sechs. Tja, das waren noch Zeiten. Wenn ich heute einen Wettkampf anschaue, Mann oh Mann!, die bringen ganz andere Leistungen.»

«Luki, du weisst, was wir von dir wollen.»

«Ja. Stephan hat mich informiert. Dani war sechs Jahre mein Partner und du weisst, Loyalität ist mir wichtig.»

«Dieses Gespräch bleibt unter uns, Luki. Versprochen.»

Loser schielte zu Nadine.

«Sie ist meine Partnerin. Ich erzähle es ihr sowieso.»

«In Ordnung. Also, ich rede nicht um den heissen Brei herum: Dani hätte nie ins Korps aufgenommen werden dürfen. Er ist einer von denen, die sich alles erlauben. Der hat so was von einen an der Waffel. Habt ihr seine Personalakte gelesen?»

«Immer wieder Disziplinarverfahren und auch eine Anzeige wegen Körperverletzung.»

«Wenn wir Pikett hatten und gerade nichts los war, loggte er sich immer wieder in den Computer ein. Er überprüfte seine Freunde, seine Verwandten, seine Nachbarn. Das ging so weit, dass er die Eltern jener Kinder überprüfte, die mit seinem Sohn in die Schule gingen.»

«Er hat ein Kind?»

«Ja, war aber nie verheiratet. ‹Die Schlampe hat mich eingeseift›, sagte er immer wieder.»

«Sie merkte wohl eher frühzeitig, wie er in Wirklichkeit ist.»

«Zum Glück. Doch an seinem Jungen hängt er abgöttisch.»

«Weshalb wurde er versetzt?»

«Meine Schuld, Francesco. Und seither gehen wir uns aus dem Weg. Das war so: Wir wurden in die Webergasse geschickt. Wir sollten einen Zuhälter festnehmen, aber der Kerl war ausgeflogen. Dani meinte, dass er vielleicht auf dem Kasernenareal sei. Dort kam es zu einem Streit mit einigen betrunkenen Jugendlichen. Es fing ganz harmlos an. Sie waren zu viert, sassen mit Bierdosen auf einer Bank. Als wir an ihnen vorbeigingen, kullerte Dani eine Bierbüchse vor die Füsse. Kann sein, dass es Absicht war, vielleicht auch nicht. Auf jeden Fall fühlte sich Dani provoziert und befahl den Jungs, die Büchse aufzuheben. Sie weigerten sich. Er drohte ihnen. Da stand einer auf und ging torkelnd, die waren wirklich Sacke, auf Spiess zu, stolperte unglücklich und touchierte ihn. Bevor ich eingreifen konnte, schlug Dani den Jungen brutal zusammen. Steht in den Akten nichts über die Verletzungen?»

«Nein, nur dass der Vater des Jungen eine Anzeige erstattete.»

«Dani schlug ihm einige Zähne aus und brach ihm das Nasenbein. Ich war genauso überrascht wie die anderen drei Jungs, mein Eingreifen kam leider viel zu spät.»

«Wieso wurde er nicht verurteilt?»

«Irgendwie ist es ihm gelungen, den Vater zu beschwichtigen.»

«Oder ihn einzuschüchtern.»

«Ich … Also … Als es zur Untersuchung kam, gab ich zu Protokoll, dass der Junge auf Dani losgegangen sei. … Schau mich nicht so an! Was sollte ich denn tun? Er war mein Partner, ich konnte ihn doch nicht in die Pfanne hauen.»

Ferraris Stirnfalten zogen sich gefährlich zusammen, gleichzeitig erhöhte sich das Stakkato seines Kugelschreibers auf dem Tisch bedenklich.

«Am Ende war es wieder einmal Aussage gegen Aussage. Und einem Polizisten glaubt man natürlich mehr als einem betrunkenen Jungen», schlussfolgerte Nadine.

«Genau. Doch es liess mir keine Ruhe. Nach einer Woche bin ich endlich zu Big Georg.»

«Weshalb hast du so lange gewartet?»

«Dani war ja mit Annik zusammen … Ehrlich gesagt, fürchtete ich, Georg könnte Dani decken und mich hochkant rauswerfen. Scheisse! Ich bin und bleibe ein feiges Schwein. Zunächst lief noch alles gut.

Dani hatte eine Woche lang richtig Schiss, dass seine Karriere zu Ende sei. Doch Tag für Tag gewann er an Oberwasser und fing sogar an, sich mit dem Vorfall bei den Kollegen zu brüsten. Da wusste ich, was ich tun musste. Keiner konnte mit Sicherheit sagen, ob er bei einem nächsten Mal nicht sogar die Waffe zücken und jemanden erschiessen würde. Dani war echt ein Risiko.»

«Der Ausweis verleiht Flügel.»

«Oder vermittelt zumindest das Gefühl, sich ungestraft mehr leisten zu können als andere.»

«Ich … ich bin dann wie gesagt zu Georg und habe ihm die Wahrheit gebeichtet. Eine Scheisssituation für uns.»

«Weil Annik seine Lebensgefährtin war.»

«Exakt, Nadine. Aber dann trennte sie sich von ihm und Georg liess ihn versetzen. Wir sind alle froh, dass Dani weg ist. Der lief sogar privat immer mit einer Waffe herum. Ein totaler Waffenfreak. Er wollte mich einmal an so einen paramilitärischen Anlass in einem Steinbruch in Polen mit schleppen, wo sie den Kriegszustand üben, wenngleich nur mit Übungsmunition. Total schräg. Glaubst du, dass er Annik erschossen hat, Francesco?»

«Was denkst du?»

«Zuzutrauen ist es ihm. Wenn der wirklich durchdreht, gibts ein Blutbad. Ich sags ungern, aber Dani gehört in eine geschlossene Abteilung.»

Nadine stellte dem Kommissär einen Kaffeebecher neben die Akte Spiess.

«Hör auf zu klopfen!»

«Wie … ah, das … das regt meine grauen Zellen zum Denken an.»

«Das sagst du jedes Mal! Nur mich machts nervös.»

«Was hältst du von Losers Geschichte?»

«Es klingt irgendwie so, als wäre Spiess bewusst zur Polizei gekommen, um die Sau rauszulassen.»

«Vom Partner verraten, vom Vater der Lebensgefährtin abgeschoben, von der Lebensgefährtin verlassen, weil sie es alle nicht mehr mit ihm aushielten.»

«Zu dieser Erkenntnis mussten sie erst einmal kommen. Vergiss nicht, dass Lukas ihn deckte und aus Loyalität sogar einen Meineid ablegte.»

«Was vernehme ich da?»

Staatsanwalt Borer stand in voller Grösse im Türrahmen.

«Ah! In Zivil.»

«Wie? Ach so … ich treffe mich mit einigen meiner Cliquenfreunde erst um zwei. Ich wollte nur kurz zum Rechten schauen. Anscheinend bin ich genau zum richtigen Zeitpunkt gekommen.»

Borer schnappte sich die Personalakte.

«Ein schönes Früchtchen, dieser Spiess … immer davongekommen. Wie war das doch gleich? Wer deckt hier wen?»

«Sie müssen sich verhört haben.»

«Nichts da, Frau Kupfer. Ich bin nicht schwerhörig.

Sie sagten laut und deutlich, Lukas deckt ihn. Wer ist dieser Lukas?»

«Lucky Luke!»

«Der Schweizer Meister? Ein ehrenwerter Mann … Ah, jetzt verstehe ich – Spiess war sein Partner. Wollen Sie etwa damit sagen, Lukas Loser sei an den Schweinereien beteiligt gewesen?»

«Nein. Lukas war lediglich Zeuge.»

«Spitzfindigkeiten! Aber das ist alles nichts Neues. Ihr haltet doch alle wie Kletten zusammen.»

«Also, ich muss schon bitten!»

«Ha! Wie viele Male ist Ihre werte Frau Kollegin ausgerastet und wer deckt jedes Mal ihr Fehlverhalten? Genau, Sie, Ferrari! … Moment, ich bin noch nicht fertig. Umgekehrt trifft exakt das Gleiche zu … Wenn Sie jemanden umbringen würden, könnten Sie auf die Hilfe Ihrer Kollegin zählen. Sie würde ihnen sogar noch helfen, den Toten zu verscharren oder ihn in den Rhein zu werfen. Was gibts da zu lachen, Frau Kupfer?»

«Die Vorstellung, dass Francesco Ihnen den Hals umdreht und wir Sie dann gemeinsam im Keller verbuddeln, gefällt mir.»

«Sehen Sie! Genau das ist es. Ihr würdet nie gegeneinander aussagen. Vielleicht stimmt es sogar … ich meine … das tut hier nichts zur Sache.»

Ferraris Stirnfalten zogen sich wieder gefährlich zusammen.

«Was wollten Sie eben sagen, Herr Staatsanwalt?»

«Ich … nichts. Gar nichts. Diesen Lucky Luke werde ich mir zur Brust nehmen. Ich dulde keine Mauscheleien. Nun denn, was ich eigentlich wissen wollte, sind Sie schon weitergekommen im Fall Annik Sonderegger?»

«Nicht wirklich. Eigentlich haben wir noch gar nicht richtig mit den Ermittlungen begonnen.»

«Ich verstehe. Gut, dann bis am Donnerstag. Heute wird es nochmals ziemlich spät und morgen Abend sowieso.»

«Reg dich ab, Francesco. Das ganze Kommissariat glaubt, dass wir etwas miteinander haben. Mich stört es nicht und du solltest dir etwas darauf einbilden. Wenn ich mit dem kleinen Finger schnippe, liegt mir sogar Borer zu Füssen.»

«Alle, nur der nicht, Nadine. Ich weiss nicht, was seine Frau an ihm findet. Der ist doch bestimmt zu Hause die gleiche Trantüte wie hier im Kommissariat.»

«Vielleicht verfügt er über Qualitäten, von denen wir nichts wissen.»

«Das glaube ich nicht. Der taugt höchstens als Politiker. Da kann ich ihn mir gut vorstellen. Ein Wendehals, wie er im Buch steht. Immer auf der Seite der Gewinner.»

«Wollte er nicht, dass du bei Olivia ein gutes Wort für ihn einlegst?»

«Doch, das will er dauernd. Ich werde ihr abraten, ihn zu unterstützen.»

«Komm schon. So schlimm ist er nicht. Wenn ich an einige unserer Politiker denke, ist er sogar eine Bereicherung.»

«Das ist nicht dein Ernst. Borer hat kein Profil, kein Charisma, kein Rückgrat. Er ist ein Fähnchen im Wind!»

«Jetzt endlich outen Sie sich, Ferrari! Ich wusste es! Sie stecken dahinter, dass ich bei den letzten Nationalratswahlen ein Fiasko erleben musste.»

«Sie sind noch da?»

«Ganz recht! Endlich lerne ich Ihr wahres Gesicht kennen. Sie sitzen in meinem Nest, ich drücke Sie wie eine Mutter an meine Brust, säuge Sie wie mein eigenes Kind, decke alle Ihre Eskapaden … und was ist der Dank? Sie stecken mir ein Messer in den Rücken.»

«Also bitte, ich muss …»

«Versuchen Sie es nur nicht schönzureden. Es gelingt Ihnen nicht, Sie falsche Schlange!»

«Das ist doch …»

«Die Wahrheit und nichts als die Wahrheit. Von heute an weiss ich, wer Freund und wer Feind ist. Ich gebe zu, Frau Kupfer, ich habe mich in Ihnen geirrt. Das tut mir aufrichtig leid. Wirklich. Sie sind eine integre, loyale Kollegin. Was man von anderen in diesem Zimmer nicht behaupten kann. Guten Tag, die Herrschaften!»

«Nimm dir zu Herzen, was mein Freund Jakob sagt, Francesco. Und nimm dir ein Beispiel an mir.»

«Hm!»

«Was ist denn in den gefahren?», wunderte sich Peter Strub, der kopfschüttelnd das Büro betrat. «Fliegt an mir vorbei, als ob ich Luft bin, und rempelt mich erst noch an.»

«Der Herr Staatsanwalt fand soeben heraus, dass er sich nicht auf alle Kollegen gleichermassen verlassen kann. Um es nett zu umschreiben.»

«Aha … Obwohl ich nur Bahnhof verstehe. Wie auch immer, hier ist mein Obduktionsbericht. Beim Geschoss haben sich meine Vermutungen bestätigt. Es handelt sich um einen grosskalibrigen Revolver. Nicht gerade eine gängige Waffe, eher etwas für Liebhaber. Die Kugel trat …»

«Ein Durchschuss», unterbrach ihn der Kommissär. «Danke, Peter. Die Details ersparen wir uns. Irgendwelche Besonderheiten?»

«Es gibt nichts Auffälliges. Keine Fingerabdrücke, keine fremden Fasern, keine Tatwaffe. Einfach gar nichts. Ach ja, Anniks Magen war ziemlich leer. Sie scheint nichts von einem anständigen Frühstück gehalten zu haben. Das Ganze sieht nach einer vorsätzlichen Tat aus, an einen Zufall glaube ich nicht. Mehr kann ich euch leider dazu nicht sagen. Wie gehts Georg?»

«Wir besuchen ihn gleich. Danach wissen wir mehr.»

«Gut. Dann will ich mal. Es wartet noch jede Menge Arbeit auf mich.»

«Wo wohnt eigentlich Big Georg?»

«Im Heimatland.»

«Deine Scherze waren auch schon besser, Nadine.»

«Kein Scherz. So heisst eine Strasse beim Claraspital.»

«Im Heimatland? Na ja, was solls. Fahren wir doch zu Georgs Heimat.»

«Mit dem Porsche?»

«Ja, die Zeit drängt. Ich möchte ihm einige Fragen stellen und am Nachmittag sind wir an der Kinderfasnacht.»

«Es geschehen noch Zeichen und Wunder.»

Die Porschefahrt dauerte länger, als dem Kommissär lieb war. Im Schritttempo fuhren sie über die Wettsteinbrücke, weil vor ihnen eine Guggenmusik die ganze Strasse für sich beanspruchte.

«Da hätten wir auch mit dem Tram fahren können.»

«Es ist Fasnacht und während dieser drei Tage bestimmen die Cliquen das Tempo. So einfach ist das.»

«Super! Dass dir als Bernerin dieser Rummel gefällt.»

«Ich finds fantastisch. Kein Vergleich zu Bern. Heute Abend gehe ich mit Yvo ans Guggenkonzert. Monika kommt auch mit. Du kannst dich uns anschliessen, falls du nichts Besseres vorhast.»

«Nein, danke. Ich stehe mir doch nicht zwei Stunden die Beine in den Bauch und friere mir einen ab.

Oh, nein. Viel lieber sitze ich mit einem Glas Rotwein gemütlich auf dem Sofa.»

Endlich bog die Guggenmusik zum Waisenhaus ab. Ferrari atmete erleichtert auf.

Von den Ereignissen des letzten Tages gezeichnet, sass Big Georg im Trainingsanzug am Küchentisch. Kommentarlos stellte er seinen Kollegen eine Tasse Kaffee hin.

«Der Kommandant hat mich suspendiert. Wie macht sich Stephan?»

«Ganz ordentlich. Er wird von deinen Leuten akzeptiert.»

«Das will ich hoffen! Stephan ist ein guter Mann. Ein geeigneter Nachfolger.»

«So weit ist es noch lange nicht.»

«Quatsch! Glaubst du wirklich, dass man mich wieder auf meinen Posten lässt? Die werden mich in Pension schicken oder ins Archiv stellen. Meine Zeit als Leiter der Fahndung ist abgelaufen, Francesco. Von daher ist es gut, dass ich meine Demission eingereicht habe. Da bleibt nichts an der Polizei hängen. Gibt es schon erste Ergebnisse?»

«Wir konnten Spiess nicht vernehmen. Er ist abgehauen.»

«Ich weiss.»

«Wieso fragst du mich überhaupt, ob es etwas Neues gibt? Du wirst doch über jeden unserer Schritte informiert.»

«Viel habt ihr bisher ja noch nicht gemacht. Wenn ihr gestern den Kerl auseinandergenommen hättet, wärt ihr sicher um einiges weiter.»

«Oder auch nicht. Vielleicht ist er nicht der Mörder.»

«Natürlich ist er es gewesen. Er konnte es nicht ertragen, dass ihn mein Mädchen verliess.»

«Und was ist mit der Suspendierung?»

«Was soll das, Francesco? Willst du mir damit sagen, ich sei am Tod meiner Tochter schuld?»

«Du bist genauso wenig am Tod von Annik schuld wie wir am Umstand, dass Spiess verschwunden ist. Hört sofort mit dem Mist auf, alle beide», schaltete sich Nadine ein. «Wir wollen den Mord an deiner Tochter aufklären und dazu brauchen wir deine Hilfe. Erzähl uns bitte alles über Annik und über Spiess. Vor allem all das, was nicht in den Akten steht.»

Big Georg lehnte sich mit geschlossenen Augen zurück. Endlose Sekunden vergingen, bevor er leise zu erzählen begann.

«Annik … sie ist mir geblieben. Nach dem plötzlichen Tod von Petra war sie mein einziger Halt. Und jetzt … jetzt bin ich allein hier in diesem grossen Haus. Manchmal schaue ich zur Tür, zur Treppe oder zum Garten hinaus und warte, dass Petra oder Annik hereinkommen. Aber es kommt niemand. Nur eine bleierne Leere macht sich breit, eine grenzenlose Einsamkeit. Eigentlich weiss ich nicht viel über Annik. Wenn die Kinder erst einmal flügge werden, erfährst du nichts mehr von ihrem Leben.»

«Wie lernte sie Spiess kennen?»

«Durch mich. Annik hatte eben eine Beziehung hinter sich. Um sie abzulenken, nahm ich sie an ein Polizeifest mit. Dass ausgerechnet Daniel ihr Herz erobern würde, hätte ich nie gedacht. Mir wäre ein anderer lieber gewesen.»

«Warum?»

«Er war schon immer ein Hitzkopf, aufbrausend, rechthaberisch und gewalttätig. Bei Razzien konnten wir ihn kaum bremsen. In der Schule seines Sohns kam es auch zu einem Zwischenfall. Spiess drohte der Klassenlehrerin. Offenbar wagte sie es, seinen Sohn nachsitzen zu lassen. Zum Glück liess sie es auf sich beruhen. Aber was sollte ich tun? Annik den Kerl ausreden? Sie hätte ihn erst recht gewollt.»

«Wie lange waren sie zusammen?»

«Drei Jahre. Vor einem halben Jahr kam sie weinend nach Hause. Ich hatte natürlich sofort den Verdacht, dass er sie schlägt, aber das war es nicht. Seine grobe Art, seine Brutalität Kollegen, Nachbarn und sogar Freunden gegenüber wurde Annik zu viel. Sie fürchtete sich vor ihm und wollte ihn verlassen. Zwischen Dani und mir flogen die Fetzen. Es kam zur Suspendierung und zur Versetzung.»

«Vollkommen zu Recht.»

«Es war dann nur noch eine Frage der Zeit, bis Annik mit dem Koffer vor der Tür stand.»

«Du sprachst von einem Brief, den Spiess geschrieben hat. Wo ist er?»

Georg erhob sich langsam und verschwand im Wohnzimmer.

«Voilà.» Er überreichte Ferrari das Schreiben. «Eine einzige Drohung, die ich nicht ernst genug nahm. Sonst würde meine Tochter noch leben.»

Ferrari las das Machwerk.

«Der spinnt total. Da steht wörtlich: ‹Man verlässt keinen Daniel Spiess, ohne die Konsequenzen zu tragen. Entweder du kommst zurück oder ich garantiere für nichts›.»

«Kannst du uns etwas über Anniks Freundeskreis erzählen?»

«Sie ging mehrmals mit einer Frau aus dem Unternehmen Mitte aus und dann wurde sie ab und zu von einem Mann in ihrem Alter abgeholt. Aber ich weiss nicht, wer das war. Irgendein Dandy.»

«Was meinst du mit Dandy?»

«So ein geschniegeltes Bürschchen, Nadine. Um die dreissig, immer elegant gekleidet. Er trug teure Klamotten, nicht so wie meine von der Stange. Seine Uhr ist mir ebenfalls aufgefallen … mir fällt die Marke im Moment nicht ein. Aber es war eine dieser Edelmarken.»

«Eine Rolex?»

«Kann sein. Höflich war er, das muss ich sagen.»

«Kam er mit dem Auto?»

«Mit einem Porsche. Ähnlich wie deiner.»

«Gibt es sonst noch etwas, was dir auffiel? War sie besorgt? Ängstlich?»

«Nein. Eher aufgestellt. Der junge Mann schien ihr gutzutun. Und jetzt … was mache ich nur ohne sie?»

Big Georg schlug die Hände vors Gesicht. Wortlos setzte sich Nadine zu ihm und legte ihm freundschaftlich den Arm um die Schultern.

«Es … Nadine, sie fehlt mir so. Wie Petra! … Ihr … ihr müsst ihn kriegen.»

«Wir finden ihn, Georg. Ganz bestimmt. Und wenn wir ihn über den ganzen Globus jagen müssen.»

Big Georg wischte sich die Tränen ab, blickte Nadine dankbar an, dann verlor sich sein Blick in der Unendlichkeit. In seinen Augen lag ein tief empfundener Schmerz. Der Verlust wog schwer. Sehr schwer. Ferrari und Nadine verabschiedeten sich, Big Georg schien keine Notiz davon zu nehmen. Draussen fischte Nadine eine Zigarette aus ihrer Handtasche.

«Du rauchst?»

«Selten, nur wenn mir etwas stark an die Nieren geht.»

«Wir müssen diesen Spiess finden. Stephan soll alle Leute einsetzen.»

«Die sind bereits im Einsatz, zumindest jene, die nicht Fasnacht machen.»

Langsam erwachte die Fasnacht zu neuem Leben. An verschiedenen Orten formierten sich bereits kleinere und grössere Gruppen. Bestimmt war auch der eine oder andere darunter, der sich keine Minute Schlaf gegönnt hatte. Wie es sich für den Dienstag gehörte, trugen die Aktiven ein Kostüm des vergangenen Jahres oder eines, das eigens für den Dienstag angefertigt wurde.

«Was gaffst du so?»

«Es ist beinahe Mittag. Die Mädchen warten sicher schon.»

«Nur keine Panik. Wir haben erst um zwei abgemacht. Da bleibt uns locker noch eine Stunde.»

«Ich will nur nicht zu spät kommen.»

«Ja, ja. Ich weiss. Lieber zehn Stunden zu früh als eine Minute zu spät. Noch so eine Macke.»

«Hm.»

Daniel Spiess war noch immer nicht zu Hause. Aus gutem Grund. Schliesslich musste er damit rechnen, dass seine Kollegen vor seiner Wohnung einen Posten aufstellen würden, was auch den Tatsachen entsprach. Wo verkroch er sich? Bei seiner Exfrau wohl kaum. Seine Eltern lebten nicht mehr. Blieben Freunde, wobei Ferrari in seiner langjährigen Laufbahn immer wieder feststellen musste, dass sich der Freundeskreis eines Polizisten meistens auf Berufskollegen beschränkte.

«Er ist bei einem Kollegen untergetaucht oder bei seiner neuen Freundin, sofern es eine gibt.»

«Reine Theorie, Francesco. Vielleicht ist er bereits in Polen oder sonst wo und schiesst sich den Frust aus dem Leib.»

«Hat er das nicht bereits?»

«Ich bin mir nicht sicher. Wir konzentrieren uns voll und ganz auf Spiess. Wer sagt uns, dass er der Täter ist?»

«Es spricht viel für diese Theorie.»

«Na ja, in Tat und Wahrheit ist es unser einziger Anhaltspunkt. Und wenn es einfach ein Verrückter ist? Wenn Annik bloss im falschen Moment am falschen Ort war? Wer weiss, möglicherweise schlägt er ja wieder zu?»

«Hör bloss auf, den Teufel an die Wand zu malen. Es wundert mich sowieso, dass kein Journalist diesen schrecklichen Gedanken aufgenommen und mit spitzer Feder ausgeschlachtet hat.»

«Also ich hätte daraus garantiert eine Wahnsinnsgeschichte gebastelt. ‹Der Fasnachtsmörder geht um›.»

«Super! Eine Panik wäre programmiert. Jeder, der eine Larve trägt, wird zum potenziellen Mörder.»

«Nein, nicht jeder. Nur die Clowns!»

Den Leiterwagen mit einer Tonne Räppli ins Tram zu bugsieren, um am Aeschenplatz mit Sack und Pack wieder auszusteigen, wurde zum Logistikproblem. Vor allem, weil die Damen mit ihren zickigen Bemerkungen nicht gerade eine grosse Hilfe waren und schon gar nicht zur Entspannung der Atmosphäre beitrugen. Doch nach einigem Ächzen und Stöhnen war es geschafft und die Innenstadt öffnete ihr Herz den Kindern. Ferrari genoss die Stunden mit den Kleinen. Unermüdlich zog er den Leiterwagen durch die Stadt, und als sämtliche Räppli an die Passanten gebracht worden waren, was ihnen ab und zu einen bösen Blick eines vorbeihuschenden Geschäftsmanns oder einer gestylten Businessfrau einbrachte, kauften sie vor dem Globus eine neue Ladung. Und da geschah es. Bei der Kaufaktion gingen die drei Damen, die sich nur kurz im Schaufenster die neue Frühjahrsmode betrachten wollten, verloren. Iris und Lea schien es nicht weiter zu stören und da Ferrari sein Handy zu Hause liegen gelassen hatte, blieb ihm nichts anderes übrig, als ohne die Damen weiterzuziehen.

Kurz vor fünf Uhr wurde der Kommissär von zwei Polizisten in Zivil angehalten.

«Ciao, Francesco. Nadine versucht dich zu erreichen. Du sollst sie zurückrufen.»

«Das geht nicht. Mein Handy liegt zu Hause.»

«Ach so. Wir sollen dir ausrichten, dass sie um halb sechs am Theaterplatz auf euch warten. Sie war ziemlich sauer. Sollen wir euch begleiten?»

«Spinnst du, Kurt! Ich werde wohl noch ohne Polizeieskorte mit zwei Mädchen und einem Leiterwagen durch Basel ziehen können.»

«Da ist Nadine anderer Meinung.»

«Hat sie das gesagt?»

«Nicht wörtlich. Aber sie war schon etwas beunruhigt, dass du mit den Mädchen im Getümmel verloren gehen könntest.»

«Hm. Wie läufts bei euch denn so?»

«Es ist ziemlich ruhig. Nur die Diebstahlanzeigen nehmen zu.»

«Auch Larven und Trommeln?»

«Leider ja, vor allem abends. Die werden halt meistens vor den Beizen abgestellt, wenn eine Clique eine Pause macht. Sollen wir dich wirklich nicht begleiten?»

«Ich bin doch kein kleines Kind!», empörte sich Ferrari.

«Ganz wie du meinst. Dann noch viel Spass.»

Es klang nicht nach Spass, sondern vielmehr nach Ärger. Was solls. Schliesslich ist es ja nicht meine Schuld, dass wir uns verloren haben. Frohen Mutes zog er den Leiterwagen weiter durch die Stadt und die Girls brachten auch die zweite Ladung Räppli an die Zuschauer. Kurz nach halb sechs, noch immer war die Stadt voll in Kinderhänden, steuerte Ferrari den Leiterwagen zum Fasnachtsbrunnen.

«Das war super!» Iris und Lea rannten zu ihrer Mutter. «Francesco ist mit uns durch die ganze Stadt gezogen. Das war ein ganz, ganz toller Nachmittag, Mami.»

Monika und Nadine schienen anderer Meinung zu sein, hielten sich aber zurück. Zumindest vorerst, denn es gab nichts Schöneres als strahlende Kinderaugen! Der Kommissär konnte sich ein Schmunzeln nicht verkneifen und pfiff auf dem Heimweg leise vor sich hin. Links von ihm Lea, rechts Iris, die gereizten Schönheiten im Schlepptau. Nur nichts anmerken lassen. Das war in einem solchen Moment die beste Strategie.

«Was hast du dir nur dabei gedacht?», eröffnete Monika im trauten Heim das Verhör.

«Das könnte ich genauso gut euch fragen. Wir haben nur Räppli gekauft und schon ward ihr weg.»

«Oh, nein, mein Lieber. Du bist einfach mit den Mädchen abgehauen.»

«Aha, jetzt bin ich wieder an allem schuld. Wir konzentrierten uns eben auf die Fasnacht.»

«Was willst du damit sagen?»

«Dass ihr an keinem Klamottenladen vorbeigehen könnt, ohne mit glasigen Augen stehen zu bleiben. Wen wunderts, dass wir euch im Getümmel verloren haben.»

«Das wäre ja auch nicht weiter schlimm gewesen, hätte der Herr nicht wieder einmal sein Handy zu Hause vergessen. Typisch.»

«Jetzt heisst es dann womöglich noch absichtlich. Um euch loszuwerden.»

«Würde mich nicht erstaunen!», mischte sich Nadine ein.

«Na prima. Wenn wir schon dabei sind, wie kommst du dazu, unsere Kollegen auf mich anzusetzen?»

«Kurt und Max sind uns zufällig begegnet.»

«Ha! Dass ich nicht lache!»

«Wirklich. Und ich bat sie nur, dir einen Treffpunkt durchzugeben, falls sie dich sehen.»

Puma strich Ferrari um die Beine. Ich kann machen, was ich will. Am Ende bin immer ich der Idiot. Kopfschüttelnd hob er die Katze hoch.

«Siehst du, mein Schatz? So ist das. Statt mich zu loben, dass ich den Mädchen einen schönen Nachmittag beschert habe, höre ich Vorwürfe, nichts als Vorwürfe.»

Puma schnurrte zum Einverständnis.

«Komm, wir setzen uns gemütlich aufs Sofa, essen ein Häppchen, trinken zusammen ein Glas Wein und lassen uns von den bösen Frauen den Abend nicht verderben.»

Gesagt, getan. Ferrari zappte müde, aber zufrieden durch das Vorabendprogramm. Das war eigentlich recht amüsant mit den Mädchen. Vielleicht hat es ja doch etwas auf sich mit den drei schönsten Tagen. Hm. Und irgendwie stimmt es mich traurig, dass wir Nikki die Fasnacht vorenthalten haben. Bloss, jetzt ist es zu spät. Ganz Papas Töchterchen verweigert sie stur alles, was mit Fasnacht zu tun hat. Der Nachrichtensprecher von «7vor7» redete immer leiser, bis er sich schliesslich vor seinen Augen im Nichts auflöste. Nur noch vereinzelte Sprachfetzen drangen an sein Ohr. Ist Monika im Fernsehen? Als Moderatorin? Ah, und Nadine auch. Das ist mir vollkommen neu. Lustig.

«He! Aufwachen!»

«Was? … Wie spät ist es?»

«Kurz nach sieben.»

Ferrari gähnte.

«Ich bin eingeschlafen. Geht ihr schon?»

«Ja. Es ist höchste Zeit.»

«Gut, dann wünsche ich euch einen schönen Abend. Kommt Eleonore auch mit?»

«Wir konnten sie überreden trotz Andreas' Dackelblick.»

«Das tut ihr gut. Viel Spass.»

Ferrari schenkte sich ein Glas Wein nach. Weshalb schauen mich die beiden so komisch an?

«Und du kommst auch mit!»

«Ich?»

«Liegt sonst noch ein Faultier auf der Couch? Vorwärts, zieh dich warm an. Und keine Ausrede. Du kommst mit oder ich mache dir eine Woche lang jeden Abend die Hölle heiss.»

Das war keine Drohung, sondern ein Versprechen. Mürrisch zog der Kommissär seinen dicken Wintermantel an, während sich Puma auf dem Sofa räkelte. Du hast es gut. Stehst nicht Stunden lang in Menschenmassen und musst dir alle Gassenhauer der letzten hundert Jahre anhören. Im nächsten Leben werde ich auch eine Katze. Ja, ganz bestimmt.

«Was ist, kommst du endlich? Wir warten! Und nimm das Handy mit.»

Dienstagabend, die magische Nacht der Guggenmusiken. Das konnte heiter werden. Den Marsch der Guggen vom Messeplatz in die Innenstadt hatten sie verpasst, dafür kamen sie auf dem Marktplatz vor der beleuchteten Silhouette des Rathauses in den vollen Genuss der sich jede Viertelstunde abwechselnden Guggen. Und wie die schränzten! Eleonore, Monika und Nadine tanzten und sangen mit Yvo dazu. Nur Ferrari stand gelangweilt daneben. Was ist denn so besonders an dieser Musik? Sie ist lärmig, wenig harmonisch, die Stücke wiederholen sich und das Schlimmste – es ist kein Ende in Sicht.

«Na, was ist, willst du nicht mitmachen?»

Yvo legte freundschaftlich seine Hand auf Ferraris Schulter.

«Danke. Ich stehe lieber hier ein wenig herum und schau mir die Leute an.»

«Wie du willst.»

Die Menge grölte. Soeben beendeten die Pumperniggel ihren Auftritt. Nun waren die Original Chnulleri an der Reihe, die mit frenetischem Applaus empfangen wurden. Wir Basler sind schon ein komisches Völkchen. Tausende stehen hier in der Kälte und verbrüdern sich unter den Klängen von Blechmusik. Ferrari beobachtete einen Krankenwagen, der sich mühsam einen Weg durch die Menge bahnte, und wäre beinahe verloren gegangen. Denn exakt in diesem Augenblick entschieden sich die närrischen Weiber, ein Haus weiterzuziehen. Als sie merkten, dass das fünfte Rad am Wagen fehlte, schwärmten sie aus und fanden es beim Rathauseingang. Monikas Blick verhiess nichts Gutes. Wortlos hakte sie sich beim

Kommissär unter. Ob er wollte oder nicht, er musste die lächerlichen Kapriolen mitmachen. Widerstand war zwecklos. Am Claraplatz bogen sie in die Rebgasse, gingen am Volkshaus vorbei und stiegen im Schafgässlein in einen Cliquenkeller hinunter.

«Da waren wir gestern Abend. Hier findet man immer einen Platz», verkündete Nadine gut gelaunt.

Ferrari rückte ans Ende eines langen Tisches. Der Keller war gut besucht, aber nicht übervoll. Nach der ersten Flasche Wein fing ihm der Ausflug langsam an zu gefallen und nach der zweiten, die sie im Nu kippten, stieg seine Stimmung enorm. Wer sagts denn, die Fasnacht ist super. Monika ist super. Nadine ist super. Alles ist super. Eine Stunde später blies Monika zum Aufbruch. Oh, nein. Gerade jetzt, wo sich die Fasnacht von ihrer besten Seite zeigt. Doch die Damen wollten weiterziehen, die Nacht war schliesslich noch jung. Draussen klingelte Ferraris Handy.

«Es ist Stephan!», stellte der Kommissär irritiert fest. «Hallo, Stephan, was gibts? … Keine Antwort. Komisch, die Verbindung ist unterbrochen.»

«Er hat mehrmals angerufen. Wahrscheinlich waren wir im Keller in einem Funkloch», stellte Nadine mit Blick auf ihr Natel fest. «Jetzt versucht ers bei mir … Ja, Stephan? Was ist los?» Nadine hörte eine Weile aufmerksam zu. Ihre Miene verfinsterte sich von Sekunde zu Sekunde. «Der Spass ist vorbei», wandte sie sich an Ferrari. «Ein Toter. Wir müssen sofort ins Luftgässlein.»

Die Kollegen vom Sicherheitsdienst hatten den Strassenabschnitt Bäumleingasse–Luftgässlein abgeriegelt. Vor dem Restaurant Rubino war Peter Strub mit seinem Team bereits an der Arbeit.

«Ciao, Francesco. Wo wart ihr nur solange?»

«In einem Cliquenkeller ohne Handyempfang.»

«Das wird euch nicht gefallen. Beim Toten handelt es sich um eine männliche Leiche, um die sechzig.»

«Todesursache?»

«Erschossen aus nächster Nähe mit einer grosskalibrigen Waffe.»

«Mein Gott! Wie bei Annik?»

«Ich will es nicht verschreien, aber alles deutet darauf hin. Gleiche Waffe, gleiche Distanz.»

Ferrari bückte sich zur Leiche und hob das Tuch.

«Ich kenne den Mann. Das ist Burkhard Gärtner, der Inhaber von Mapex.»

«Der Autoimporteur?»

«Ja. Einer der grössten der Schweiz. Gärtner ist in Basel ziemlich bekannt und er ist ziemlich vermögend.»

«Er war im Rubino mit Freunden essen. Sie warten drinnen auf euch.»

«Danke, Peter. Gehen wir rein.»

Einer von Gärtners Freunden erhob sich.

«Hallo, Francesco. Gott sei Dank bist du da.»

«Ciao, Alex. Das ist meine Kollegin Nadine Kupfer. Alex Moor war ein Freund meines Vaters.»

«Herbert brachte mich zu der Spalenclique. Das ist aber schon eine Ewigkeit her. Setzt euch bitte.»

Moor stellte ihnen zwei weitere ältere Herren vor, die Ferrari nicht kannte.

«Das … Francesco, wir können es nicht glauben.»

«Wart ihr zusammen an der Fasnacht?»

«Korrekt. Wir vier sind in der Alten Garde und treffen uns immer am Dienstagabend, schauen uns ein wenig das Treiben in der Stadt an und gehen dann ins Rubino essen.»

«Warum ist Gärtner früher gegangen?»

«Ist er nicht. Er ging nur kurz vor die Tür, um eine Zigarette zu rauchen.»

«Wir sahen ihn die ganze Zeit. Erst stand er direkt vor dem Eingang, dann lief er in die Gasse hinein und klopfte ans Fenster», meldete sich Stephan Rothen zu Wort.

«War er allein?»

«Zuerst schon, bis plötzlich ein Clown auftauchte.»

«Ein Clown?»

«Ja, einer in einem Clownkostüm. Er zog eine Waffe. Was für ein dummer Scherz, dachte ich. Doch im nächsten Moment hörten wir einen Schuss. Blut spritzte ans Fenster. Wir rannten sofort hinaus und fanden Burkhard in einer Blutlache auf dem Boden liegend. Er war tot und der Clown verschwunden.»

Nadine nahm die Personalien der drei Männer auf, bevor sie zu Peter zurückgingen.

«Die Ähnlichkeiten sind frappant», wandte sich Strub an Ferrari. «Nach den ballistischen Untersuchungen haben wir Gewissheit. Ich bin mir allerdings verdammt sicher, dass es die gleiche Waffe ist. Die Kugel drang wie bei Annik in die Stirn, trat am Hinterkopf wieder aus und blieb in der Wand stecken. Eine weitere Hinrichtung, wenn du mich fragst.»

Ferrari rieb sich die Stirn, seine Hand zitterte.

«So, wir sind fertig. Am Donnerstagmorgen liegt der Bericht auf eurem Tisch. Ich werde wohl besser mit meiner Familie den Cortège meiden. Wer weiss, sonst bin ich womöglich der Nächste.»

Nadine und der Kommissär gingen langsam durch die Bäumleingasse zur Freien Strasse. Das Rubino lag zentral und gleichwohl etwas abseits vom eigentlichen Fasnachtsgeschehen. Problemlos hatte sich der Clown durch die Bäumleingasse in Richtung Münsterplatz oder via Luftgässlein zum Kunstmuseum absetzen und unbemerkt unters Volk mischen können.

«Entweder es gibt eine Verbindung von Annik zu Burkhard Gärtner, Nadine ...»

«Oder der Super-GAU ist eingetreten, den ich heraufbeschworen habe.»

«Ein Maskierter im Clownkostüm erschiesst wahllos Passanten an der Fasnacht. Grauenhaft. Das will ich mir lieber nicht vorstellen.»

«Es gibt eine Verbindung zwischen den beiden. Es muss!»

«Und falls die nicht existiert?»

«Dann wird uns morgen der Clown eine dritte Leiche präsentieren.»

4. Kapitel

Der zweite Mord innert achtundvierzig Stunden konnte nicht mehr geheim gehalten werden. Mit einer fetten Schlagzeile berichtete die «Basler Zeitung» darüber. Immerhin vermutete der Journalist keine Serie, sondern spekulierte über eine Bluttat aus Eifersucht oder Rache. Schon zu Lebzeiten war Burkhard Gärtner für Publizität gut gewesen. Oft positive, wenn es darum ging, durch Expansion Arbeitsplätze zu schaffen, aber auch negative, denn seine sexuellen Eskapaden nach der Scheidung überschlugen sich und rauschten durch den Blätterwald. Der «Blick» ging auf der Titelseite schon eher zur Sache. «Wenn Mörder Fasnacht machen» titulierte der Journalist seinen Artikel. Er befürchtete, dass dies noch nicht das Ende sei. Ein Wahnsinniger ziehe in Basel seine Kreise und murkse die halbe Stadt ab. Na prima.

«Das könnte von dir sein, Nadine.»

«Ja. Hoffentlich bewahrheitet sich dies nicht.»

«Hast du eine Verbindung zwischen Gärtner und Annik gefunden?»

«Nichts. Höchstens dass der ältere Herr auf jüngere Frauen stand. Was ihm niemand verdenken kann.»

«Wieso?»

«Du kennst seine Exfrau nicht, Francesco.»

«Das ist doch diese Lena Gärtner, oder?»

«Genau, die Sauberfrau der Nation. Immer auf Moral und Sitte bedacht mit Ansichten wie im Mittelalter.»

«Was hast du sonst noch über Gärtner erfahren?»

«Die Zentrale der Mapex befindet sich im Dreispitz. Der Geschäftsführer und wahrscheinlich auch der Erbe des Imperiums ist sein Sohn Leon.»

«Leo?»

«Nein, Leon. Mit einem N. Er erwartet uns in einer halben Stunde.»

Das Industrie- und Gewerbeareal am Rande der Stadt war ziemlich unübersichtlich. Nadine erwischte das falsche Tor, landete in einer Sackgasse und musste hundert Meter bei schlechter Sicht und beschlagener Windschutzscheibe rückwärts zum Ausgangspunkt der Kreuzung fahren. Oje, wenn das nur gut geht. Ferrari sass stoisch auf dem Beifahrersitz. Ja nicht bewegen. Schon gar nicht nach hinten schauen, sonst explodiert sie. Etwas voreilig riss Nadine das Steuer nach links und touchierte prompt mit der hinteren linken Felge einen Pfosten.

«Verdammter Mist! Jetzt ist schon wieder eine hin. Diese Idioten! Können nicht mal Hinweisschilder aufstellen.»

Der Kommissär hütete sich auf das Sackgasse-Schild hinzuweisen, das eigentlich unübersehbar bei der

Einfahrt stand. Nadine drückte voll aufs Gas. Der Porsche ruckte nach vorne, um kurz darauf hinten auszubrechen. Wie eine Rennfahrerin steuerte sie dagegen und raste um die nächste Ecke.

«Du hättest Tor 13 nehmen müssen.»

«Das fehlt mir gerade noch, du Besserwisser. Übrigens, deine gespielte Lockerheit nimmt dir niemand ab. Der Angstschweiss steht dir förmlich auf der Stirn.»

Zehn Minuten später hielten sie auf einem der Kundenparkplätze von Mapex. Geschafft, Ferrari war sichtlich erleichtert.

«Die haben seit dem letzten Mal alles geändert. Deshalb sind wir eine Viertelstunde zu spät.»

Stimmt zwar nicht, aber egal. Eilig stieg der Kommissär aus dem Porsche, rutschte auf dem glitschigen Terrain aus und fiel hin.

«Was ist denn jetzt wieder?»

«Ich … ich bin ausgerutscht. Mein Rücken …»

«Unsinn! Hoch mit dir!»

Ferrari murmelte etwas Unverständliches und hinkte Nadine nach zum Fahrstuhl. Leon Gärtner wartete bereits am Empfang auf sie. Ein schlanker Mann, etwa ein Meter achtzig gross, Mitte dreissig, blaue Augen und blonde Haare, die er mit Gel nach hinten gekämmt hatte.

«Ist Ihnen nicht gut, Herr Kommissär?», fragte er besorgt.

«Ich bin unten auf dem Parkplatz ausgerutscht …

Aber es geht schon. Zuerst einmal unser herzliches Beileid, Herr Gärtner.»

«Vielen Dank. Bitte setzen Sie sich. Etwas zu trinken?»

«Nein danke.»

«Mir auch nichts.»

«Es ist … einfach schrecklich. Ich finde kein anderes Wort dafür. Kannten Sie meinen Vater?»

«Nein. Wir sind uns nie begegnet.»

«Sie wissen aber, dass meine Eltern geschieden sind?»

«Das weiss wohl jeder in Basel.»

«Stimmt. Die Menschen tratschen gern über andere. Vor allem, wenn sich ein gestandener Geschäftsmann wegen einer dreissig Jahre jüngeren Frau scheiden lässt. Die Beziehung hielt jedoch nicht lange.»

«Wie würden Sie Ihre familiäre Situation beschreiben? Hatten Sie zu beiden Elternteilen guten Kontakt?», schaltete sich Nadine ins Gespräch ein.

Leon Gärtner betrachtete sie mit unverhohlener Bewunderung.

«Seit sich die beiden getrennt haben, sehe ich Paps jeden Tag hier im Geschäft, meine Mutter höchstens ein Mal pro Woche. Es ist noch schwierig, die Balance zu halten. Sich nicht auf die eine Seite zu schlagen, sondern beide Seiten zu verstehen. Ich denke, es ist mir recht gut gelungen.»

«Sie leiten Mapex?»

«Ja … und nein! Paps wollte sich zurückziehen,

übergab mir daher die operative Leitung. Im täglichen Geschäft redete er nicht mehr mit, aber die strategische Ausrichtung der Firma lag weiterhin in seinen Händen. Also so richtig ist er nie aus dem Betrieb ausgestiegen.»

«Damit waren Sie einverstanden?»

«Es gibt in unserer Firma viel zu tun. Einverstanden wäre zu viel gesagt. Sagen wir, wir arrangierten uns. Anfangs versuchte er, mir im Daily Business dreinzureden. Das stellte ich blitzartig ab. Mir wäre es natürlich lieber gewesen, wenn er sich auf das Verwaltungsratspräsidium beschränkt hätte, doch das war ihm zu wenig. Na ja, aufs Ganze gesehen konnte ich gut damit leben, weil …»

Leon Gärtner stockte und kratzte sich am Hals.

«Weil?»

«Er liess sich in den letzten Monaten nicht mehr so oft hier blicken. Es gab offenbar Wichtigeres als Mapex.»

«Zum Beispiel?»

«Es … wie soll ich das sagen, ohne ihn zu kompromittieren. Er … nun, er glaubte, vieles nachholen zu müssen.»

«Sexueller Art?»

«Ja, schon irgendwie. Ich sagte vor zwei Wochen zu ihm: ‹Deine Girls werden immer jünger›. Er lachte und gab schlagfertig zurück: ‹Nein, mein Junge, die Mädchen sind immer gleich alt.› … Er ist nie ein Kind von Traurigkeit gewesen. Meine Mutter wusste das, als sie ihn heiratete. Sie konnte irgendwie damit umgehen, bis er mit dieser Jojo aufkreuzte. Jojo Nadig, ein Fotomodell.»

«Eine Edelprostituierte, wie sich ja später herausstellte.»

«Ich sehe, Sie lesen die Regenbogenpresse, Herr Kommissär.»

«Nur ab und zu, wenn es um Basler Persönlichkeiten geht.»

«Es war einmal mehr eine Falschmeldung. Jojo arbeitete nicht als Prostituierte, sondern als Barfrau im Kiki, wo sich die beiden auch kennenlernten. Der Rest ist bekannt. Nach beinahe vierzig Ehejahren konnte und wollte Mutter nicht mehr. Die anderen Liebschaften mit seinen Sekretärinnen und Geschäftspartnerinnen hatte sie irgendwie verkraftet. Aber dieser Aufschrei in der Presse, dass Burkhard Gärtner mit einer Nutte liiert sei, ging ihr zu weit. Sie reichte die Scheidung ein.»

«Das war für Sie sicher auch nicht einfach.»

«Einfach nicht, doch auch nicht allzu belastend. Ich bin jetzt fünfunddreissig, habe nach dem Studium, also vor rund zehn Jahren, direkt in der Firma angefangen. Und hier wusste jeder von seinen Affären. Somit traf es mich keinesfalls überraschend.»

«Kannte ihr Vater eine Annik Sonderegger?»

Leon Gärtner überlegte lange.

«Der Name sagt mir nichts, aber das will nichts heissen. Wie alt ist sie?»

«Zweiunddreissig.»

«Das würde in sein Beuteschema passen. Seine Gespielinnen waren in letzter Zeit zwischen fünfunddreissig und fünfundvierzig, Herr Ferrari. Mit abnehmender Tendenz. Weshalb fragen Sie nach dieser Frau Sonderegger? Vermuten Sie, dass sie ihn ermordete?»

«Annik Sonderegger war das erste Opfer des Clowns.»

«Es gab bereits einen Mord?»

«Das stand heute in der Zeitung.»

«Ich bin noch nicht zum Zeitunglesen gekommen. Es rufen laufend Freunde und Geschäftspartner an, um mir ihr Beileid auszudrücken. Eine Geste, die ich sehr schätze. Stehen die beiden Morde in einem Zusammenhang?»

«Möglicherweise schon.»

«Gut, dann werde ich versuchen, herauszufinden, mit wem er in der letzten Zeit ein Verhältnis hatte oder noch besser …» Leon Gärtner griff nach seinem Schlüsselbund und löste einen der Schlüssel vom Ring. «Hier, Herr Kommissär. Das ist der Schlüssel zu seiner Villa im Gellert. Vielleicht finden Sie dort etwas. Ich … es wäre mir lieber, wenn Sie und Frau Kupfer ins Haus gingen. Ich möchte dort im Augenblick nicht hin.»

Nadine steckte den Schlüssel ein.

«Dürfen wir noch sein Büro sehen?»

«Bitte, es ist gleich nebenan.»

Gärtner senior schien sich wirklich nicht mehr oft

bei Mapex aufgehalten zu haben. Einige wenige Akten lagen auf seinem Tisch und eine leere Unterschriftenmappe. Leon Gärtner stellte den Computer an und gab das Passwort ein. Nadine ackerte die wenigen Dateien durch, kontrollierte, ob in den letzten Tagen etwas in den Papierkorb verschoben wurde, und druckte eine Adressdatei aus.

«Ihr alter Herr scheint ein ziemlich wilder Bursche gewesen zu sein. Ich hab hier zwei Seiten mit beinahe achtzig Namen.»

«Er war für sein Alter ordentlich in Form. Darf ich?»

Leon Gärtner ging die Liste durch.

«Die beiden hier, Sarah Linsenmann und Ina Reber, waren zurzeit seine Favoritinnen.»

«Die Tochter vom Juwelier Raphael Linsenmann?»

«Ich glaube schon. Kennen Sie sie, Herr Kommissär?»

«Vor allem ihren Vater.»

«Verstehe ich das richtig, er hatte ein Verhältnis mit beiden?»

«Wenn die eine nicht konnte, dann eben die andere, Frau Kupfer. Ich … das Ganze geht mir sehr nahe. Falls ich bei Ihnen den Eindruck erwecke, dass ich ziemlich cool bin … es ist nur eine Show, Herr Kommissär. Ich … ich bewunderte meinen Vater. Er baute Mapex aus dem Nichts zu einer der führenden Firmen in unserer Branche auf. Manchmal … manchmal sitze ich hier, schaue zum Fenster hinaus und frage mich, was geschehen wird, wenn ich das alleinige Sagen habe. Bin ich in der Lage, die Firma vorwärtszubringen? Oder kann ich zumindest den Status quo halten? … Paps … er war ein grossartiger Mensch, ein genialer Geschäftsmann. Wahrscheinlich sind die Schuhe, die er mir hinterlässt, einige Nummern zu gross für mich.»

«Aber sie führen doch die Firma mit Erfolg.»

Leon Gärtner lächelte.

«Stimmt. Doch bisher immer im Wissen, dass ich mich notfalls hinter dem Rockzipfel meines Vaters verstecken kann. Das ist jetzt vorbei.»

«Wie belastend waren die Affären Ihres Vaters für Sie?»

Er dachte erneut sehr lange nach, bevor er antwortete.

«Sehr … sehr belastend. Seine Freundinnen waren teilweise in meinem Alter. Wir stritten uns oft wegen seiner sexuellen Eskapaden. Ich fand diese Ausschweifungen unreif und peinlich. Diese Jojo war auch für mich zu viel. So ein Lolitatyp, Schmollmund, Minirock, Stiefel bis zu den Oberschenkeln, geschminkt und angezogen wie eine billige Nutte. Ich bin total durchgedreht und habe meinen Vater mitsamt seiner Freundin aus dem Büro geworfen.»

«Das liess er sich gefallen?»

«Er war total überrascht von meiner heftigen Reaktion, zog wortlos ab, kam jedoch am gleichen Tag zurück. Mannomann, da flogen die Fetzen. Noch sei er hier der Chef. Das hätte er nicht sagen sollen. Ich bin so was von ausgerastet. Dass er meine Mutter zutiefst beleidigte, war ihm offenbar nicht genug, nein, er brachte diese billige Schlampe auch noch mit in die Firma und kompromittierte mich. Wäre meine engste Mitarbeiterin nicht dazwischengegangen … ich weiss nicht … wahrscheinlich hätte ich meinen eigenen Vater verprügelt.»

«Gab es ein Nachspiel?»

«Das ganze Wochenende über liess er sich nicht mehr blicken. Dann platzte er unangemeldet und gut gelaunt in die Kadersitzung, umarmte mich und erklärte vor versammelter Mannschaft, dass er stolz auf mich sei. Er würde sich natürlich nicht von seinen irdischen Vergnügen abbringen lassen, aber die männlichen Mitarbeiter müssten halt von nun an auf seine schönen Frauen verzichten. Sein Sohn habe ihnen Hausverbot erteilt und daran werde er sich halten, sagte er und war schon wieder weg.»

«Das zeugt von Respekt Ihnen gegenüber.»

«Seine Art von Respekt, Frau Kupfer. Immerhin hielt er sich daran. Komisch … seit dieser Auseinandersetzung, die mir noch heute schwer im Magen liegt, kritisierte er keine meiner Entscheidungen mehr und war kaum noch in der Firma. Irgendwie kamen wir uns danach auf privater Ebene näher.»

«Vielleicht war dieser Ausbruch Ihr Meisterstück.»

«Paps war zeitlebens ein Exzentriker. Ein grossartiger Mensch … er wird mir sehr fehlen, Herr Kommissär.»

«Das verstehen wir.»

Ferrari und Nadine traten ins Freie. Unauffällig versuchte der Kommissär eine Träne wegzuwischen.

«Hier, nimm!» Nadine streckte ihm ein Papiertaschentuch hin. «Mann, bist du eine weiche Schelle!»

«Das nimmt mich mit. Er sass so verloren da, war kurz vor dem Weinen. Immerhin hat er seinen Vater verloren.»

«Und da musst du gleich mitflennen.»

«Habe ich doch gar nicht.»

«Ach so, dann sind das da Freudentränen.»

«Hm.»

«Vielleicht ist er der Clown.»

«Er … jetzt drehst du aber vollkommen durch, Nadine.»

«Lass mich den Gedanken zu Ende spinnen. Gärtner junior kann es nicht mehr mit ansehen, dass die Gespielinnen seines Vaters immer jünger werden. Als Burkhard Gärtner ihm Annik vorstellt, knapp dreissig, gut aussehend …»

«Alles andere als nuttenhaft …»

«Exakt, also eine gut aussehende, intelligente Frau, die nicht mit den anderen zu vergleichen ist, da dreht er ganz durch. Weil er einsehen muss, dass sich sein Vater nie ändern wird, und er damit nicht leben kann. Er besorgt sich ein Clownkostüm, erschiesst zuerst Annik, dann seinen Vater.»

«Du meinst, Leon Gärtner rächt sich mit diesen beiden Morden für alles, was sein Vater ihm und seiner Mutter in all den Jahren angetan hat.»

«Ja, und sorgt dafür, dass endlich Ruhe einkehrt.»

«Gute Theorie, aber Annik steht nicht auf Gärtners Liste.»

«Den Namen kann Leon inzwischen gelöscht haben. Er war mir sowieso eine Spur zu hilfsbereit.»

«Weil er uns den Schlüssel zur Villa gab?»

«Zum Beispiel. Er fühlt sich sicher. Falls es Spuren gab, hatte er genügend Zeit, diese zu verwischen.»

«Du hättest ihn fragen sollen, wo er am Montag früh und am Dienstagabend gewesen ist.»

«Das kann ich telefonisch nachholen.»

«Und was ist mit Daniel Spiess?»

«Der bleibt auf unserer Liste. Bloss, den müssen wir zuerst auftreiben.»

Die Durchsuchung der Villa brachte keine neuen Erkenntnisse. Im Laptop fanden sie zwar eine Namensliste, doch war diese mit jener aus der Firma identisch. Auch wurden keine Daten gelöscht oder geändert, weder in der Villa noch im Büro, wie eine gründliche Untersuchung der IT-Spezialisten ergab. Damit kam Nadines Theorie bereits nach kurzer Zeit ins Wanken. Leon Gärtners Assistentin, Nadia Loosli, die auch gleichzeitig die Termine von Gärtner senior koordinierte, bestätigte ihr am Telefon die geschilderte Version des Streits zwischen Vater und Sohn. Als Protokollführerin war sie dabei gewesen, als Burkhard Gärtner unverhofft in die Sitzung platzte. Zu guter Letzt erwähnte sie, dass die letzten beiden Geliebten Sarah Linsenmann und Ina Reber hiessen.

«Die anderen auf der Liste können Sie getrost vergessen, Frau Kupfer. Burkhard lebte nach der Devise ‹Ich wärme nichts auf›. Die Liste führte er nur der Vollständigkeit halber. Wenn er eine der Damen abservierte, dann für immer.»

Nadine lag die Frage auf der Zunge, ob Nadia Loosli auch ein Verhältnis mit Burkhard Gärtner hatte.

«Übrigens, bevor sie auf falsche Gedanken kommen, zwischen Burkhard und mir ist nie etwas gelaufen. Ich kann Ihnen auch sagen, warum. Er stellte mich vor Jahren ein, weil ich charakterlich seiner Frau ähnlich bin. Das sagte er damals wörtlich. Und was er zu Hause haben konnte, interessierte ihn im Geschäft nicht. Ganz im Gegenteil, da wollte er Abwechslung. Mich liess er immer in Ruhe, aber es gibt die eine oder andere in unserer Firma, die er nicht von der Bettkante stiess.»

Damit war die unausgesprochene Frage beantwortet. Während des weiteren Gesprächs lieferte Nadia Loosli ihrem Chef unbewusst ein Alibi. Burkhard Gärtner war nach jenem Riesenstreit mit seinem Sohn am Montagvormittag in die wöchentliche Sitzung geplatzt. Als Nadine nachfragte, ob diese auch in der Fasnachtswoche stattgefunden habe, bejahte die Sekretärin diese Frage. Wie gewohnt leitete Leon die Sitzung vorgestern von acht bis zehn Uhr und sie selbst führte das Protokoll. Am Dienstagabend wiederum, auch dies erfuhr sie von der gesprächigen Assistentin, hielt sich Gärtner junior in Zürich auf.

«Er hasst die Fasnacht, Frau Kupfer. Ich musste ihm zwei Tickets fürs Opernhaus Zürich besorgen, für sich und Lena.»

«Lena?»

«Seine Mutter.»

Statt neuer Nahrung hatte Nadines Theorie soeben Flügel bekommen.

«Es wäre ein wenig zu einfach gewesen», kommentierte Nadine das eben geführte Telefongespräch. «Konzentrieren wir uns weiter auf Spiess. Ach ja, Georg hat angerufen.»

Ferrari sah erstaunt vom Schreibtisch auf.

«Der geschniegelte Fritz heisst Karsten Speck.»

«Kannst du etwas deutlicher werden? Ich verstehe nur Bahnhof.»

«Der junge Mann, der Annik in der letzten Zeit ab und zu abholte, heisst Karsten Speck. Er hat mit Georg telefoniert, weil er Annik auf dem Smartphone nicht erreichen konnte.»

«Hat sich Georg die Nummer notiert?»

«Aber natürlich. Und die liebe Nadine hat sofort angerufen. Er ist seit einem Monat beruflich im Ausland, kommt aber Ende März zurück. Sie sind einige Male ausgegangen. Er war total schockiert, konnte kaum sprechen. Ich glaube, er war in sie verliebt. Er überlegt sich sogar, frühzeitig zurückzukommen, um an der Beerdigung teilzunehmen.»

«Damit können wir den auch von unserer Liste streichen.»

Der letzte Fasnachtsnachmittag zeigte sich von seiner Sonnenseite. Dementsprechend zahlreich drängten sich die Zuschauer an der Cortègeroute. Die Cliquen präsentierten sich wie am Montag in ihren offiziellen Kostümen. Ferrari behauptete sich tapfer gegen unzählige Aggressoren, die sich dreist vor die beiden Mädchen stellen wollten. Sogar einen zwei Meter grossen Hünen schlug er in die Flucht. Tja, das war die unschöne Seite der Fasnacht. Anstatt sich zu amüsieren, artet das Jagen und Sammeln der Trophäen zu einem Stellungskrieg am Strassenrand aus. Um halb sechs war die Schlacht geschlagen. Müde, aber überaus glücklich schlenderten sie über die Mittlere Brücke zum Claraplatz, wo sie gerade noch die letzten Bratwürste ergatterten. Denn Kämpfen macht hungrig!

«Wie am Montag?»

«Was meinst du damit, Monika?», Ferrari gähnte.

«Du fährst mit den Mädchen nach Hause und wir bleiben in der Stadt.»

«Nichts lieber als das. Packt eure Siebensachen zusammen, Kinder. Wir nehmen ein Taxi.»

«Wohl kaum.»

«Warum denn nicht?»

«Wie willst du den Leiterwagen in das Taxi kriegen?»

«Wir nehmen ein Warentaxi wie am Montag.»

Doch dieses Mal hatten sie kein Glück. Auf Anfrage bei der Zentrale musste mit mindestens einer Stunde Wartezeit gerechnet werden. Das hiess demnach nichts anderes, als zu Fuss los zu watscheln und in der Breite ein Tram zu nehmen. Na prima. Den Mädchen schien es nichts auszumachen. Sie plapperten die ganze Zeit über, schwärmten, wie schön die drei Tage gewesen seien. Beim Solitude-Park setzte sich Ferrari auf eine Bank. Kleine Verschnaufpause, bevor sie den Rhein überquerten. Gemütlich tuckerte ein Frachter Richtung Deutschland. Irgendwann möchte ich eine Schifffahrt von Basel nach Rotterdam machen. Wechselnde Uferlandschaften, der sehenswerte Mittelrhein, geschichtsträchtige Städte und nicht zu vergessen die weltberühmte Loreley – das muss fantastisch sein. Drei Mal erklang das dumpfe Schiffhorn, das den Kommissär aus seinen Träumen riss. Nach einer unendlich langen weiteren Dreiviertelstunde, die Mädchen hatten ihn überredet, nach Hause zu laufen, gab ihm der letzte Stich durch den Hardwald auf die Birsfelder Höhe beinahe den Rest. Uff, geschafft. Lea und Iris stiessen den voll bepackten Leiterwagen in die Garage und rannten ins Wohnzimmer.

«Bevor du fragst, Eleonore ist mit Monika und Nadine in der Stadt. Sie bleiben bis zum Endstreich.»

«Super! Um mich kümmert sich kein Schwein. Das

hätte ich nie von Eleonore gedacht. Wie kann man sich nur so in einem Menschen täuschen …»

Das frage ich mich auch. Eleonore tut mir richtig leid. Wie hält sie es nur mit dir aus? Andreas humpelte unbeholfen zur Tür.

«Ja, so sind sie halt, die Frauen. Einmal losgelassen, sind sie nicht mehr zu halten.»

«Nimms nicht tragisch, Andreas. Lass ihr den Spass. Du wirst sehen, morgen verwöhnt sie dich von morgens bis abends. Also, ich geh dann mal. Tschüss, Kinder!»

Die Mädchen umarmten Ferrari.

«Das war super toll, Francesco. Vielen Dank.»

«War mir ein Vergnügen.»

«Schaust du jetzt dann den Match?»

Um Himmels willen! Nur das nicht.

«Weisst du, ich bin total müde …»

«Aber es sind die Achtelfinale! Leverkusen gegen Atlético Madrid und Arsenal gegen AS Monaco.»

Seine Stimme überschlug sich fast vor Empörung.

«Ja, schon. Es sind einige Dinge liegen geblieben. Ich muss die noch aufarbeiten.»

«Du kannst es ruhig sagen, wenn du allein schauen willst. Ich bin dir nicht böse.»

Wers glaubt. Ich werde ihm Gift in seinen Tränenbecher mischen.

«Du störst mich überhaupt nicht. Bring die Kinder ins Bett und komm dann rüber», hörte sich Ferrari wie aus dem Off sagen.

Puma lag träge auf der Hollywoodschaukel im Garten. Als Ferrari die Wintergartentür öffnete, streckte sie sich gähnend, die Ohren ganz am Körper angelegt, sprang von der Schaukel und tippelte am Kommissär vorbei ins Wohnzimmer, ohne ihn eines Blickes zu würdigen. Beim Versuch, sie zu streicheln, wich sie geschickt aus.

«Oh, Madame ist beleidigt!»

Ferrari schmunzelte. Du kommst und gehst, wann immer du willst. Aber wehe, ich mache dasselbe. Miauend folgte ihm Puma in die Küche. Aha, daher weht der Wind. Geflügel oder Wild? Er entschied sich fürs Erstere und nahm danach eine ausgiebige Dusche. Eine halbe Stunde später gesellte er sich zu Puma auf die Couch. Ihre schlechte Laune war inzwischen verflogen. Wer sagts denn, die Liebe geht eben doch durch den Magen. Aufmerksam beobachtete sie, wie Ferrari durchs Fernsehprogramm zappte. Was geht in einem Katzenhirn vor? Können Tiere überhaupt denken? Ein schrilles Klingeln riss den Kommissär aus seinen Gedanken. Oh, nein! Jetzt schon? Das darf doch nicht wahr sein. Wie in einem schlechten Film humpelte Nachbar Andreas ins Wohnzimmer. Er angelte sich ein Weinglas, zog die Flasche Dézaley rouge zu sich hinüber, grapschte sich die Chipstüte und liess sich mit einem Seufzer auf die Polstergruppe fallen. Der gemütliche Teil des Abends konnte also beginnen – oder so ähnlich. Ferraris Begeisterung hielt sich sichtlich in Grenzen. Warum nur kann ich nicht Nein sagen? Hm.

Arsenal startete fulminant und machte von Beginn an Druck. Daniel Welbeck verzog nach nur zwei Minuten. Weitere Chancen folgten, doch das Führungstor erzielten die Gäste. In der achtunddreissigsten Minute nutzte Monaco den ersten Ballverlust der Engländer in der eigenen Platzhälfte eiskalt aus und setzte mit nur zwei präzisen Pässen zum Gegenschlag an. Mit 0:1 ging es in die Pause. Ferrari schenkte Wein nach und machte es sich im Ohrenfauteuil bequem. Etwas Abstand tat ganz gut. Puma nutzte die Unterbrechung ebenfalls und verschwand kurz in der Küche. Kaum war die zweite Halbzeit angepfiffen, schnarchte der Kommissär in den lautesten Tönen. Was ist das für ein klackendes Geräusch? Als ob eine Tür ins Schloss fallen würde. Langsam öffnete Ferrari die Augen. Puma lag wieder auf seinem Schoss, aber von Andreas fehlte jede Spur. Ein Blick auf die Uhr brachte Klarheit: halb zwölf! Ich bin eingeschlafen. Behutsam stellte er Puma auf den Boden und rappelte sich hoch. Der Fernseher ist ausgeschaltet, die Weinflasche leer getrunken und von einer zweiten Chipstüte lagen nur noch Krümel auf dem Glastisch. Woher hat er denn diese Chips? Doch nicht aus unserer Küche?! Das geht entschieden zu weit. Absolut. Wütend schaute sich der Kommissär die Resultate an. Monaco bezwang Arsenal mit 3:1 und schuf sich damit eine gute Ausgangslage für das Rückspiel. Leverkusen besiegte zu Hause Atletico Madrid mit 1:0. So weit, so gut, dann kann ich jetzt ja weiterschlafen.

5. Kapitel

Zwei Inselschönheiten fächerten Ferrari kühlen Wind zu, während er, genüsslich einen Tropicdrink schlürfend, einer Tänzerin zuschaute, die wunderbar lasziv zu Ukuleleklängen tanzte. Und damit nicht genug, eine ultimative Schönheit massierte seine Füsse. Himmlisch! Das ist ein Leben! Bald schon werde ich mit der tanzenden Schönheit …

«Guten Morgen, Francesco. Es ist halb sieben.»

Was macht Monika denn hier auf dieser Insel? Und halb sieben ist es schon gar nicht. Die Sonne steht doch noch voll im Zenit.

«Aufstehen, du Schlafkappe!»

Ferrari öffnete die Augen. Monika lächelte ihn an und mit diesem, zugegeben, bezaubernden Lächeln waren plötzlich die Inselschönheiten mitsamt der verführerischen Tänzerin verschwunden. Was blieb, waren ein schmerzender Rücken und die Gewissheit, auf dem harten Boden der Realität gelandet zu sein. Oje, ich habe die ganze Nacht hier auf der Couch verbracht. Das werde ich büssen. Mann ist einfach nicht mehr zwanzig.

«Kaffee?»

«Ja, gerne. Musst du weg?»

«Nein, wieso?»

«Weil du schon angezogen bist.»

«Immer noch. Wir sind erst vor einer Stunde nach Hause gekommen. Eleonore trank noch einen Kaffee mit mir und jetzt gehe ich schlafen.»

«Ihr wart die ganze Nacht unterwegs?»

«Ja, es war eine wunderschöne Nacht, sternenklar und die Stimmung unbeschreiblich.»

«Lieber ihr als ich.» Der Kommissär gähnte. «Das wird Andreas gar nicht gefallen.»

«Das glaube ich auch. Eleonore schüttete mir heute früh ihr Herz aus. Er scheint ein ziemlich sensibles Bürschchen zu sein. Einer, der laufend Streicheleinheiten braucht. Eine Klette sozusagen. Schrecklich! Das wäre nichts für mich. Da bist du mir viel lieber.»

«Danke für das Kompliment. So, ich muss jetzt leider unter die Dusche und dann ins Büro. Ich kann nicht einfach die Nacht durchmachen und am Tag schlafen.»

«Tja, das ist der Vorteil einer freien und erfolgreichen Unternehmerin.»

«Stimmt. War Nadine auch dabei?»

«Bis zum Endstreich. So um halb fünf ist sie dann gegangen. Viel darfst du heute von ihr nicht erwarten. Wie war dein Fernsehabend?»

Ferrari verzog das Gesicht und brummelte etwas Unverständliches.

«Oh, du bist eingeschlafen! Wie konnte das nur passieren?»

Monikas schadenfrohes Lachen hörte man wahrscheinlich bis nach London.

Auf dem Weg ins Kommissariat überlegte Ferrari, was das Gegenteil einer Klette war. Ein einsamer Wolf? Unabhängig, scheu und wild zugleich? Hm. Die Fasnacht war nun definitiv ausgeklungen und hatte dem Alltag Platz gemacht. Einige wenige Kostümierte tummelten sich noch in der Steinenvorstadt, ansonsten hatte die Stadtreinigung mit über zweihundertachtzig Personen bereits gute Arbeit geleistet. Es lebe die Normalität! Auch wenn diese aus zwei Morden bestand, die dringend aufgeklärt werden mussten.

Vollkommen unerwartet brachte Nadine dem Kommissär einen Kaffee.

«Du bist schon da?»

«Ich konnte nicht schlafen. Das war gestern super. Wir machen das jetzt immer so an der Fasnacht.»

«Viel Spass!»

«Und, was steht heute an? Ich platze vor Tatendrang.»

«Wir klären auf die Schnelle zwei Morde auf.»

«Ich bin dabei!»

«Gibts Neuigkeiten von unserem Kollegen Spiess?»

«Keine Spur. Stephan konnte das Haus von Spiess leider nicht weiter überwachen lassen. Es war so viel los in der Stadt, da zählt jeder Mann.»

«Kein Problem. Das hätte sowieso keinen Sinn gemacht. Spiess wird ja wohl nicht so dumm sein und uns vor seiner Wohnung in die Falle laufen.»

«Zum Glück erwies sich unsere Befürchtung, es handle sich um einen Serienmörder, der an jedem Fasnachtstag einen Menschen ermordet, als falsch. Somit bleibt der Ansatz, dass es eine Verbindung von Annik zu Gärtner geben muss.»

«Darauf bauen wir auf. Mach einen Termin mit Lena Gärtner ab. Und Stephan soll die Adressen von Sarah Linsenmann und dieser …»

«Ina Reber.»

«Genau, von Ina Reber auftreiben. Über Annik wissen wir auch nicht gerade viel.»

«Wir arbeiten daran.»

«Wer ist wir?»

«Stephan und seine Leute. Aber diskret, damit Big Georg nichts erfährt.»

«Eine schwierige Situation, doch es macht Sinn. Sollten wir den Mörder erwischen, müssen wir ihn vor Georg schützen und damit ihn vor sich selbst.»

«Ah, sehr gut. Ihr seid beide da.» Peter Strub betrat gut gelaunt das Büro des Kommissärs. «Ich dachte schon, ihr seid unterwegs. Hier ist der Obduktionsbericht des zweiten Mordes. Ich habe extra Gas gegeben, weil ich mit einem dritten Mord rechnete.»

«Hoffentlich bist du nicht enttäuscht, dass dem nicht so ist.»

«Nicht wirklich. Mann, der Kerl war hagelvoll. Ein Alkoholcocktail der besonderen Art. Dass der überhaupt noch stehen konnte, sagenhaft.»

«Das ist für Francesco überhaupt kein Problem. Einmal geeicht, immer geeicht. Stimmts, Chef?»

«Das traut man dir gar nicht zu. Wobei, die Masse machts. Und ehrlich gesagt, bist du ziemlich fett geworden.»

«Falls du ein Feilchen willst, mach ruhig so weiter», knurrte der Kommissär.

Unverzüglich rückte Strub von Ferrari ab. Es wäre nicht das erste Mal, dass sie aneinandergeraten würden.

«Leider gibt es nicht viel zu berichten», kam der Polizeiarzt zum eigentlichen Thema zurück. «Wie bei Annik haben wir einen glatten Durchschuss, die Kugel steckte in der Wand. Meiner Meinung nach kann das kein Zufall sein. Der Killer handelt vorsätzlich und versteht sein Handwerk. Er überrascht seine Opfer, setzt die Waffe an und peng bist du tot. Die Tatwaffe ist dieselbe wie beim ersten Opfer. Mehr gibts nicht zu sagen. Wo ist die nächste Leiche?»

«Mal den Teufel nicht an die Wand, Peter!»

Lena Gärtner bewohnte eine alte Villa am Hirzbodenweg. Die für ihr Alter immer noch sehr attraktive Frau bewirtete sie im Wintergarten.

«Wir möchten Ihnen zum Tod Ihres Mannes kondolieren, Frau Gärtner.»

«Vielen Dank, Herr Ferrari. Dieses Schicksal hat er nicht verdient.»

«Das verdient niemand.»

«Wie wahr! Er … Burkhard war ein aussergewöhnlicher Mensch. Viele sagen, er sei ein Spinner gewesen, aber wahrscheinlich muss man das sein, um Erfolg zu haben.»

«Wie lange waren Sie verheiratet?»

«Achtunddreissig Jahre, Frau Kupfer. Eine lange Zeit, ein halbes Leben. Es war eine sehr schöne Zeit, die ich für nichts auf der Welt missen möchte.»

«Es ist bestimmt nicht immer leicht gewesen.»

«Sie meinen seine Affären?» Sie schmunzelte. «Das ist der Preis, den ich bezahlen musste. Monogamie war für ihn ein Fremdwort. Sie sind sehr schön, Frau Kupfer. Die Männer stehen mit Sicherheit Schlange bei Ihnen.»

Ferrari genoss es sichtlich, wie seine Kollegin errötete. Endlich einmal verkehrte Welt!

«Ich darf von mir behaupten, dass ich Ihnen in jungen Jahren in nichts nachgestanden hätte. Doch irgendwann stellen sich die ersten Falten ein. Gleichsam das Sinnbild für die gelebte Zeit. Du wirst älter und älter, merkst, wie dein Mann langsam das Interesse an dir verliert. Was auch immer du dagegen unternimmst, mit zwanzig Jahre jüngeren Frauen kannst du nicht mithalten.»

«Sie sind immer noch eine attraktive Frau.»

«Danke für das Kompliment. Gut erhalten für mein

Alter, würde ich sagen. Natürlich zählen die inneren Werte.» Lena Gärtner lacht. «Spass beiseite, eine Frau muss schön sein. Beim Mann hingegen gelten andere Spielregeln. Sehen Sie Ihren Kollegen an. Mitte fünfzig, Bauchansatz.»

Ganz automatisch zog Ferrari den Bauch ein.

«Als attraktiv würde ich ihn nicht unbedingt bezeichnen. Trotzdem stehen die jungen Dinger auf ihn. Weil er eine Ausstrahlung hat und Kommissär ist oder, im Fall meines Mannes, ein erfolgreicher Unternehmer.»

«Ich bin nicht dick!»

«Ich wollte Sie nicht beleidigen, Herr Ferrari, sondern lediglich den Unterschied zwischen einer Frau und einem Mann im gleichen Alter aufzeigen. Generell hat sich die Situation schon gewandelt, das gebe ich zu. Frauen bleiben länger interessant als noch vor einigen Jahrzehnten. Eine positive Entwicklung.»

«Sie wussten also von seinen Affären?», nahm Nadine den Faden nochmals auf.

«Nicht von allen, Frau Kupfer. Aber von einigen. Zuerst war ich zutiefst gekränkt, mit der Zeit gewöhnte ich mich daran.»

«Kann man das?»

«Wenn Sie jemanden lieben, vergeben Sie immer wieder. Es waren ja nur Affären. Burkhard ist immer zu mir zurückgekommen. Oder vielmehr, er war nie weg.»

«Trotzdem liessen Sie sich scheiden.»

«Weil er den Bogen überspannte. Er verliebte sich und gab es auch noch offen zu. Ab diesem Moment plante er seine Zukunft mit einer gewissen Jojo Nadig. Selbstverständlich würde er für mich sorgen. Ich könne meinen Lebensstil beibehalten, meinte er. Da ist er einen Schritt zu weit gegangen.»

«Kennen Sie Jojo Nadig?»

«Ein Flittchen! Ich wollte wissen, wer ihn mir ausgespannt hat. Also ging ich zu ihr in die Bar. Das war einer meiner schlimmsten Begegnungen. Ich bat sie, Burkhard freizugeben, sie lachte mich nur aus. Sie beschimpfte mich sogar. Ich würde es halt nicht mehr bringen, was sie nicht wundere. Bei allem Respekt, Frau Kupfer, diese Frau ist eine billige Hure. Sonst nichts. Als es Burkhard endlich erkannte, war es zu spät.»

«Was meinen Sie mit zu spät? Was ist passiert?»

«Burkhard zog mit ihr aufs Bruderholz. Das Ganze dauerte ein halbes Jahr, dann trennte er sich von ihr. Ganz Gentleman like zahlte er ihr eine Abfindung, wovon sie einige Zeit leben konnte. Jetzt steht sie wieder in der Kiki-Bar. Zugegeben, eine kleine Genugtuung für mich.»

«Ist Ihr Mann nicht zu Ihnen zurückgekommen?»

«Er wollte, doch es war eben zu spät. Ich hatte abgeschlossen, ein Zurück gab es für mich nicht. Verstehen Sie das?»

«Sehr gut.»

«Seine Affären konnte ich verkraften, nicht aber

die Tatsache, dass er mich wegen einer Prostituierten verliess.»

«Wir unterhielten uns gestern mit Ihrem Sohn. Für ihn war die Situation sicher auch beklemmend.»

«Leon litt enorm darunter, Herr Ferrari. Vielleicht sogar mehr als ich. Deshalb spielten wir ja auch lange heile Welt. Sogar als wir geschieden waren, blieben wir so etwas wie Freunde, nur um Leon zu beruhigen. Schadensbegrenzung, sagte mein Mann immer. In diesem Punkt waren wir uns einig. Immerhin.»

«Haben Sie Ihren Mann gehasst?»

«Gehasst? Ein grosses Wort. Aber ja, ich habe ihn gehasst. Wäre er mir mit seiner Jojo über den Weg gelaufen, ich weiss nicht, wie ich reagiert hätte. Später, nach dieser Affäre, schlug mein Hass in Mitleid um.»

«Weshalb ging die Beziehung auseinander?»

«Burkhard konnte nicht verkraften, dass Jojo noch andere Liebhaber hatte. Ausgerechnet er, der sämtlichen Männern in Basel Hörner aufsetzte, ging beinahe daran zu Grunde, dass er auf einmal der Gehörnte war. Wohl eine Art Gerechtigkeit.»

«Sagt Ihnen der Name Annik Sonderegger etwas?»

«Annik … Annik Sonderegger? Nein, bedaure, dieser Name ist nie gefallen. Ich würde mich bestimmt daran erinnern. Die Tochter meiner Schwester heisst Annik. Ist das eine seiner Geliebten, Frau Kupfer?»

«Nicht auszuschliessen.»

«Eigenartig. Wenn es so ist, hielt er diese Beziehung vor mir geheim.»

«Kennen Sie denn seine aktuelle Geliebte?»

«Seine zwei Geliebten meinen Sie … Schauen Sie mich nicht so an, Herr Ferrari. Es mag komisch klingen, doch seit dem Drama mit dieser Jojo sind wir uns wieder nähergekommen. Vielleicht auch …» Sie schenkte Kaffee nach, bevor sie weitersprach. «Ich weiss nicht, ob dies überhaupt für Sie von Interesse ist. Keinesfalls möchte ich Gerüchte verbreiten.»

«Ich halte Sie für sehr korrekt. Wir sind um jeden Hinweis bei unseren Ermittlungen dankbar.»

«Gut. Ich weiss das zu schätzen, Herr Ferrari. Burkhard übernachtete in den letzten Wochen öfters bei mir im Haus. Immer dann, wenn seine beiden Musen, wie er sie nannte, nicht abkömmlich waren. Aber nicht aus Langeweile, sondern aus Angst.»

«Angst vor wem?»

«Vor Jojo und ihrem neuen Freund. Sie wollten noch eine weitere Abfindung aus ihm herauspressen.»

«Kennen Sie den Namen des Freundes?»

«Da muss ich passen, aber fragen Sie doch einfach in der Kiki-Bar nach.»

«Können Sie uns etwas zu Sarah Linsenmann und Ina Reber sagen?»

«Ich sehe, Sie sind auf dem Laufenden, Frau Kupfer. Sarah Linsenmann ist die Tochter von Raphael Linsenmann, dem Juwelier.»

«Die kenne ich. Sarah ist aber nicht mehr so jung, vermutlich um die fünfzig. Ihr Vater dürfte auf die siebzig oder fünfundsiebzig zugehen.»

«Eine sehr intelligente, attraktive Frau, die es versteht, ihr Alter gut zu kaschieren. Sie wollte bei ihm einziehen, aber so weit war Burkhard noch nicht.»

«Das erzählte er ihnen alles?»

«Nicht alles, nur Bruchstücke. Den Rest erfuhr ich von Leon.»

«Und Ina Reber?»

«Eine etwas heikle Geschichte. Sie ist die Frau von René Reber.»

«Dem schönen René?»

«Das war er früher, Herr Ferrari. Ein Casanova. Keine Frau war vor ihm sicher.»

«Der ist doch auch in die Jahre gekommen.»

«Er wird in Ihrem Alter sein.»

«Hm.»

«Ina steht anscheinend auf ältere Männer.»

«Wer ist dieser Reber?», fragte Nadine.

«René Reber ist Zahnarzt, Fasnächtler und ein Psychopath, der in unzähligen Vereinen im Vorstand sitzt.»

«Du scheinst ihn gut zu kennen.»

«Er … er versuchte vor Jahren, bei Monika zu landen. Obwohl sie ihn abblitzen liess, gab er nicht auf. Da … das gehört hier nicht zur Sache.»

«Ja, das klingt ganz nach René Reber.»

«Die nächste Frage ist reine Routine, Frau Gärtner. Ich muss Sie das fragen. Wo waren Sie am Dienstagabend?»

«Verdächtigen Sie mich?»

«Wie gesagt, reine Routine.»

«Ich war in der Oper in Zürich. Eine sehr schöne Überraschung von Leon. ‹Nabucco›, meine Lieblingsoper.» Für einen Augenblick überwog die Trauer. «Ich liebe diese Oper so sehr, weil … weil es unsere Oper ist! Burkhard und ich lernten uns vor vielen Jahren im Stadttheater kennen … Frau Kupfer, Herr Ferrari, entschuldigen Sie, wenn ich etwas nervös werde. Ich bin im Vorstand des Vereins ‹Erwachsene helfen Kindern›. Wenn ich gewusst hätte, dass unser Gespräch so lange dauert, hätte ich die heutige Sitzung verschoben.»

«Kein Problem, wir sind fertig. Sie haben uns sehr geholfen.»

«Ich hoffe inständig, dass Sie den Mörder meines Mannes finden. Was sind das für Menschen, die anderen so etwas antun? Schrecklich.»

Sie begleitete Nadine und den Kommissär an die Tür, schlüpfte in ihren Mantel und schloss ab.

«Könnten Sie mich ein Stück mitnehmen?»

«Das wird leider nicht gehen. Ich habe nur einen Zweiplätzer.»

«Den Sportwagen da? Ist das Ihrer?»

«Ja, ein Porsche.»

«Fahr Frau Gärtner ruhig zu ihrer Sitzung. Ich nehme das Tram.»

«Vielen Dank, Herr Ferrari. Das ist sehr zuvorkommend. Falls Sie noch weitere Fragen haben, rufen Sie mich doch einfach an.»

Der Kommissär spazierte durchs Gellert. Schön hier. Alte Villen, prächtige Parkanlagen und nicht zuletzt das alte Stadttor, das ursprünglich ein frei stehender Turm war und erst später durch seitliche Anbauten mit der Stadtmauer verbunden wurde. Mit dem nächsten Gedanken kehrte Ferrari in die Gegenwart zurück – Lena Gärtner, eine äusserst spannende Frau. Und sehr attraktiv. Wie kann ein Mann nur eine solche Frau verlassen? Wegen einer Jüngeren oder vielmehr wegen wechselnder jüngerer Frauen?! Das wäre nichts für mich. Die Vorstellung, sich mit über fünfzig nochmals mit einer Zwanzigjährigen herumzuschlagen, liess ihn absolut kalt, im wahrsten Sinn des Wortes. Was verbindet eine junge Frau, die noch ihr Leben vor sich hat und vermutlich ganz andere Interessen verfolgt, mit einem alten Mann? Die Liebe kennt bekanntlich keine Grenzen, sie überwindet alles. Wirklich? Bestimmt gibt es gute Beispiele hierfür, doch wie heisst es so schön? Die Ausnahme bestätigt die Regel. Genau. Zugegeben, Monika ist auch ein paar Jahre jünger als ich, aber eben nur ein paar. Die fallen absolut nicht ins Gewicht. Ich darf gar nicht daran denken, der schöne René hat meine Monika angemacht! Die Wut war noch immer nicht ganz verraucht. Sie fühlte sich belästigt und wies ihn unmissverständlich zurück. Als René nicht aufgab, zog sie mich ins Vertrauen. Allerdings hatte ich bereits eine Ahnung, ich spürte, dass etwas nicht stimmte. Was folgte, war sonnenklar und der Grund, warum Monika das Problem eigentlich allein lösen wollte. Ihr anfängliches Zögern hatte nichts mit Gewissensbissen zu tun, denn vorzuwerfen hatte sie sich nichts. Nein, Monika kennt mich einfach zu gut. Bei der Haltestelle Hardstrasse stieg der Kommissär in den Dreier. Und siehe da, sein Platz, vorne rechts im hinteren Wagen, war noch frei. Ein Glücksfall! Das Glück währte nicht lange, denn kurz vor dem Aeschenplatz rammte ein Auto das Tram. Die Fahrgäste wurden heftig durchgeschüttelt. Neben Ferrari prallte eine Frau so unglücklich in die Fensterscheibe, dass sie sich eine Platzwunde zuzog. Es dauerte nicht lange, bis der erste Krankenwagen eintraf und der Kommissär die verletzte Frau einem Sanitäter übergeben konnte. Vermutlich musste die Wunde genäht werden. Nachdem er bei den Kollegen seine Aussage zu Protokoll gegeben hatte, leider konnte er zum Unfallhergang keine Angaben machen, zu sehr war er in Gedanken gewesen, ging er zu Fuss durch die Henric Petri-Strasse, den Klosterberg hinunter ins Kommissariat, wo er bereits von Nadine erwartet wurde.

«Wo warst du so lange? Und weshalb nimmst du dein Handy nicht ab? Ich fahre Lena ans Ende der Welt, bin längst zurück und du brauchst vom Gellert bis zur Heuwaage eine geschlagene Stunde?!»

«Lena?»

«Sie bot mir im Auto das Du an. Eine faszinierende

Frau. Ich hoffe, dass ich im Alter auch so fit bin wie sie. Also, wo warst du?»

«Mein Tram ist am Aeschenplatz mit einem Auto kollidiert. Deshalb bin ich so spät.»

«Ach so. Ich habs im Radio gehört. Es wird empfohlen, den Aeschenplatz weiträumig zu umfahren. Hast du dir wehgetan?»

«Nein, aber einige der anderen Fahrgäste sind verletzt. Warum hast du mich gesucht?»

«Daniel Spiess ist aufgetaucht. Stephan ist mit einigen Leuten vor dem Haus in Stellung gegangen. Er wartet auf uns.»

Sie fuhren mit einem Streifenwagen ins St. Johann, wo eine Sondereinheit der Polizei auf ihren Einsatz wartete.

«Grosses Geschütz für einen Kollegen, Stephan.»

«Wenn er der Mörder ist, Francesco, dann wird er sich nicht kampflos ergeben. Wie gehen wir vor?»

«Bist du sicher, dass er in seiner Wohnung ist?»

«Er ist heute früh nach Hause gekommen. Das wissen wir vom Mieter im Erdgeschoss.»

«Wann rief er an?»

«Gar nicht. Ich schickte eine Streife vorbei. Einer meiner Leute war der Meinung, dass sich am Fenster etwas bewegt habe. Sie befragten dann den alten Mann in der Parterrewohnung. Anscheinend ist Spiess so gegen halb acht heimgekommen.»

«Gut, dann wollen wir mal.»

«Moment, Francesco! Entweder ihr zieht eine schusssichere Weste an oder ihr bleibt schön brav hier. Die Spezialeinheit wird die Wohnung stürmen. Ob es dir gefällt oder nicht, dazu sind sie ausgebildet.»

«Komm, Rambo, lass die echten Kerle durch. Womöglich schiesst du dir noch mit der Pistole in den eigenen Fuss.»

«Danke, Nadine. Los gehts, Männer!»

Ferrari lehnte sich schmollend an einen der Streifenwagen. Wenn es so richtig interessant wird, ziehen sie mich aus der Schusslinie. Hm, eine passende Formulierung. Dabei ist das noch eine der leichtesten Aufgaben; mit der Spezialeinheit die Treppe hoch, Tür eintreten, absichern und Spiess überwältigen. Wo die nur bleiben?

«Fehlanzeige! Die Kollegen müssen sich geirrt haben. Es ist niemand da.»

«Mist. Dann schauen wir uns wenigstens kurz in der Wohnung um. Die Tür ist ja jetzt sicher offen.»

«Mehr als offen», bestätigte Stephan Moser.

Im Parterre trafen Nadine und der Kommissär auf den Rentner.

«Das ist doch einer Ihrer Kollegen, oder?»

«Richtig.»

«Weshalb jagen Sie ihn dann wie einen Verbrecher?»

«Wir müssen dringend mit ihm sprechen, Herr …»

«Ullmann, Jakob Ullmann.»

«Sagen Sie, Herr Ullmann, sind Sie sicher, dass Sie Daniel Spiess heute Morgen gesehen haben?»

«Absolut, junge Frau! Wir wechselten sogar einige Worte miteinander.»

«Dann muss er seine Wohnung wieder verlassen haben.»

«Unmöglich! Ich sitze immer am Fenster. Das wäre mir aufgefallen.»

«Vielleicht mussten Sie auf die Toilette oder Sie holten einen Kaffee.»

«Dann hätte ich garantiert die Haustür gehört. Nein, Herr Spiess ist noch im Haus. Hundertprozentig.»

«In der Wohnung ist aber niemand.»

«Dann ist er hinten im Garten, im Keller.»

«Was für ein Keller?»

«Na, da hinten. Kommen Sie, ich zeige es Ihnen.» Ullmann zog Nadine in die Küche. «Sehen Sie das kleine Steinhaus? Dort ist der Eingang zum Keller. Früher lagerten wir unsere Äpfel und Kartoffeln an diesem kühlen Ort. Lang, lang ist es her. Weil wir den Keller nicht mehr brauchten, übernahm Spiess ihn. Er baute ihn sogar um.»

«Zu was?»

«Keine Ahnung. Es sei eine Art Luftschutzkeller für den Notfall. Vermutlich traf er sich dort mit seinen Freunden zum Jassen.»

Die Sondereinheit ging vor dem Keller in Stellung. Ein normaler Einsatz und doch lag enorme Spannung in der Luft. Die massive Metalltür, die tatsächlich aus einem alten Luftschutzkeller stammte, liess sich nur schwer öffnen. Sofort stürmten die Polizisten mit entsicherter Waffe nach unten. Sekunden der Ewigkeit vergingen, bis der Einsatzleiter zurückkam. Entsetzen lag in seinem Blick.

«Und?»

Ferrari hielt den Atem an.

«Er liegt unten. Tot!»

Wortlos stiegen Nadine und Ferrari die Treppe hinunter. Der Raum glich einem alten Bunker aus dem Zweiten Weltkrieg. Im hinteren Teil hatte Spiess eine Bar eingerichtet, an den Wänden hingen Fotos aus den Trainingscamps in Polen oder Bulgarien oder sonst wo. Und mitten im Keller lag Daniel Spiess.

«Kopfschuss! Wie bei Annik und Burkhard Gärtner.»

«Mit einem Unterschied.»

«Und der wäre?»

Nadine deutete auf einen Stuhl.

«Das Clownkostüm!», flüsterte Ferrari kaum hörbar.

Peter Strubs Team nahm den Keller minutiös auseinander und sicherte Fingerabdrücke von mehr als einem Dutzend Personen. Ullmann hatte wohl recht mit den Freunden.

«Erschossen aus kurzer Distanz mit einer grosskalibrigen Waffe.»

«Und das Kostüm?»

«Von der Grösse her passt es einwandfrei zu Daniel.

Natürlich müssen wir es zuerst untersuchen, um verbindliche Aussagen machen zu können. Aber ich würde sagen, Spiess war der Clown. Hinter der Bar liegt übrigens auch die Larve.»

«Und die Waffe?»

«Die ist leider weg», entgegnete Strub.

«Wenn Spiess der Clown war, wer ist dann der Mörder von Spiess?»

«Daran möchte ich lieber nicht denken, Nadine.»

Nachdem die Spurensicherung abgeschlossen war, setzte sich Ferrari an die Bar. Drei Tote, Annik Sonderegger, Burkhard Gärtner und jetzt Daniel Spiess, alle auf die gleiche Art und Weise ermordet. Schrecklich. Dieses abrupte Herausreissen aus der Mitte des Lebens geht mir auch nach all den Jahren nahe. Wer masst sich an, Schicksal zu spielen? Das Leben ist doch heilig! Unbedingt. Obwohl wir uns so langsam, aber sicher von der alten Ethik verabschieden. Längst entscheiden wir nämlich, welche Art von Leben wir fortsetzen wollen und welche nicht.

«Der Clown ist auf die gleiche Art umgekommen wie seine Opfer», wandte sich Nadine an den Kommissär.

«Ja, falls er der Mörder ist.»

«Glaubst du, dass ihm das jemand in die Schuhe schieben will?»

«Eigentlich nicht, nein. Ich gehe davon aus, dass Spiess Annik und Burkhard Gärtner auf dem Gewissen hat. Aber wo ist das Motiv? Und wer ist der Mörder von Spiess? Hängt Big Georg mit drin? Weiss er mehr, als er uns bisher gesagt hat?»

«Ich denke schon. Möglicherweise stand Annik auf den alten Mann. Big Georg wusste davon und wollte es ihr ausreden. Ohne Erfolg. Spiess kam Annik auf die Schliche, brachte in blinder Wut zuerst Annik und dann seinen Rivalen um. Daraufhin hat Georg seine geliebte Tochter gerächt.»

«Klingt einleuchtend, Nadine. Besuchen wir Georg und fragen ihn, wo er in den letzten Stunden gewesen ist. Stephan soll die Nachbarn befragen, ob sie etwas gehört oder gesehen haben.»

Zu Hause, hiess die lakonische Antwort von Big Georg auf die Frage, wo er gewesen war. Ohne Zeugen, einfach nur bei Kaffee und Zeitungslektüre. Die Nachricht von Spiess' Ermordung nahm er emotionslos zur Kenntnis.

«Du scheinst nicht überrascht zu sein.»

«Doch, bin ich. Und enttäuscht.»

«Weil dir ein anderer zuvorgekommen ist?»

«Ja. Wie wurde er umgebracht?»

«Wie Annik und Gärtner, mit einem Schuss aus nächster Nähe.»

«Ein viel zu schöner Tod. Bei mir hätte er gelitten. Verdächtigst du mich, Francesco?»

«Sagen wir, ausschliessen will ich es nicht ganz. Aber ehrlich gesagt, traue ich dir keinen Mord zu.

Dafür bist du viel zu sehr Polizist und ein absolut anständiger Mensch.»

«Danke. Trotzdem kommt ihr zu mir?»

«Wir vermuten, dass es eine Verbindung zwischen Annik und Burkhard Gärtner geben muss.»

«Es gibt eine zwischen Burkhard und mir. Er war mein Kommandant im Militär. Wir blieben in Kontakt und trafen uns ein Mal pro Monat, meistens zum Essen im Rubino. Das war eines seiner Lieblingslokale.»

«Kannte er Annik?»

«Nicht, dass ich wüsste, Nadine. Ich weiss, worauf du hinaus willst. Burkhard war bekannt für seine jungen Dinger. Sich an Annik ranzumachen, hätte er nicht gewagt.»

«Wurde er bedroht oder erpresst? Komm schon, lass dir doch nicht jedes Wort aus der Nase ziehen.»

«Gesagt hat er nichts. Allerdings benahm er sich in den letzten Monaten schon ein wenig seltsam. Ich musste ihn immer nach Hause begleiten. Nach unserem letzten Treffen fuhr ich ihn zu Lena. Meine Frage, ob sie wieder ein Paar seien, verneinte er. Es sei alles in bester Ordnung, ich solle mir keine Gedanken machen. Burkhard war ein schlechter Lügner, Nadine. Irgendetwas stimmte nicht. Ich glaube, er hatte Angst.»

«Kennst du René Reber?»

«Der schöne René? Natürlich. Immer mit einem Bein im Knast. Bloss nachweisen konnten wir ihm bisher nichts.»

«Ina war Gärtners letzte Geliebte.»

«Wow! Deshalb die Angst. Jetzt wird mir alles klar. Mit dem schönen René ist nicht zu spassen. Wusste René von der Affäre?»

«Möglich.»

«Das glaube ich nicht. René hätte Ina so etwas von vermöbelt, der ist total jähzornig.»

«Was erzählte Burkhard Gärtner über Jojo Nadig?»

«Oh, oh, auf die war er nun wirklich nicht gut zu sprechen. Die zog ihn voll über den Tisch. Details kenne ich nicht, aber sie soll ihn eine sechsstellige Summe gekostet haben. Als Abfindung. Wie ich hörte, ist sie jetzt mit Sven Thaler zusammen.»

«Der Name sagt mir was … Führt der nicht das Café am Bläsiring?»

«Nur Fassade, Francesco. Dort wird nicht nur Kaffee ausgeschenkt.»

«Drogen?»

«Nein, eine Zockerhöhle. Wir sind nahe dran, ihn hochzunehmen. Es ist wie verhext, kurz vor dem Zugriff läuft jedes Mal etwas schief. Manchmal denke ich, dass ihm einer aus unseren Reihen einen Tipp gibt.»

«Der Kreis der Verdächtigen wird allmählich grösser. Gärtner scheint einigen im Weg gewesen zu sein.»

«Ihr werdet das schon rausbekommen, Nadine.»

«Da wäre noch Sarah Linsenmann.»

«Raphaels Tochter? Was spielt sie für eine Rolle?»

«Sie war auch eine von Gärtners Geliebten.»

«Oh! Das wird Raphi nicht gefallen.»

«Du kennst ihn?»

«Ja, aus meiner Zeit im Vorstand des Sportmuseums.»

«Das wusste ich gar nicht», staunte der Kommissär.

«Na ja, ist auch lange her. Ich sass als Regierungsvertreter im Vorstand. Damals war das Museum noch in der Missionsstrasse. Raphael wurde ein reicher Mann mit seinem Geschäft und ist sehr anerkannt. Nicht so wie ich.»

«Du bist immerhin der Chef der Fahndung.»

«War! Jetzt bin ich suspendiert, bis der Kommandant meine Kündigung akzeptiert. Ihr habt sie ihm doch ausgehändigt, oder?»

«Selbstverständlich», flunkerte Nadine.

«Gut so. Seien wir ehrlich, nach meinem Verhalten bin ich für das ganze Korps ein einziges Risiko.»

«Du bleibst jetzt erst einmal zu Hause. Wir klären den dreifachen Mord auf, und wenn Gras über die Sache gewachsen ist, sitzt du alsbald wieder auf deinem Stuhl. Du wirst sehen, ich habe recht.»

Big Georg drückte Nadine an sich.

«Ich hab Mist gebaut! Mir sind die Sicherungen durchgebrannt. Dreissig Jahre … dreissig Jahre liess ich mir nichts zu Schulden kommen. Dann raste ich einmal aus und schon bin ich weg vom Fenster. So eine verdammte Scheisse.»

Nadine trat voll aufs Gaspedal.

«He! Kannst du mich nicht vorwarnen?»

«Georg war es nicht, er ist kein Mörder. Hundertpro nicht. Wir müssen diesen Irren finden, der durch die Gegend läuft und in Wildwestmanier Leute abknallt. Das sind wir ihm schuldig.»

«Glaubst du, dass es noch weitere Morde geben wird?»

«Nicht auszuschliessen.»

«Das würde bedeuten, dass Spiess gar nicht der Clown ist.»

«Wenn es morgen einen weiteren Toten gibt, dann ist Spiess nur ein Opfer. Kehrt Ruhe ein, spricht einiges dafür, dass er der Clown war.»

Ferrari schloss die Augen. Angenommen Spiess war unschuldig, wer sonst kommt für die Morde infrage? Sven Thaler und Jojo Nadig, weil Gärtner nicht mehr bereit war, eine weitere Abfindung zu zahlen? Der schöne, jähzornige René? Immerhin betrog ihn Ina mit Gärtner. Was ist mit Sarah und Raphael Linsenmann? Ich kann es drehen und wenden, wie ich will, im Zentrum steht eindeutig Burkhard Gärtner. Liegt der Schlüssel zur Lösung bei ihm? Und welche Rolle spielen Annik und Daniel Spiess in diesem Drama? Hatte Annik ebenfalls ein Verhältnis mit Gärtner? Falls dies zutrifft, wäre Daniel Spiess zurück im tödlichen Spiel, und zwar als Doppelmörder. Bleibt die Frage, wer sein Mörder ist? Georg?

«Der Schlüssel liegt bei Annik. Wir müssen unbedingt herausfinden, ob sich Annik und Burkhard Gärtner kannten.»

«Du meinst konkret, ob sie mit dem alten Sack bumste.»

«Hm … Wohin fährst du eigentlich?»

«Zum Bläsiring. Irgendwo müssen wir ja anfangen. Warum also nicht bei Sven Thaler.»

Im Café, das nur spärlich besucht war, stank es nach kaltem Rauch. Offenbar befand sich ein Fumoir im hinteren Teil. Normalerweise störte Ferrari Zigarettenrauch wenig, das heisst mit einer Ausnahme: zu Hause. Immer wenn Monika mit ihren Freundinnen den sogenannten Akademikerzirkel abhielt, zurzeit bestehend aus einer Apothekerin, einer Richterin, einer Anwältin, einer Gynäkologin, einer Zahnärztin, einer Psychiaterin und, der Kommissär dachte kurz nach, ah ja, einer Chemikerin, stank es bestialisch nach Rauch. Die Frauen waren alle mit einem Intelligenzquotienten versehen, von dem er nur träumte, und eben – abgesehen von Monika – lebende Kamine. Nur ansprechen durfte er dieses heikle Thema nicht. Am anderen Morgen standen jeweils die Fenster und die Tür zum Garten unabhängig von der Aussentemperatur sperrangelweit offen, damit die letzten Rauchschwaden und vor allem der kalte Rauch, der sich in jede Ritze bohrte und sich in die Gardinen wühlte wie ein böser Geist, aus dem Haus vertrieben wurden.

Nadine zückte ihren Ausweis und hielt ihn der Bedienung unter die Nase.

«Wir sind von der Polizei und ermitteln in einem Mordfall.»

«Mord …?», stammelte die Kellnerin. «Um Himmels willen …»

«Wir möchten uns mit Sven Thaler unterhalten.»

«Sven … Sven ist nicht hier.»

«Und wo finden wir ihn?»

«Keine Ahnung.»

Am hintersten Tisch lachte ein Mann um die vierzig. Er winkte Nadine und dem Kommissär zu.

«Sie meint es gut. Evi, keine Angst, ich habe niemanden umgebracht. Ich bin Sven Thaler.»

Sie setzten sich an seinen Tisch.

«Kaffee? Mineral?»

«Einen Kaffee, bitte.»

«Mir auch.»

«Sie sind Francesco Ferrari und Sie Nadine Kupfer.»

«Kennen wir uns, Herr Thaler?»

«Ich kenne Sie, Herr Kommissär.»

«Woher?»

«Mein Geheimnis. Gesehen habe ich Sie bei Telebasel. Zudem sind Sie und Ihre Kollegin in der Stadt ziemlich bekannt, weil … sagen wir … weil Sie oft unkonventionelle Methoden anwenden», dabei schaute er Nadine, die fröhlich lachte, bewundernd an.

«So etwas spricht sich aber nur unter Gaunern herum.»

«Meine Gäste kann ich mir nicht aussuchen und zuhören ist nicht verboten. Was kann ich für Sie tun? Wollen Sie mir den Mord an Burkhard Gärtner anhängen?»

«Sind Sie der Mörder?»

«Das ist nicht mein Metier, Frau Kupfer. Ich führe ein Café. Mehr nicht.»

«Warum arbeitet Ihre Freundin nicht bei Ihnen?»

«Jojo? Weil sie im Kiki gut verdient. Allein die Trinkgelder der geilen Typen bringen ihr mehr ein, als sie hier den ganzen Tag über verdienen könnte.»

«Läuft Ihr Laden so schlecht?»

«Mit einem Café kannst du nicht reich werden.»

«Wo waren Sie heute Morgen zwischen halb acht und zehn Uhr?»

Thaler schaute sie irritiert an.

«Heute früh? Komische Frage. Ich hätte eher erwartet, dass Sie mein Alibi von Dienstagabend überprüfen wollen.»

«Dann fangen wir damit an. Wo waren Sie am Dienstagabend?»

«Mit Freunden in der Bodega.»

«Was Ihre Freunde sicher bestätigen werden.»

«Nicht nur die Freunde, auch der Beizer.»

«Und heute früh?»

«Da muss ich passen. Für heute Morgen habe ich kein Alibi. Ich bin um halb neun aufgestanden, war den Rhein entlang joggen, habe zu Hause geduscht und bin jetzt hier.»

«Kann das jemand bezeugen?»

«Nicht wirklich. Den Passanten mit ihren Hunden weiche ich aus. Ich fürchte mich vor diesen Tieren. Ein Jogger ist ein gefundenes Fressen.»

«Aber vor Burkhard Gärtner hatten Sie keine Angst», mischte sich Ferrari ins Gespräch ein.

«Ach das! Sie meinen die kleine Bitte.»

«Wohl eher die kleine Erpressung!»

«Ich bitte Sie. Wer wird denn solche Worte in den Mund nehmen. Ich bat ihn höflich, Jojo nochmals zu unterstützen. Schliesslich waren die beiden ein Paar.»

«Was er ablehnte.»

«Ein egoistischer, alter Mann. Sexbesessen und geizig. Wenn man Jojo glauben kann, konnte er nie genug kriegen und dann speiste er sie mit einem Almosen ab. Schäbig.»

«Also baten Sie ihn höflich, noch etwas auf die Abfindung draufzulegen. Als er ablehnte, gingen Sie traurig Ihres Weges.»

«Ich hätte es nicht besser formulieren können.»

«Und wenn Sie nicht gestorben sind, erpressen Sie noch heute.»

«Ich schätze Ihren Humor, Frau Kupfer. Er ist wirklich erfrischend.»

«Wann haben Sie Burkhard Gärtner zum letzten Mal gesehen?»

«Lassen Sie mich überlegen. Das war … vor ungefähr zwei Wochen. Mein letzter Versuch, für Jojo etwas herauszuholen. Er drohte mir mit der Polizei.»

«Und davon liessen Sie sich einschüchtern?»

«Ich amüsierte mich köstlich. Spielt den Casanova, den Supermacker und scheisst sich vor Angst in die Hose.»

«Damit haben Sie doch Ihr Ziel erreicht. Aus Angst geht Burkhard Gärtner auf Ihre Forderungen ein. Stellt sich eigentlich nur die Frage, weshalb bringen Sie Ihre Milchkuh um?»

Thaler nestelte an einem Bierdeckel.

«Wir warten.»

«Nix Milchkuh! Der Alte war total verstockt, so was von knausrig. Er konnte sich nicht damit abfinden, dass ihm Jojo den Laufpass gegeben hat.»

«Irrtum! Er hat sie rausgeworfen.»

«Wer behauptet denn das?»

«Ein Bekannter.»

«Okay. Stimmt, ist dumm gelaufen. Wir waren auch echt blöd. Den hätten wir ohne Weiteres noch ein oder zwei Jahre ausnehmen können.

«Geht es etwas konkreter?»

«Jojo liess sich nur mit ihm ein, um ihn abzuzocken, aber Gärtner wurde misstrauisch. Wir Vollidioten waren uns zu sicher. Eines Tages ist er ihr gefolgt und genau an diesem Tag trafen wir uns bei mir. Anscheinend wartete er unten vor dem Haus. Als wir zusammen weggingen, wurde ihm klar, was läuft. Das war das Ende. Der Geldhahn versiegte, um es poetisch auszudrücken.»

«Und aus welchem Grund stoppten Sie Ihre Erpressungen?»

«Keine Erpressungen, Herr Kommissär. Nur Anfragen.»

«Ich formuliere es anders. Wie konnte der eingeschüchterte Gärtner Sie dazu bewegen, ihn in Ruhe zu lassen?»

Thaler fuhr sich mit der Hand durch die Haare. Leichte Nervosität machte sich bemerkbar.

«Kein Ruhmesblatt von mir. Weiss Gott nicht. Also gut, ich erzähls euch. Gärtner drohte mir mit einem Freund, der bei der Fahndung sei. Ich konnte darüber nur lachen, bis … ja, Scheisse, bis der Kerl hier auftauchte.»

«Und weiter?»

«Der war vollkommen bekloppt. Zuerst säuselte er hier herum. Ich solle Gärtner in Ruhe lassen. Beim Versuch, ihn hinauszuwerfen, ging der Wahnsinnige auf mich los. Ich kann mich ja nun wirklich wehren, doch der Typ hat aus mir Kleinholz gemacht. Und dann … dann zog er seine Pistole aus dem Halfter und hielt sie mir an den Kopf.»

«Ein Polizist?»

«Ja, einer von euch! Ein Psychopath! ‹Mach keinen Scheiss›, schrie ich. ‹Den Scheiss hast du gemacht. Wenn du dich noch einmal Gärtner näherst, knalle ich dich ab.› … Mann, das war kein Scherz! Diesen irren Blick vergesse ich nicht so schnell! Da liess ich den Alten sausen. Mein Leben ist mir mehr wert als paar Tausender.»

«Wie sah der Mann aus?»

«Eins achtzig, etwa in meinem Alter, voll durchtrainiert, Bürstenschnitt, am Arm ein Schlangentattoo. Mehr weiss ich nicht. Wenn dir einer eine Kanone an den Kopf hält, hast du andere Sorgen.»

«Und dann ist er gegangen?»

«Zum Glück. Aber ich bin sicher, wenn ich den Alten nochmals unter Druck gesetzt hätte, läge ich jetzt auf dem Hörnli. Er steckte nämlich die Waffe ein, ging zur Tür, drehte sich blitzschnell herum und schoss auf mich. Wie in einem Wildwestfilm. Ich war so geschockt, dass ich nicht reagieren konnte. Falls Sie mir nicht glauben, die Kugel steckt noch immer in der Wand.»

«Als Mahnmal, sozusagen», entgegnete Nadine. «Damit Sie nicht auf dumme Gedanken kommen.»

Nadine bat Peter Strub, einen seiner Leute vorbeizuschicken, um die Patrone sicherzustellen. Der Polizeiarzt liess sich den Ausflug ins Kleinbasel nicht entgehen und kam selbst.

«Das gleiche Kaliber wie bei Annik und Gärtner und vermutlich auch wie bei Spiess. Da bin ich mir eigentlich ziemlich sicher, Nadine.»

Endlich ein kleiner Schritt weiter. Die Personenbeschreibung passte haargenau auf Daniel Spiess, der allem Anschein nach von Burkhard Gärtner engagiert wurde, um Thaler kaltzustellen. Die beiden kannten sich also. Wann und wo sind sie sich zum ersten Mal begegnet?

«Das Verbindungsglied zwischen Spiess und Gärtner heisst vermutlich Georg.»

«Da sehe ich genauso, Nadine. Am besten wir fragen ihn.»

«Gärtner hätte Thaler auch anzeigen können, anstatt einen Schläger zu engagieren.»

«Stimmt, nur hätte dies nicht die gleiche abschreckende Wirkung gehabt.»

«Was ist mit Thaler? Er hat kein Alibi für heute Morgen. Glaubst du, er ist unser Mann?»

«Nein, er wusste nicht, dass Spiess tot ist. Das war kein Theater. Zudem ist er nicht der Typ, der Spiess auflauert und ihn erschiesst. Dazu fehlt ihm schlicht der Mut.»

«Ein Feigling par excellence. Übrigens, Spiess muss seinen Mörder gut gekannt haben.»

«Wieso?»

«Weil er ihn in seinen Bunker lässt. Würdest du einen Fremden mit in dein Heiligtum nehmen?»

«Gute Überlegung. Nein, das würde ich mit Sicherheit nicht. Auch ein Feind hätte dort nichts zu suchen. Das entlastet Georg zumindest teilweise.»

«Zurück ins Kommissariat?»

«Ja. Gehen wir Peters Bericht durch und dann besuchen wir den schönen René und seine Frau.»

Gemäss den ballistischen Untersuchungen war Daniel Spiess mit der gleichen Waffe wie Annik und Gärtner ermordet worden. Hm. Schloss diese Tatsache etwa

Spiess als Mörder aus? Ganz und gar nicht, denn der DNA-Vergleich räumte jegliche Zweifel aus: Spiess war der einzige Träger des Clownkostüms gewesen. Damit deutete alles darauf hin, dass zwei der drei Morde auf Spiess' Konto gingen. Nur das Motiv blieb im Dunkeln. Ferrari kritzelte «Raphi aufsuchen» auf einen Block. Bei dem Juwelier, den er seit Langem kannte, hatte er vor vielen Jahren einen Brillantring für Monika gekauft und sie damit überrascht. Schockiert wäre wohl eher das richtige Wort dafür. Raphi wird sich schon seine Gedanken über die Liaison zwischen seiner Tochter Sarah und Burkhard gemacht haben, ohne sich, ganz Gentleman, dazu zu äussern. Während Ferrari seinen Gedanken nachhing, ging Nadine minutiös die drei Akten durch und machte sich Notizen.

«Neue Erkenntnisse?», Staatsanwalt Borer betrat das Büro.

«Keine. Immerhin können wir die ersten zwei Morde mit grösster Wahrscheinlichkeit abschliessen.»

«Was nicht Ihr Verdienst wäre, Herrschaften! Sondern der von Kommissär Zufall.»

«Ah, schon ausgenüchtert?»

«Ich verbitte mir eine solche Bemerkung, Ferrari. Man kann sich an der Fasnacht auch ohne Alkohol amüsieren.»

«Soso.»

«Also, was gibt es Neues?»

«Das ist schnell erzählt. Daniel Spiess liegt im Leichenschauhaus. Er war der Clown. Damit sind die Morde an Annik und Gärtner mit ziemlicher Sicherheit aufgeklärt.»

«Gut, jetzt wäre es noch interessant zu wissen, weshalb er die beiden erschoss. Und bitte vergessen Sie die Aufklärung des dritten Mordes nicht. Überlassen Sie nichts dem Zufall.»

«Eine geniale Idee.»

«Was meinen Sie, Frau Kupfer?»

«Wir warten, bis eine weitere Leiche auftaucht. Das ist dann der Mörder von Spiess. Dann warten wir wieder, bis eine Leiche auftaucht, und so weiter und so fort.»

«Ich sehe schon die Schlagzeilen: ‹Mysteriöse Domino-Morde›.»

«Ihre Scherze waren auch schon besser, Herrschaften. Nun gut. Ich werde jetzt die Presse informieren, dass der Mörder von Annik Sonderegger und Burkhard Gärtner gefasst werden konnte. Waren Sie bei Georg?»

«Heute Vormittag. Ihm fällt so langsam die Decke auf den Kopf. Sie könnten doch jetzt die Suspendierung aufheben.»

«Das … das ist nicht ganz so einfach, wie Sie denken, Ferrari.»

«Warum?»

«Es … nun, wie soll ich es sagen … es gibt da einige politische Stimmen, die ihn für untragbar halten.»

«Was?!»

«Nur mit der Ruhe. Georg war … ist ein guter Mann, ein hervorragender. Aber er ist weit übers Ziel hinausgeschossen. Der Chef der Fahndung schlägt einen Polizisten spitalreif! Und das gleich vor mehreren Zeugen. Es ist unmöglich, so etwas geheim zu halten.»

«Da werden einige schon dafür gesorgt haben.»

«Das … was schauen Sie mich so an? … Ah, ich verstehe. Sie glauben, dass ich dahinter stecke.»

«Wer denn sonst? Sie schicken Georg in Frühpension und zaubern dann einen Ihrer Parteifreunde aus dem Hut. Und Simsalabim, wir haben einen neuen Fahndungschef.»

«Das … das ist ungeheuerlich. Mir fehlen die Worte! Sie entschuldigen sich auf der Stelle bei mir.»

Ferrari schoss von seinem Stuhl hoch, sein Blick verriet nichts Gutes.

«Wofür? Dass Sie einen der fähigsten Beamten, die jemals bei der Polizei waren, hinterrücks abschiessen?»

«Noch ein Wort und ich vergesse mich!»

«Nur zu! Ich bin genau in der richtigen Stimmung. Ich schlage Ihnen Ihre hinterhältigen Gedanken aus dem Schädel.»

Nadine ging lächelnd dazwischen.

«Man hört euch bestimmt im ganzen Kommissariat.»

«Und wenn schon. Die Kollegen sollen ruhig mitbekommen, dass Georg abserviert wird. Da, von diesem schmierigen Politiker.»

«Noch ein Wort und ich suspendiere Sie auch!»

«Das wagen Sie nicht. Mit welcher Begründung? Weil ich es wage, Ihnen die Wahrheit ins Gesicht zu schreien? Glauben Sie nur nicht, dass Sie damit durchkommen. Ich hetze das gesamte Korps gegen Sie auf.»

«So, wie Sie meine Parteikollegen aufhetzen, damit ich ja nicht Nationalrat werde.»

«Ihr solltet euch nun aber wirklich beruhigen. Sich gegenseitig vorzuwerfen, wer wann was verursacht hat, ist doch Blödsinn. Wir sind hier nicht im Kindergarten.»

«Dann sagen Sie Ihrem Kommissär, dass er sich bei mir sofort entschuldigen soll.»

«So ganz falsch liegt er ja wohl nicht mit seiner Vermutung. Ein bisschen mehr Loyalität wäre angebracht. Wir sind ein verdammt gutes Team und erwarten, dass Sie sich bedingungslos vor Georg stellen. Aber Sie fallen beim ersten Windstoss um.»

«Meine Rede! Ein Wendehals!»

«Und du musst dich auch nicht weiter aufplustern, Francesco. Deine Wahlkampfunterstützung für den Staatsanwalt könnte durchaus grösser sein.»

«Na, bitte. Ganz meine Meinung. In der anderen Sache möchte ich Ihnen aber widersprechen, Frau Kupfer. Ich kämpfe wie ein Berserker für Georg.»

«Wers glaubt!»

«Ich versichere Ihnen, dass ich den Kommandanten praktisch anflehte, auf Sanktionen zu verzichten. Leider ohne Erfolg und, wenn ich ehrlich sein will, aus guten Gründen. Die Disziplin muss aufrechterhalten werden.»

«Natürlich, um jeden Preis!»

«Nicht um jeden Preis. Doch ein Beamter in leitender Position darf sich nicht einfach gehen lassen. Immerhin hat er eine Vorbildfunktion.»

«Es ist das erste Mal. Erteilen Sie ihm einen Verweis und die Sache ist erledigt.»

«Nun … das … das ist leider nicht so einfach.»

«Weil bereits ein neuer Chef der Fahndung in den Startlöchern steht. Habe ich recht?»

«Das nicht … aber … wie gesagt, es gibt da schon von verschiedenen Seiten grosse Zweifel, ob Georg nach dieser Tat noch haltbar ist.»

«Mann, sind Sie eine linke Bazille!»

«Das … das verbitte ich mir, Frau Kupfer. Sie entschuldigen sich sofort bei mir oder …»

«Was oder? Sie sind ein feiger Hund! Was heisst ein feiger Hund?! Damit beleidige ich jeden Strassenköter.»

«Sie wagen es … das hat Folgen …» Borer schob Nadine kommentarlos zur Seite. An der Tür drehte er sich mit hochrotem Kopf nochmals um. «Sie werden Ihr Verhalten noch bereuen. Garantiert! Das lasse ich mir von Ihnen nicht gefallen, Sie Gecksnase!»

Und weg war er.

Die Praxis vom schönen René war geschlossen. Betriebsferien! Entweder ein Fasnachtsflüchtling, der mit seiner Freundin irgendwo am Strand liegt oder in den Bergen Ski fährt. Wer weiss, vielleicht ist er auch aktiver Fasnächtler, der nun den verdienten Schlaf nachholt. Nadine fragte telefonisch bei Stephan Moser nach der Privatadresse von René Reber. Kollege Moser wirkte alles andere als glücklich. Nadine musste nicht lange insistieren, um den Grund zu erfahren – Staatsanwalt Borer hatte ihm mehr oder weniger durch die Blume den Job von Big Georg angeboten.

«Stephan soll Georg beerben!»

«Das ist nicht wahr!»

«Borer hat es nicht offen ausgesprochen, nur angetönt.»

«Typisch Politiker. Ja nicht Tacheles reden. Gleichwohl mal jemanden in Position bringen. Wenns dann nicht klappt, ist es nicht weiter schlimm. Und was meint Stephan dazu?»

«Für ihn ist es eine klare Sache. Er sagt Ja, wenn er auf normale Weise die Nachfolge antreten kann, sprich, wenn Georg in einigen Jahren in Pension geht, und Nein zum jetzigen Zeitpunkt.»

«Habe ich nicht anders erwartet. Stephan ist ein Mann mit Prinzipien. Wo wohnt der schöne René?»

«An der Schlossgasse.»

«Wo ist denn die?»

«Beim Kronenplatz in Binningen.»

Aber auch dort glänzten die Rebers mit Abwesenheit. Immerhin wusste eine Nachbarin, dass sie heute früh noch ziemlich heftig miteinander gestritten hätten. René Reber sei am Morgen betrunken nach

Hause gekommen, wohl nach einem verlängerten Endstreich. Also doch! Der schöne René ist ein Fasnächtler. Alles andere hätte mich verwundert, sinnierte der Kommissär. Worüber sich die beiden gestritten hatten, wusste die Nachbarin nicht. Unverrichteter Dinge kehrten sie zum Auto zurück. Missmutig strich Nadine über eine Felge ihres Porsches.

«Die ist futsch. Das ist beim Rückwärtsfahren im Dreispitz passiert.»

«Du kannst sie ja abschleifen lassen. Ist ja nicht zum ersten Mal passiert.»

Ferrari biss sich auf die Lippen. Wieder einmal war sein Mundwerk schneller als das Gehirn. Ganz nach dem Motto: Wie soll ich wissen, was ich denke, bevor ich höre, was ich sage? Nadines wilder Blick sprach auf jeden Fall Bände.

«Wo ist eigentlich dein Yvo geblieben?», setzte er gleich noch einen drauf.

«Mein Yvo musste nach Madrid. Er stellt dort einem international tätigen Konzern sein neustes Projekt vor.»

«Das tut mir aber leid.»

Ferrari setzte ein übertrieben trauriges Gesicht auf.

«Du kannst mich nicht provozieren. Steig ein, wir fahren zurück ins Büro.»

«Später. Versuchen wir zuerst unser Glück bei Raphael Linsenmann, bevor wir mit Sarah sprechen. Bin gespannt, was er uns über Gärtner und seine Tochter erzählt. Sein Geschäft befindet sich in der Freien Strasse.»

Unter Protest parkierte Nadine im Anfos-Parkhaus. Ihr wäre es lieber gewesen, direkt in die Freie Strasse zu brausen, doch Ferrari winkte ab. Fahrverbot. Und die fadenscheinige Begründung, dass es sich um eine Dienstfahrt handle, liess er ebenfalls nicht gelten.

«Scheissparkhaus! Alles so eng. Steig ja vorsichtig aus, sonst schlägst du noch die Tür an die Wand.»

Raphael Linsenmann, einer der bekanntesten Juweliere von Basel, sass in seinem Büro und blätterte in einem Schmuckkatalog.

«Francesco! Was für eine Überraschung! Schön, sehen wir uns wieder einmal.»

«Das finde ich auch. Darf ich dir meine Kollegin Nadine Kupfer vorstellen?»

«Sehr erfreut. Nehmt doch bitte Platz. Moment, Frau Kupfer. Legen Sie die Kataloge einfach auf den Boden. Wann haben wir uns zum letzten Mal gesehen?»

«Einige Jahre ist es schon her, Raphi.»

«Ich lese immer wieder von euch. Wirklich beeindruckend. Ihr macht sehr gute Arbeit. Du solltest Olivia hören, sie schwärmt in den höchsten Tönen von dir. Ich glaube, sie ist in dich verliebt, Francesco.»

«Quatsch!»

«Doch, doch. Und nicht nur sie. Du scheinst die ganze Damenwelt auf dem Bruderholz zu bezirzen. Ines schwärmt auch von dir.»

«Blödsinn!»

«Wie machst du das nur? Monika ist eine sehr intelligente und äusserst attraktive Frau, Ines und Olivia ebenso und ich bezweifle nicht, dass deine Kollegin auch in diese Kategorie gehört.»

«Danke für das Kompliment, Herr Linsenmann.»

«Gern geschehen. Wo war ich stehen geblieben? … Ah ja, Ihr werter Kollege ist ein alter Schwerenöter. Stellt sich dumm und lässt sich bemuttern. Darauf fahren Frauen anscheinend ab. Übrigens, am letzten Freitag war ich bei Anna von Grävenitz in Riehen.»

«Hm.»

«Die kenne ich auch, Herr Linsenmann.»

«Nennen Sie mich bitte Raphael oder Raphi.»

«Wie war das doch gleich? … Sie sagte, ich habe Francesco das Laufen beigebracht.»

«Sehr schön!», lachte Raphael Linsenmann.

«Das freut mich, dass ihr euch blendend auf meine Kosten amüsiert. Soll ich draussen warten?»

«Du kannst ruhig bleiben, Womanizer!»

«Wie geht es Sarah?»

«Den … nun den Umständen entsprechend. Ihr kommt bestimmt wegen Burkhard. Wollt ihr mit ihr sprechen? Sie ist oben in unserer kleinen Stadtwohnung.»

«Gern später.»

«Burkhards Tod geht ihr sehr nahe … Ich … Es fällt mir schwer, darüber zu sprechen … Für einen Vater … Schon eigenartig. Da kommt deine Tochter und erzählt dir, dass sie sich verliebt hat. Ausgerechnet in einen Mann, der nicht zu ihr passt … Damit habe ich echt Mühe.»

Ferrari warf Nadine unbemerkt einen vielsagenden Blick zu, was ihm einen Tritt ans Schienbein eintrug.

«War es eine feste Beziehung?»

«Für Sarah schon, leider. Sie wollte sogar mit ihm zusammenziehen, obwohl sie von seinen Affären mit diesen jungen Dingern wusste. Eine heikle Geschichte. Wir stritten uns immer wieder darüber … Letztendlich muss jeder Mensch selbst sein Leben in die Hand nehmen. Aber entre nous, mein Schmerz über das Ableben von Burkhard Gärtner hält sich in Grenzen.»

«Vater!»

Unbemerkt war Sarah ins Büro getreten. Ferrari erhob sich und küsste sie auf beide Wangen.

«Schön, dich zu sehen, Sarah!»

Er drückte sie fest an sich, spürte, wie sie zitterte.

«Danke, Francesco. Es … es ist so schlimm», schluchzte sie leise.

Nadine stand auf und überliess Sarah ihren Platz, während Raphael Linsenmann verlegen im Katalog blätterte.

«Entschuldige, Liebes … was ich soeben sagte …»

«Ist nur die Wahrheit!», funkelte sie ihn an. «Du warst von Anfang an gegen unsere Beziehung.»

«Weil er es nicht ernst mit dir meinte. Weil … weil, ja, jetzt spreche ich es aus, weil er ein Filou war! Hinter jedem Rock her, je jünger, desto besser. Du gehst auf die fünfzig zu. Such dir einen Mann, der zu dir passt, mit dem du glücklich wirst.»

Weinend rannte Sarah aus dem Büro. Die Wahrheit konnte zuweilen sehr brutal sein.

«Musste das sein, Raphi?»

«Es ist gut so, Nadine. Jetzt ist es endlich raus. Ich hätte es ihr schon lange in aller Deutlichkeit sagen müssen. Seit Monaten treibt sie sich mit diesem Casanova herum, glaubt an die grosse Liebe, dabei weiss jeder, dass es für ihn nur ein Zeitvertreib war. Ich bin nicht blind, Francesco. Ich kenne die Geschichte mit dieser Jojo und weiss auch, dass er noch Beziehungen mit anderen Frauen hatte. Parallel zu Sarah! Aber sie war dem Kerl hörig. Nur Burkhard hier, Burkhard da … es … ja, ich gebe zu, ich bin froh, dass er nicht mehr lebt.»

Linsenmann legte den Katalog, den er noch immer in seinen Händen hielt, auf den Tisch.

«Ihr müsst wissen, ich kenne Burkhard seit langer Zeit. Er kaufte allen Schmuck für Lena bei mir. Es waren Geschenke, um zu Hause Goodwill zu schaffen und gleichzeitig sein schlechtes Gewissen zu beruhigen. Er sass jeweils hier und erzählte mir brühwarm von seinen Affären. Ob ich es hören wollte oder nicht. Und plötzlich … auf einmal wirst du selbst damit konfrontiert. Deine eigene Tochter als Freiwild. Damit … damit kam ich nicht klar. Immer und immer wieder habe ich mit Sarah darüber gesprochen. Nicht so deutlich wie eben, was eindeutig ein Fehler war. Aber wahrscheinlich hätte es auch nichts genutzt. Sie hat den sturen Kopf meiner Frau.»

«Wie denkt Agnes darüber?»

«Genauso wie ich. Sie leidet fast noch mehr darunter als ich. Nadine, würdest du mir einen Gefallen tun?»

«Selbstverständlich.»

«Sprich du mit Sarah, von Frau zu Frau. Vielleicht hilft ihr das.»

Nadine fuhr mit dem Lift zur Dachwohnung hinauf, zur Sicherheit hatte der Juwelier den Wohnungsschlüssel mitgegeben. Sarah stand auf dem Balkon und schaute auf die Freie Strasse hinunter. Als sie Nadine hörte, drehte sie sich langsam um. In ihren Augen lag tiefe Traurigkeit.

«Ich bin Nadine, Francescos Assistentin.»

Sie nickte nur.

«Soll ich wieder gehen?»

«Warst du schon einmal echt verliebt, Nadine?»

«Ein Mal, aber das war in einem anderen Leben.» Unwillkürlich kamen Bilder aus der Vergangenheit hoch. Damals war Nadine Polizistin in Bern. Nach einem tragischen Vorfall quittierte sie den Dienst, kam nach Basel und wurde Ferraris Assistentin.

«Es hat nicht sollen sein, oder?»

«Nein», flüsterte Nadine. «Es … es ist ähnlich wie bei dir. Er wurde erschossen. Und … ich stand daneben und konnte nichts dagegen tun.»

«Mein Gott! Das … entschuldige, ich wollte nicht …»

«Schon gut. Ich habe es nie wirklich verkraftet. Die Wunde reisst immer wieder auf. Es braucht einfach Zeit. Viel Zeit.»

«Burkhard … ich liebe ihn über alles. Ich wollte mit ihm zusammenziehen.»

«Wann?»

«Im Sommer. Mir wäre sofort lieber gewesen, aber Burkhard wollte zuerst noch einiges klären.»

«Was denn?»

«Seine Exfrau informieren, mit der er noch immer in engem Kontakt stand, und natürlich seinen Sohn. Und einfach alles regeln, was noch so anstand.»

«Dein Vater hielt nicht viel von deiner Beziehung mit Burkhard.»

«Er ist halt altmodisch. Burkhard und ich, das passte nicht in sein Denkmuster. Vor allem die Affären gaben den Ausschlag, dass er Burkhard ablehnte. Aber ich liebe … liebte ihn. Ich fühlte mich wohl bei ihm. Viel wohler als bei meinen Freunden und Bekannten, die sind alle so oberflächlich. Burkhard war tiefgründig, nur verstand das niemand. Alle wollten ihn mir ausreden, nach dem immer gleichen Muster. Er sei ein Casanova, werde mich in Kürze sitzen lassen und mit einer Jüngeren abhauen. All das banale Zeug. Keiner konnte damit umgehen, dass ich mich unendlich geborgen bei ihm fühlte, dass ich tiefe Gefühle für ihn empfand. Deshalb zog ich mich von allen zurück, ich hatte es so satt.»

Nadine nickte. Wenn ich nur an die Kommentare von Francesco denke, von wegen Yvo sei zu alt für mich und so, was musste sich Sarah erst von ihren Freunden und Eltern anhören.

«Wann habt ihr euch zum letzten Mal gesehen?»

«Am vergangenen Wochenende. Wir waren zusammen in Adelboden in seinem Chalet. Es war traumhaft schön. Burkhard wollte dann unbedingt an die Fasnacht, also sind wir zurück nach Basel.»

«Hast du einen Verdacht, warum er umgebracht wurde?»

«Er … Verdacht ist zu viel gesagt.»

Sie zog die Jacke enger um ihren Körper.

«Wollen wir hineingehen?»

«Ich stehe gern hier oben auf dem Dach. Der Blick über die Stadt ist schön … Burkhard war in der letzten Zeit irgendwie anders, nicht mehr so ausgeglichen wie früher. Wie soll ich sagen? Nervös, unruhig und manchmal auch unbeherrscht.»

«Weisst du weshalb?»

«Ich sprach ihn darauf an. Er meinte, es gäbe Probleme im Geschäft und Ärger mit dem Mann einer Exfreundin.»

«Sven Thaler?»

«Nein, so heisst er nicht. Es … fällt mir im Augenblick nicht ein. Ich hatte Angst, dass ihn das alles auffrisst und dass unsere Beziehung darunter leidet. Am Montag rief er mich dann an, wir wollten eigentlich zusammen an den Cortège, doch leider musste er dringend weg. Wir unterhielten uns etwa eine halbe Stunde, aber er war mit seinen Gedanken weit weg. Und jetzt ist er tot!» Sie schluchzte. «Lässt du mich jetzt bitte alleine, Nadine? Bitte.»

Nadine ging zum Lift. Nur zu gut kannte sie dieses Gefühl von Ohnmacht, Trauer, Wut und Einsamkeit. Und ganz tief drinnen nagte die Angst.

«Sarah!», wandte sich Nadine nochmals um.

«Ja?»

«Versprich mir, dass du keinen Unsinn machst.»

Sie lächelte Nadine mit Tränen in den Augen an.

«Seit gestern denke ich darüber nach, hinunterzuspringen. Aber … es geht nicht. Mach dir keine Sorgen. Ich werde mir nichts antun.»

Nadine zögerte. Kann ich sie wirklich allein lassen? Ein heikler Moment. Es war schwierig, einen Menschen einzuschätzen, den man gar nicht kannte.

«Geh nur … ich verspreche es dir. Und … danke!»

Ferrari unterhielt sich mit Raphael Linsenmann über Edelsteine. Fasziniert hörte er zu, wie ein Schmuckstück aus einem Rohstein entstand, als Nadine zu ihnen trat.

«Sie ist ziemlich am Ende. Ich bin nicht sicher, ob ich sie hätte allein lassen dürfen.»

Der alte Juwelier lächelte milde.

«Sarah wird sich nichts antun. Im Moment leidet sie, doch das geht vorbei. Ich … es macht mich sicher verdächtig, wenn ich es ausspreche … in den letzten

Wochen dachte ich daran, Burkhard zu töten … Schaut mich nicht so an! Er war ein einziges Unglück, ein unsäglicher Mensch! Ein alter Mann, der nicht einsah, dass seine Zeit abgelaufen ist. Egozentrisch und sexbesessen.»

Ferrari lag die Frage nach Linsenmanns Alibi auf der Zunge, aber er hütete sich, wieder einmal mit der Tür ins Haus zu fallen.

«Nur der Ordnung halber, wo waren Sie am Dienstagabend zwischen halb acht und zehn Uhr?», fragte Nadine und ersparte so dem Kommissär die unangenehme Frage.

«Zu Hause. Agnes kann das bezeugen. Am Guggenmusikkonzert hat es mir viel zu viele Leute in der Stadt … Burkhard war dabei, unsere Familie zu zerstören. Ich habe ihn abgrundtief gehasst. Zum Glück ist er tot! Von daher ist Ihre Frage durchaus berechtigt.»

Mit dieser starken Aussage katapultierte sich Raphael Linsenmann an die Spitze der Verdächtigen. Nur, zwischen dem Lippenbekenntnis und der Tat an sich liegen bekanntlich Meilen. Raphael ist kein Mörder. Ferrari trat auf die Freie Strasse hinaus. Nicht allzu viel los, klassische Ferienzeit. Die einen sind weg, die anderen erholen sich von den Strapazen der Fasnacht. Unten am Münsterberg beim Dreizack-Brunnen verteilten junge Menschen Zettel an die Passanten. Der Kommissär liess sich einen geben; ein Pamphlet gegen den Bau weiterer Atomkraftwerke. Ein heisses Thema.

«Und? Um was geht es?», erkundigte sich Nadine.

«Atomkraftgegner.»

«Es ist ja auch Wahnsinn, neue Atomkraftwerke bauen zu wollen.»

«Immerhin ist es der sauberste Strom, den man sich vorstellen kann.»

«Wenn man die Nebenwirkungen ausblendet. Darf ich dich an das schwere Erdbeben 2011 in Japan, den darauffolgenden Tsunami, die Wassermassen rissen fast zwanzigtausend Menschen in den Tod, und den Super-GAU im Atomkraftwerk Fukushima Daiichi erinnern? Die ganze Welt hielt den Atem an. Und du sprichst von sauberem Strom?!»

«Ich meine ja nur. Es werden sowieso keine neuen Atomkraftwerke in der Schweiz gebaut. Atomlobby hin oder her. Die können noch so viel Geld investieren, dieser Zug ist abgefahren. Apropos abgefahren, wir müssen René Reber auftreiben.»

«Ja, unbedingt. Übrigens, danke für deine Diskretion.»

«Gern geschehen. Ich danke dir für den Tritt ans Schienbein. Das gibt bestimmt blaue Flecken.»

«Der war verdient.»

«Hm. Was hast du von Sarah erfahren?»

«Sie liebt … liebte ihn wirklich. Der Casanova war offenbar nervös.»

«Vermutlich wegen Sarah, denn sie plante eine gemeinsame Zukunft, wollte mit ihm zusammenziehen. Mein Gefühl sagt mir, dass der Typ sich langsam, aber sicher von ihr trennen wollte. Sie wurde ihm zu anhänglich, schlicht lästig. Scheint ein ziemlich mieser Kerl gewesen zu sein.»

«Immer auf der Suche nach Bestätigung.»

«Ja, vor allem nach sexueller Bestätigung.»

«Fassen wir kurz zusammen: Sarah will bei ihm einziehen, was ihm nicht passt, weil er dann Probleme mit seinen anderen Flammen kriegt. Auf Sarah verzichten will er natürlich auch nicht, also hält er sie hin.»

«Auf der anderen Seite sitzen ihm Thaler und Reber aus unterschiedlichen Gründen im Nacken. Thaler stellt er ab, indem er ihm den schiesswütigen Spiess auf den Hals hetzt. Ob er auch Reber in Schach halten konnte, wissen wir nicht beziehungsweise noch nicht.»

«Bleibt die Frage, warum Spiess die Fronten wechselte und seinen Auftraggeber tötete. Etwas muss passiert sein.»

«Damit kommt Thaler wieder ins Spiel.»

«Das glaube ich nicht, Nadine. Ein toter Gärtner nützt ihm nichts, Tote kann man nicht erpressen. Da ist schon eher Reber mein Favorit.»

«Oder Raphael Linsenmann.»

«Ich sage es ungern, aber es ist denkbar.»

«Er kann sich einen Killer auf jeden Fall leisten.»

«Und woher kennen Raphi und Reber Daniel Spiess?»

«Das, mein lieber Herr Kommissär, müssen wir herausfinden.»

«Was ist mit Lena, der unbekannten Ina oder Sarah?»

«Eifersucht? Ein starkes Motiv. Lena würde ich ausschliessen. Es ist der falsche Zeitpunkt, sie scheint mit ihrem Exmann abgeschlossen zu haben. Ina kennen wir nicht.»

«Und Sarah?»

«Es widerstrebt mir, weil ich sie mag, Francesco, aber sie ist eine Kandidatin. Wenn sie tatsächlich gemerkt hat, dass sich Gärtner abseilt, dann traue ich ihr einen Mord zu.»

«Und wer hat Spiess erledigt und welche Rolle spielt Annik in diesem Drama?»

«Als Mörder von Spiess kommt beim jetzigen Stand nur einer infrage.»

«Big Georg! Super Vorstellung, dass wir im Verstohlenen gegen einen Freund ermitteln.»

«Es spricht vieles gegen Georg. Unter normalen Umständen wäre er unser Hauptverdächtiger. Ich weiss, es passt dir nicht und mir auch nicht. Hoffentlich hat er nichts mit dem Tod von Spiess zu tun. Was Annik betrifft, tappen wir nach wie vor im Dunkeln. Eifersucht wäre auch hier eine plausible Erklärung. In einem Punkt liegst du falsch, Opa.»

«Und der wäre?»

«Yvo ist kein Womanizer.»

«Wie bitte?»

«Du denkst doch die ganze Zeit über Yvo und mich nach.»

«Blödsinn!»

«Ich sehe es dir an. Yvo ist ein grundanständiger und sehr liebevoller Mensch. Und sein Alter gibt man ihm überhaupt nicht. Er ist in Topform.»

«Er ist zu alt für dich.»

«Sagt der grösste Frauenkenner der Welt. Wie man ja hört. Olivia, Ines, Anna, um nur einige zu nennen. Weiss eigentlich Monika von deinen Affären?»

«Untersteh dich! He, was heisst hier Affären? Sie mögen mich halt, nicht mehr und nicht weniger.»

«Weil du ein süsser, brummeliger Tanzbär bist. Soll ich dich nach Hause fahren?»

«Nein, danke. Der Tanzbär steigt oben am Bankenplatz in den Dreier und unterhält mit seinen Tanzeinlagen die Fahrgäste bis zur Endstation.»

An der Haustür kreuzte der Kommissär eine weinende Eleonore, die wortlos an ihm vorbeihuschte.

«Du bist schon da?», begrüsste ihn Monika erstaunt. Sie war gerade dabei, zwei Kaffeetassen abzuräumen. «Oh, es ist schon so spät?! Ich habe die Zeit total vergessen und überhaupt noch nicht mit Kochen angefangen.»

«Kein Problem. Dann lass uns etwas essen gehen.»

«Wirklich? Manchmal überraschst du mich.»

Monika schleppte ihren Francesco in die Brasserie Les Trois Rois. Gibt man ihr den kleinen Finger, sucht sie sich gleich ein besonderes Restaurant aus. Sieht schön aus.

«Hast du die Preise gesehen?»

«Nun hör schon auf. Ich lade dich ein. Das kommt ja nicht jeden Tag vor. Wann waren wir das letzte Mal zusammen essen?»

«Vor … vor zwei Wochen? Im Feldschlösschen.»

«Aber auch nur deshalb, weil Nadine und Yvo uns spontan besuchten. Ist das eigentlich etwas Ernstes zwischen den beiden?»

Die Vorspeise war ausgezeichnet, Lachs auf einem Gemüsebeet.

«Schmeckt sehr gut!» Ferrari liess sich den Lachs auf der Zunge zergehen. «Ich glaube schon, obwohl er viel zu alt für sie ist.»

«Das haben meine Eltern auch gesagt, als sie dich das erste Mal sahen.»

«Also bitte. Zwischen uns sind es nur ein paar Jahre.»

«Soso.»

«Ja, gut, ein bisschen mehr als nur ein paar, aber doch keine zwanzig.»

«Ob zehn oder zwanzig, spielt das eine Rolle?»

«Lass uns lieber über etwas anderes reden. Ich kenne diese Diskussionen und weiss, wie sie enden. Nehmen wir zum Hauptgang einen Rotwein?»

«Du suchst ihn aus, aber nicht auf den Preis schauen.»

«Einverstanden … Mir würde dieser da passen.» Ferrari zeigte auf einen Italiener aus der Toscana. «Der ist ja sauteuer.»

«Den nehmen wir», entschied Monika kurzerhand.

Auch der Hauptgang überzeugte: Rindsfilet mit Saisongemüse und Kartoffeln.

«Woher kennst du eigentlich die Brasserie?»

«Von meiner Freundin Andrea, sie wohnt gleich um die Ecke. Vor ein paar Wochen hat sie mich und ein paar andere Frauen zu sich nach Hause eingeladen, doch sie hatte noch die Handwerker im Haus. Da sind wir hierhergekommen.»

«Was ist denn mit Eleonora los? Sie ist heulend an mir vorbeigerauscht.»

«Andreas ist ein Stinkstiefel, er vermiest ihr das Leben.»

«Der Langweiler ist ganz und gar nicht mein Fall. Ich dachte immer, Eleonora sei eine grüne Spinnerin, aber ich habe mich in ihr getäuscht. Sie ist schwer in Ordnung.»

«Das ist sie wirklich. Leider hängt bei ihnen seit der Fasnacht der Haussegen schief. Daran sind Nadine und ich ziemlich mit schuldig.»

«Weil ihr Eleonore das wahre Leben gezeigt habt?»

«Ob es das wahre Leben ist, weiss ich nicht. Wir hatten nur ein wenig Spass zusammen. Jetzt macht er Psychoterror. Schleicht an seinen Krücken durchs Haus, jammert und mimt den betrogenen Gatten.»

«Das kann ich mir gut vorstellen. Andreas ist der personifizierte Frust.»

«Sprich mit ihm, Francesco. Bring ihn zur Vernunft, sonst läuft sie ihm davon.»

«Hm … Vielleicht am Wochenende, wenns denn sein muss.»

«Versprochen?»

«Ja, ja. Ich machs. Begeistert bin ich zwar nicht.»

«Wie kommt ihr mit eurem Fall voran?»

«Langsam. Vieles passt nicht zusammen. Wir waren heute bei Raphi. Ich soll dir einen Gruss ausrichten.»

«Danke. Wie geht es Agnes und Sarah?»

«Nicht besonders. Sarah wollte bei Burkhard Gärtner einziehen.»

«Das ist nicht dein Ernst.»

«Leider schon. Gärtner war ihre grosse Liebe.»

«Die spinnt doch! Was sagen denn Raphi und Agnes dazu?»

«Raphi hat einen unbändigen Hass auf Gärtner und ist über dessen Tod sogar froh. Das gibt er auch offen zu. Agnes haben wir nicht gesehen.»

«Wohnen sie noch immer in Bettingen?»

«Da bin ich überfragt. Sarah wohnt auf jeden Fall in der Dachwohnung über Raphis Geschäft. Sie schwebt sozusagen über den Dächern von Basel.»

«Gute Lage. So viel ich weiss, gehört ihnen das Haus. Dessert?»

«Nein, danke. Ich bin richtig satt. Und du?»

«Nur einen Espresso.»

«Gute Idee. Übrigens, heute früh wollten wir jemanden aufsuchen, den du kennst, aber er war ausgeflogen.»

«Das klingt geheimnisvoll. Wen denn?»

«René Reber!»

Monika musste lachen.

«Oh, oh! Dann ist auch klar, warum er geflüchtet ist. René kann sich bestimmt noch gut an die Abreibung erinnern.»

«Also bitte, ich habe ihn kaum berührt.»

«Abgesehen davon, dass du ihm einige Zähne ausgeschlagen und ihn durch die St. Alban-Vorstadt geprügelt hast. Er ist dir nur dank einem Zufall entkommen ...»

«Big Georg ist mit vier Mann erschienen und die haben mich gestoppt. Das war kein Zufall. Du hast ihn angerufen», brummte Ferrari.

«Manchmal muss man eben ein wenig nachhelfen. Noch einen Wunsch, mein Schatz?»

«Nein. Ich bin wunschlos glücklich. Das Essen war super.» Diskret schielte der Kommissär auf die Rechnung. «Was? So teuer?!»

«Nun hab dich nicht so. Es war doch ein schöner Abend. Und zur Krönung nehmen wir jetzt ein Taxi.»

6. Kapitel

Die Fasnachtsmorde waren von den Titelseiten der Zeitungen verschwunden. Thema Nummer eins war nun eine Betrugsaffäre, in die ein höherer Bundesbeamter verwickelt war. Nadines Vater, Nationalrat Kupfer, wurde als Präsident der Untersuchungskommission eingesetzt. Eine gute Wahl. Weiter kam der Kommissär mit der Zeitungslektüre nicht, denn Stephan Moser und Nadine traten praktisch gleichzeitig ins Büro.

«Ich muss mit dir sprechen, Francesco.»

«Dann lass ich euch allein.»

«Bleib nur, Nadine. Ich habe keine Geheimnisse vor dir und …», er wandte sich an Ferrari, «da er dir sowieso alles erzählt, hörst du es besser aus erster Hand.»

«Es geht sicher um deinen neuen Job.»

«Unter anderem. Borer setzt mich unter Druck, aber es geht nicht wirklich um mich.»

«Sondern?»

«Einer seiner Schützlinge ist Detektiv und soll nun Kommissär werden. Das geht jedoch nur, wenn Borer einen von uns befördert. Du willst wohl kaum Chef der Fahndung werden, Kurt und Erika auch nicht, die sind zu alt. Wer bleibt, ist meine Wenigkeit. Werde ich Leiter der Fahndung, rückt Nicolas als Kommissär nach. So einfach ist das.»

«Nicolas Urfer? Die Pfeife bringts doch nicht.»

«Das denke ich auch, Nadine. Allem Anschein nach ist Borer anderer Meinung und er scheint der Einzige zu sein. Nicolas traut es sich nämlich selbst gar nicht zu.»

«Beim ganzen Gemauschel sollte man nicht vergessen, dass Georg nur suspendiert ist, also weder entlassen noch in Pension geschickt wurde. Wenn er zurückkommt, und davon gehe ich aus, nützen Borers Ränkespiele nichts. Der Schuss könnte sogar nach hinten losgehen, wenn Georg wieder fest im Sattel sitzt und hört, dass unser Staatsanwalt bereits seinen Nachfolger bestellt hat.»

«Hoffen wir, dass du dich nicht irrst, Francesco. Wie auch immer, ich werde nicht Chef der Fahndung.»

«Und wir unterstützen dich dabei.»

«Danke, Nadine. Mir gefällt mein Job nämlich verdammt gut. Damit komme ich zum zweiten Punkt, wir haben uns etwas mit Spiess beschäftigt. Der Typ lebte auf ziemlich grossem Fuss.»

«Was heisst das konkret?»

«Mit seinem Gehalt konnte er sich nie und nimmer diesen Lebensstandard leisten. Allein seine Waffensammlung hat ein Vermögen gekostet. Dann fuhr er nicht nur seinen Passat. In der Garage steht ein Audi A6.»

«Da könnte man neidisch werden.»

«Dein Auto ist auch nicht zu verachten, Nadine.»

«Vielleicht hast du deinen Porsche ja auch mit dubiosen Nebengeschäften bezahlt. Wer weiss», stichelte Ferrari.

«Wenn das Paps hört, bist du die längste Zeit sein Freund gewesen.»

«Das mit dem Audi ist noch nicht alles. Er besass ausserdem ein Boot auf dem Vierwaldstättersee. Ganz normal auf ihn zugelassen.»

«Und woher hatte er das viele Geld?»

«Das wissen wir nicht. Bei den Kollegen von der Fahndung macht natürlich jetzt ein Gerücht die Runde. Sie vermuten einen Maulwurf in den eigenen Reihen, weil in letzter Zeit alle Razzien schiefliefen. Zählt man zwei und zwei zusammen, heisst der Maulwurf Daniel Spiess.»

«Habt ihr seine Konten überprüft?»

«Wir sind dran. Am Montag wissen wir mehr, vielleicht auch schon heute Abend. Wenn ihr mich fragt, der kassierte jedes Jahr ein hübsches Sümmchen nebenher.»

«Genauso gut könnte er geerbt oder eine reiche Freundin gehabt haben.»

«Was er dann aber am Steueramt vorbeigeschmuggelt hätte. So weit sind wir schon mit unseren Ermittlungen.»

«Das bestätigt unsere Vermutungen, nämlich dass Spiess nebenbei als Bodyguard oder vielmehr als Mann fürs Grobe gearbeitet hat.»

«Noch etwas, die Befragung von Spiess' Nachbarn ergab absolut nichts. Keiner hat etwas gesehen oder den Schuss gehört.»

In der Wohnung der Rebers brannte Licht. Ich werde mich zurückhalten, nahm sich Ferrari vor. Ja, das werde ich. Nadine soll das Gespräch führen. Wenn ich nur an René denke, ziehen sich meine Bauchmuskeln zusammen. Ein falsches Wort, irgendeine negative Bemerkung über Frauen und ich raste sowas von aus.

«Deine Spielwiese, Nadine, falls sie uns überhaupt reinlassen.»

Nadine drückte auf die Klingel im Parterre. Eine ältere Dame schaute misstrauisch zum Fenster hinaus. Als ihr Nadine ihren Ausweis zeigte, öffnete sie die Haustür. Die Wohnung der Rebers lag im zweiten Stock. Nach mehrmaligem Klopfen öffnete Ina Reber.

«Was wollen Sie?»

Ihre Stimme klang sehr unfreundlich.

«Wir möchten uns mit René Reber unterhalten.»

«Der ist nicht da.» Bevor sie die Tür zuschlagen konnte, trat Ferrari in die Wohnung.

«He! Das ist Hausfriedensbruch. Ich hole …»

«… die Polizei. Die ist schon hier. Können wir uns unterhalten?»

Sie zögerte.

«Ja, gut. Aber ich habe nicht viel Zeit.»

Der Kommissär schaute sich in der Maisonette-Wohnung um. Stilvoll eingerichtet, bestimmt alles Designermöbel, vorwiegend in Weiss gehalten. Das wäre mir zu steril. An den Wänden des Wohnzimmers, das mindestens fünfzig Quadratmeter gross war, hingen verschiedene Stillleben. Erst auf den zweiten Blick entdeckte Ferrari neben dem Sofa mehrere Koffer.

«Sie verreisen?»

«Ich ziehe aus!»

Nadine setzte sich auf einen ziemlich unbequem aussehenden Stuhl.

«Sie trennen sich von Ihrem Mann?»

«Das hätte ich schon längst machen sollen.»

«Warum?»

«Das geht Sie zwar nichts an, aber ich sage es Ihnen trotzdem. Er ist rasend eifersüchtig. Früher war das anders.»

«Wie lange sind Sie verheiratet?»

«Im Sommer werden es sechs Jahre. Und nun ist es vorbei. Endgültig.»

«Wegen der Eifersucht?»

«Er betrachtet mich als sein Eigentum, engt mich ein. Ich kann kaum noch atmen. Was wollen Sie eigentlich von René?»

«Mit ihm über Burkhard Gärtner reden.»

Ina Reber schloss den Deckel eines Koffers und setzte sich Nadine gegenüber.

«Wegen Burkhard? Was ist mit ihm?»

«Das wissen Sie nicht?»

«Nein. Haben sie sich gestritten?»

«Burkhard Gärtner ist tot.»

«Tot? Wie … wie meinen Sie das … tot?»

«Er wurde am Dienstagabend ermordet.»

Ina Reber starrte Nadine mit offenem Mund an. Entsetzen lag in ihrem Blick. Dann sackte sie ohnmächtig zu Boden.

«So tu doch etwas, Francesco! Steh nicht wie ein Ölgötze rum.»

«Ja … ich … was soll ich denn machen?»

«Schau im Badzimmer nach, vielleicht hat es Riechsalz. Warte … ich glaube, sie kommt wieder zu sich.»

Ina Reber rappelte sich hoch, ging leicht schwankend ins Bad und kam Minuten später mit nassen Haaren zurück. Sie war bleich und schlotterte.

«Er … er ist tot, sagen Sie?»

«Sie lesen keine Zeitungen?»

«In den letzten Tagen nicht, nein. René und ich hatten heftigen Streit, das zerrt an meinen Kräften. Was … was soll ich denn jetzt machen? Ich … ich habe … ach Scheisse!» Sie begann zu schluchzen. «Ich … Burkhard bot mir an, dass ich vorübergehend bei ihm wohnen kann. Wo soll ich denn jetzt hin?»

«Haben Sie Freunde in der Stadt?»

«Ja, schon. Aber denen will ich nicht auf den Keks gehen. Womöglich macht mich noch einer an und das kann ich jetzt am allerwenigsten brauchen.»

«Und Ihre Eltern?»

«Meine Eltern?» Sie blickte traurig. «Meine Eltern … die leben nicht mehr.»

«Können Sie nicht bei Ihrem Mann bleiben, bis Sie eine andere Lösung gefunden haben?»

«Unter keinen Umständen, Herr Ferrari. Ich muss hier raus, sonst gehe ich zugrunde. Die letzten Monate waren ein einziger Horror.»

Wie in Trance begann sie einen weiteren Koffer zu packen.

«Schlägt er Sie?»

«Wie? Nein … das wagt er nicht. Es ist reine psychische Gewalt. René macht mich mit seinen Vorwürfen, seinem Eifersuchtswahn fertig. Angeblich schlafe ich mit jedem in der Stadt. Wenn mich ein Mann nur ansieht, dreht er durch. Mein Hausarzt, mein Coiffeur, meine Arbeitskollegen, jedes männliche Mitglied im John-Valentines-Club, schlicht jeder Mann ist mein Lover.»

«Und Burkhard Gärtner natürlich auch.»

«Burkhard? Wie kommen Sie denn darauf? Das ist doch der absolute Schwachsinn. Ist er jetzt auch noch auf Burkhard eifersüchtig?»

«Heisst das, Sie hatten kein Verhältnis mit Gärtner?»

«Was denken Sie eigentlich von mir? Halten Sie mich auch für eine Hure, die mit jedem ins Bett steigt?» Ina Reber schob den Kommissär zur Tür. «Verschwinden Sie! Und zwar blitzartig, bevor ich mich vergesse.»

Ferrari war dermassen überrascht, dass er sich ohne Gegenwehr aus der Wohnung schieben liess.

«So eine Frechheit! Wie halten Sie es nur mit so einem Schwein aus?»

Nadine musste herzhaft lachen.

«Es ist selten so, wie es scheint, Ina. Wir müssen einen Mord untersuchen und in diesem Zusammenhang fiel auch Ihr Name. Da Gärtner auf jüngere Frauen stand, lag der Schluss nahe, dass Sie seine Geliebte waren.»

«Wir waren nur Freunde, mehr nicht.»

«Darf mein Kollege wieder zu uns kommen?»

«Von mir aus.»

Ferrari sass wie ein begossener Pudel auf dem Treppenabsatz.

«Du darfst wieder reinkommen, aber benimm dich!»

«Hm.»

«Seit wann kennen Sie Burkhard Gärtner?»

«Ich arbeite in einer kleinen, gut gehenden Werbeagentur. Leon Gärtner ist einer unserer Kunden, die Firma Mapex soll neu positioniert werden. Während der ersten Besprechungen war auch Burkhard dabei. So lernten wir uns kennen. Aber nicht so, wie Sie denken!»

Sie funkelte Ferrari böse an.

«Es tut mir leid, Frau Reber. Ich habe voreilige Schlüsse gezogen.»

«Entschuldigung akzeptiert. Verrückte Welt. Eben

noch hatte ich einen Funken Hoffnung, Burkhard gab mir Halt und machte mir Mut … Und jetzt? … Jetzt ist Burkhard tot … Wo soll ich nur hin?»

«Und wenn Sie trotzdem in seine Villa einziehen?»

«Allein in das grosse Haus? Nein, danke. Das will ich nicht. René würde mich garantiert finden.»

«Sie fürchten sich vor ihm?»

«Eigentlich nicht. Ich weiss nur nicht, wie er reagieren wird. Ihm ist alles zuzutrauen.»

«Wissen Sie, wo wir den schönen René finden?»

«Kennen Sie ihn?»

«Wir hatten vor einigen Jahren eine kleine Auseinandersetzung. Nicht der Rede wert.»

«Er ist an einem Zahnärztekongress in Zürich. Wenn Sie keine weiteren Fragen mehr haben, möchte ich gern fertig packen. Ich will weg sein, bevor er nach Hause kommt.»

«Nur noch eine Frage. Weshalb haben Sie sich mit ihm gestern früh gestritten?»

«Aha! Die neugierige Alte im Parterre hat geplaudert. René kam total betrunken nach Hause, als ich gerade ins Büro wollte. Er machte mir eine Szene, warf mir vor, ich würde ja doch nur wieder zu einem meiner Lover gehen, und zerrte mich nach oben. Ich riss mich los und ging ins Büro. Auf dem Weg dorthin habe ich mich entschieden, René zu verlassen. Es geht nicht mehr. Sechs Jahre René Reber sind genug.»

Wie wahr, wie wahr! Ein Tag mit dem schönen René ist schon ausreichend. Eigentlich bewundernswert, wie lange Ina Reber das ausgehalten hat. Ferrari blickte sich nach Nadine um, die am Fenster stand und telefonierte.

«Ich habe eben mit einer Freundin gesprochen, Frau Reber. Sie würde Sie gerne für einige Tage aufnehmen.»

«Danke, Nadine. Ich darf doch du sagen? Nur leider kann ich das nicht annehmen. Wenn René erfährt, dass ich bei deiner Freundin bin, gibts Zoff. Und ich will niemanden in unsere Eheprobleme mit reinziehen.»

«Das ist kein Problem, sie freut sich. Sie lebt mit ihrem Partner zusammen und mit dem ist nicht zu spassen, falls dein Mann auftauchen sollte.»

«Wenn das so ist, dann nehme ich das Angebot gern an. Tausend Dank.»

«Sehr gut. Dann pack mal mit an, Francesco. Kannst du alle Koffer nehmen oder sollen wir dir helfen? Ich bestelle schon mal ein Taxi», fuhr Nadine fort, ohne eine Antwort abzuwarten, «und bringe Ina dann zu meiner Freundin, während du mit dem Porsche ins Kommissariat fährst.»

Misstrauisch blickte Ferrari seine Kollegin an. Seit wann darf ich so ohne Weiteres ihr Heiligtum von einem Porsche fahren? Seltsam. Schweigend trug der Kommissär Koffer für Koffer nach unten. Als er den letzten im Vorgarten abstellte, fuhr das Taxi vor.

«Und wo finden wir Frau Reber, wenn wir sie suchen, Nadine?»

«In Birsfelden. Bei einer gewissen Monika Wenger und ihrem Mann Francesco Ferrari!»

Ferrari blätterte missmutig in einem Dossier.

«Deine Assistentin Nadine ist wieder da.»

«Hm.»

«Oh, schlechte Laune.»

«Seid ihr jetzt beide vollkommen durchgeknallt? Ihr könnt doch nicht einfach diese Reber bei mir einquartieren.»

«Da ist Monika anderer Meinung.»

«Und mich fragt niemand? Unser Haus entwickelt sich zum Heim für Eheleichen.»

«Nun hab dich nicht so. Wo sollte sie denn sonst unterkommen?»

«Bei einer Freundin, bei einem Freund. Was weiss ich. Irgendwo, nur nicht bei uns. Jetzt haben wir diese Reber am Hals und dazu noch Eleonore, die von ihrem Hanswurst mit Psychoterror traktiert wird.»

«Mach dir mal keine Sorgen, Monika schaukelt das schon.»

«Wunderbar! Alle Heulsusen von Basel geben sich bei uns ein Stelldichein und mitten drin Francesco Ferrari der Eheberater.»

«Immerhin bringe ich nur attraktive Frauen in dein Haus.»

«Die womöglich noch in meinem Bett schlafen.»

«Was anderen Männern durchaus gefallen würde.

Ob Monika das zulässt, ist natürlich eine ganz andere Frage.»

«Ausserdem ist diese Reber eine Verdächtige. So jemanden kannst du nicht bei mir unterbringen.»

«Jetzt zier dich nicht so. Es ist ja nur übers Wochenende. Sie sucht sich danach eine neue Bleibe. Ganz bestimmt.»

«Weisst du was? Wir tauschen. Ich ziehe bei dir ein und du bei mir. Dann könnt ihr eine Party steigen lassen und ich habe meine Ruhe.»

«Die Idee ist zwar sehr verlockend, doch es geht nicht. Ich fliege heute Abend zu Yvo nach Madrid. Am Montag bin ich wieder da.»

«Na prima! Du brockst mir die Reber ein und haust dann einfach ab. Schöne Kollegin. Wie wird Borer darauf reagieren, wenn er es erfährt?»

«Aha! Jetzt muss Borer herhalten. Das ist das erste Mal, dass er dir gelegen kommt.»

«Bei was komme ich gelegen?»

«Wenn man vom Teufel spricht …»

«Nun, ich sehe, Ferrari, Sie sind bestens gelaunt. Was verheimlichen Sie mir wieder einmal, Herrschaften?»

«Ina Reber ist übers Wochenende bei Monika und mir eingezogen. Eine brillante Idee meiner werten Kollegin.»

«Das ist doch die Frau von diesem Zahnarzt.»

«Exakt. Sie scheint in die drei Morde verwickelt zu sein. Wie genau, wissen wir noch nicht.»

«Dann sollten Sie sie schleunigst ausquartieren. Wegen Befangenheit.»

«Ich bin nicht befangen.»

«Das hat Big Georg auch gesagt.»

«Oh, oh! Sie schneiden ein heikles Thema an, Herr Staatsanwalt. Ich sage dazu nur Nicolas Urfer!»

«Was ist mit Kollege Urfer?»

«Was mit ihm ist? ... Sie scheinheiliger Fuchs! Sie wollen Ihren Parteifreund zum Kommissär befördern, selbstverständlich ohne irgendwelche Eigeninteressen. Weil momentan keine Stelle frei ist, setzen Sie kurzerhand Stephan Moser auf Georgs Posten. Et voilà.»

«Behauptet wer?»

«Das ganze Korps!»

«Das ist eine absolute Frechheit! Eine Unterstellung sondergleichen! Nicolas, ich meine Kollege Urfer ist ein hervorragender Polizist und Stephan Moser ist seinerseits prädestiniert für den Posten als Chef der Fahndung. Ich betrachte das absolut sachlich!»

«Brechen Sie sich nur keinen ab, Herr Staatsanwalt! Sparen Sie sich die Show für später auf. Bei mir zieht sie nicht.»

«Das ist doch ... die Höhe! ... Stephan Moser wird Leiter der Fahndung, das steht fest. Ich habe bereits mit dem Kommandanten gesprochen, er ist einverstanden.»

«Sie vergessen dabei eine Kleinigkeit.»

«Und die wäre?»

«Big Georg! Er ist und bleibt Chef der Fahndung.»

«Und wer, bitte, bestimmt das?»

«Wir!», kam es im Chor zurück.

Mit hochrotem Kopf stürmte Staatsanwalt Borer aus dem Büro und stiess im Gang mit Stephan Moser zusammen, der sich nur knapp auf den Beinen halten konnte.

«He! … der scheint ja schlecht gelaunt zu sein!»

«Francescos Laune hält sich ebenfalls in Grenzen.»

«Dann wird dich das hier mit Sicherheit aufheitern.»

Moser legte Ferrari verschiedene Kontoauszüge auf den Tisch. Daniel Spiess verfügte über Bargeld in der Höhe von zweihundertzehntausend Franken. Nicht gerade Millionen, aber immerhin bedeutend mehr, als der Kommissär besass. Nadine setzte sich neben ihn auf den Bürotisch, um sich ebenfalls die Auszüge anzusehen.

«Nebst dem Lohn sind mehrmals zwanzigtausend Franken und vor zwei Wochen sogar fünfzigtausend einbezahlt worden. Woher stammen diese Beträge?», fragte sie.

«Sie wurden von einer Firma Mapex überwiesen. Die hat ihren Sitz im Dreispitz.»

«Kennen wir. Das ist Burkhard Gärtners Bude.»

Stephan Moser schmunzelte vor sich hin, was ihm einen irritierten Blick seiner Kollegen eintrug.

«Sorry, jedem anderen hier im Haus würde es heiss, wenn Nadine so auf Tuchfühlung geht. Doch dich berührt das nicht. Du bist schon ein komischer Kauz.»

«Er ist eben resistent auf weibliche Reize.» Nadine rutschte ein wenig zur Seite. «Danke, Stephan, das bringt uns einen Schritt weiter.»

«Sehr gern geschehen. Solltest du irgendwann einmal einen neuen Partner suchen, weisst du ja, wo du mich findest.»

«Danke für dein Angebot. Du musst dich leider hinten anstellen, Big Georg hat mir auch schon eines gemacht.»

«Da hat Spiess ein schönes Sümmchen abgezockt, Nadine.»

«Die Frage ist, wofür? Einzig und allein, um Thaler einzuschüchtern? Ich glaube, da steckt mehr dahinter.»

«Nur was?»

«Dieses Geheimnis hat der alte Gärtner mit ins Grab genommen.»

«Dann fragen wir seinen Sohn, vielleicht weiss er etwas.»

Leon Gärtner war an einer Sitzung. Seine Assistentin Nadja Loosli führte sie in einen zweiten Sitzungsraum und versorgte sie mit Kaffee. Es werde nicht lange dauern, versicherte sie. Ferrari betrachtete Plakatentwürfe, die auf einem der Tische lagen.

«Guten Tag, Frau Kupfer, Herr Ferrari. Ah, Sie

bewundern die Entwürfe. Wir haben eine Agentur für eine Werbekampagne gebucht, es geht um die Neupositionierung von Mapex.»

«Guten Tag, Herr Gärtner. Wir kennen jemanden von der Agentur, und zwar Ina Reber.»

«Ina! Eine hervorragende Werberin. Sie verstand auf Anhieb, was wir wollen», er stellte sich neben den Kommissär, «mein Vater war zu Beginn nicht besonders glücklich.»

«Wollte er keine Werbung?»

«Doch, schon. Es ging um die Agentur, das heisst um Ina. Sie widersprach ihm zu oft und mein alter Herr duldete keinen Widerspruch. Da flogen ganz schön die Fetzen. Sie müssen wissen, mein Vater war ein Alleskönner. Er hätte auch Ihnen gesagt, wie Sie Ihren Job richtig machen können. Ob es jemand hören wollte oder nicht, war ihm egal. Bei Ina hat er auf Granit gebissen. Das hat ihn ziemlich beeindruckt. Vielleicht hätte ich auch mehr Gegenwehr leisten sollen … Tja, dafür ist es jetzt leider zu spät … Entschuldigen Sie, dass ich Sie nicht sofort empfangen habe.»

«Keine Ursache. Sagt Ihnen der Name Daniel Spiess etwas?»

«Daniel Spiess … Nicht Freddy Spiess?»

«Nein, Daniel.»

«Tut mir Leid. Einer meiner Tennispartner heisst Freddy Spiess. Einen Daniel Spiess kenne ich nicht. Darf ich wissen, warum Sie mich nach dem Mann fragen?»

«Er ist der Mörder Ihres Vaters.»

Leon Gärtner setzte sich an den Tisch.

«Sie … Sie haben den Mörder erwischt? Gott sei Dank!» Erleichterung schwang in seiner Stimme mit. «Darf ich … Wissen Sie, weshalb er meinen Vater umgebracht hat? Und … ich will mit ihm sprechen, Herr Kommissär!»

«Das wird leider nicht möglich sein.»

«Ich werde mich nicht davon abbringen lassen! Unter keinen Umständen. Ich muss die Gründe kennen. Das bin ich mir und meinem Vater schuldig.»

«Er ist tot.»

«Natürlich ist er tot und die Unterredung bringt ihn auch nicht zurück. Dessen bin ich mir absolut bewusst. Aber ich will dem Mörder meines Vaters in die Augen schauen und ihn nach den Beweggründen fragen. Warum tötet ein Mensch einen anderen Menschen? Warum hatte er es ausgerechnet auf meinen Vater abgesehen?»

«Spiess ist tot.»

«Das verstehe ich jetzt nicht», Gärtner schaute fragend zu Nadine.

«Der Mann, der Ihren Vater getötet hat, wurde ebenfalls ermordet.»

«Das … und … und wer hat ihn umgebracht?»

Sichtlich verwirrt fuhr sich Gärtner durch die Haare.

«Das versuchen wir herauszufinden. Der Mörder Ihres Vaters war ein Kollege von uns.»

«Ein Polizist?»

«Richtig. Ihr Vater kannte ihn ebenfalls.»

«Das glaube ich nicht!»

«Daniel Spiess erhielt von Ihrem Vater über Mapex regelmässig grössere Geldsummen.»

«Unmöglich! Das … das lässt sich sofort aufklären. Kommen Sie bitte mit in die Buchhaltung.»

Leon Gärtner rannte förmlich durch den Gang. Die Assistentin der Finanzabteilung kam nicht einmal dazu, Gärtner nach seinem Anliegen zu fragen, schon stand er unangemeldet vor dem Finanzchef.

«Hallo, Leon. Was verschafft mir die Ehre?»

«Ciao, Franz. Das hier sind Frau Kupfer und Herr Ferrari von der Kriminalpolizei. Sie klären den Mord an meinem Vater auf. Sie behaupten, dass mein Vater an den … an einen Daniel Spiess regelmässig Geld überwiesen hat. Kannst du das bitte nachprüfen. Jetzt, sofort!»

Franz Jäger drehte den Bildschirm so zur Seite, dass alle einen Blick darauf werfen konnten.

«Wie heisst der Mann? Daniel …»

«Spiess. Daniel Spiess.»

Jäger gab den Namen ein und auf dem Bildschirm tauchten einige Zeilen auf.

«Das stimmt. Er ist freier Mitarbeiter. Wow! Stattliche Entlöhnung. Im letzten Oktober wurde die erste Zahlung getätigt, dann monatlich zwanzigtausend und vor vierzehn Tagen sogar fünfzigtausend Franken.»

«Liefen die Zahlungen nicht über Sie?», staunte der Kommissär.

«Nein. Komischerweise nicht.»

«Wie ist das möglich, Franz?»

«Du kennst ja deinen Vater besser als ich, Leon. Vielleicht weiss Irene, das ist meine Assistentin, etwas davon. Sie macht die Lohnbuchhaltung. Irene … Irene, kommst du bitte kurz in mein Büro?»

Die Sache war schnell aufgeklärt. Der alte Gärtner hatte Irene Schwarz mitgeteilt, dass er einen freien Mitarbeiter engagiert habe, der monatlich Rechnung stellen würde. Während die Assistentin die Rechnungen fein säuberlich ablegte, überwies der Chef das Geld via E-Finance.

«Mein Vater hatte als Einziger in der Firma Einzelunterschrift und somit auch einen Einzelcode. Wir anderen können nur zu zweit unterschreiben beziehungsweise beim E-Banking braucht es einen zweiten Code.»

Burkhard Gärtner war ein Patriarch gewesen, wie er im Buch steht. Nachdenklich führte Leon Gärtner den Kommissär und Nadine in sein Büro zurück.

«Ich habe nichts davon gewusst, absolut nichts. Für was bezahlte mein Vater diesen Mann?», brach Leon Gärtner das Schweigen.

«Wir haben gehofft, dass Sie uns das sagen könnten. Vermutlich engagierte er ihn als Bodyguard.»

Leon Gärtner sah Ferrari verständnislos an.

«Ihr Vater hat sich mit seinen Liebschaften nicht nur Freunde gemacht.»

«Im Klartext heisst das», setzte Nadine nach, «Ihr

Vater wurde erpresst und engagierte Daniel Spiess, um die Erpresser auszuschalten.»

«Das klingt wie in einem schlechten Mafiafilm. Trotzdem begreife ich nicht, weshalb der Mann dann meinen Vater umbrachte. Das ergibt doch keinen Sinn, Frau Kupfer. Damit versiegt ja auch seine Einnahmequelle.»

«Lange konnte er sie ja auch nicht nutzen.»

«Sind Sie immer so makaber?»

«Das Leben ist es manchmal. Sie wurden nicht zufälligerweise von Spiess erpresst?»

Leon Gärtner schmunzelte.

«Damit kann ich leider nicht dienen. Ich kenne den Mann nicht, und ehrlich gesagt, glaube ich auch nicht, dass er Paps erpresst hat. Wenn Sie mir nicht glauben, Frau Kupfer, gebe ich Ihnen gern die Vollmacht, meine Konten und die meines Vaters zu überprüfen. Selbstverständlich auch die von Mapex.»

«Vielleicht komme ich auf Ihr Angebot zurück. Wer ausser Ihrem Vater kannte seinen Code?»

«Niemand. Da war er sehr diskret, um nicht zu sagen misstrauisch. Am ehesten noch Mutter, aber das glaube ich nicht. Kann ich Ihnen sonst noch irgendwie behilflich sein?»

«Das wärs vorerst. Vielen Dank für Ihre Zeit.»

Draussen prallte Ferrari mit Ina Reber zusammen.

«He, nicht so stürmisch!»

«Hallo, Nadine … Ich bin zu spät dran, ich habe

einen Termin mit Leon … Herr Ferrari, ich muss unbedingt noch etwas loswerden. Ich wusste nicht, dass mich Nadine bei Ihnen unterbringt. Wenn Sie möchten, hole ich heute Abend meine Koffer und ziehe in ein Hotel.»

«Wenn Monika und Nadine es für eine gute Idee halten, ist das schon in Ordnung», brummte der Kommissär.

«Monika und Nadine sind super. Sie sind ein richtiger Glückspilz, Herr Ferrari. Aber das tut nichts zur Sache. Ich bleibe nur, wenn Sie ausdrücklich damit einverstanden sind. Ich will nicht noch mehr Probleme schaffen.»

Ferrari gab sich einen Ruck. Freundschaftlich nahm er Ina Reber in den Arm und küsste sie auf die Wangen.

«Sie sind bei uns herzlich willkommen.»

Ina Reber lächelte ihn an und im nächsten Moment rannte sie die Treppe hoch zum Sitzungszimmer.

«Na, bitte, geht doch, Herr Professor Doktor Eheberater!»

«Hm.»

Nikki kam am Freitagabend von ihren Skiferien zurück. Wie immer holte Ferrari seine Kleine, wie er sie liebevoll nannte, ab. Irgendwie war ihm entgangen, dass Nikki inzwischen zwanzig Jahre alt war und es durchaus allein geschafft hätte, von der Gartenstrasse, wo sie mit dem Bus ankamen, nach Hause zu fahren. Aber eben, was immer so war, wird auch immer so sein. Wow, der fährt super! Der Kommissär genoss die Fahrt in Monikas BMW. Da schwebt man wie auf Wolken durch die Stadt, keine so harte Federung wie beim Porsche von Nadine. Apropos Nadine, ist das wirklich etwas Ernsthaftes zwischen ihr und Yvo? Diese Frage hatte ihm Monika unlängst beim Nachtessen gestellt. Immerhin sind sie schon eine ganze Weile zusammen. Gegen Yvo hat unser IT-Spezialist Noldi keinen Stich. Vermutlich hat er auch längst aufgegeben, denn er ist schon lange nicht mehr aus den unterirdischen Gefilden zu unseren Büros aufgestiegen. Ferrari ergatterte gerade noch den letzten freien Parkplatz. So, in einer halben Stunde sollte der Bus eintreffen. Die Gedanken des Kommissärs schweiften ab, umkreisten die immer gleiche Frage: Warum und von wem wurde Daniel Spiess ermordet? Es gibt keinen Ansatzpunkt, geschweige denn ein Motiv oder einen Verdächtigen. Mit Ausnahme von Georg natürlich. Diesen Umstand blendete Ferrari rigoros aus. Zwischen Annik und Spiess gab es eine Verbindung, ebenso zwischen Gärtner und Spiess. Aber Gärtner junior hatte zu Recht bemerkt, dass Spiess nur von einem lebenden Gärtner profitierte. Wieso sollte er ihn also umbringen? Bei Annik scheint der Fall klarer, Spiess erschiesst sie aus Eifersucht. Kannten sich Annik und Burkhard Gärtner? Nach Aussage von Georg nicht, doch weiss ein Vater alles von seiner Tochter? Oh, nein. Wir müssen unbedingt weiter im Leben von

Annik und Gärtner bohren. Eine halbe Stunde war längst verstrichen. Ferrari lehnte an der Kühlerhaube und beobachtete ein Flugzeug, das scheinbar lautlos am Himmel schwebte. Vielleicht sitzt Nadine in dieser Maschine auf dem Weg nach Madrid. Hm. Vor seinem geistigen Auge sah der Kommissär einen lachenden Clown, der Tod und Leid bringt. Was ist, wenn es zwei verschiedene Clowns gibt? Spiess, der Annik auf dem Gewissen hat, und einen Nachahmer, der Gärtner erschoss. Gegen diese Theorie sprach jedoch die Tatsache, dass Annik und Gärtner mit der gleichen Waffe ermordet wurden, und Spiess ebenfalls. Nach Strubs Untersuchungen war Daniel Spiess der Clown und somit der Mörder von Annik und Gärtner. So weit, so gut. Bloss wer hat Spiess erschossen und warum? Der Kreis schloss sich. Vermutlich hat er seinen Mörder gekannt, liess ihn in den Keller, zeigte ihm die Waffe, mit der er Annik und Burkhard Gärtner hingerichtet hatte, gab sie seinem Mörder vielleicht sogar in die Hand und wurde selbst gerichtet. Von einem Unbekannten? Das gefällt mir nicht. Ganz und gar nicht. Doch die andere Antwort gefiel Ferrari noch viel weniger. Endlich, nach vierzig Minuten hielt der Bus am Strassenrand.

«Hallo, Paps!»

«Tag, Töchterchen. Na, wie wars?»

«Super! Und bei euch?»

«Auch. Du bist ja richtig braun geworden. Hast du nicht mehr Gepäck?»

«Mehr brauchts nicht.»

Der Kommissär legte die Tasche, die Skischuhe und die Ski mit den Stöcken in den Kofferraum. Nikki winkte einem Jungen zu.

«Ein Freund?»

«Ach, nichts Besonderes. Den habe ich in Davos kennengelernt.»

Bei Ferrari klingelten sämtliche Alarmglocken. Als er ganz langsam anfuhr, prägte er sich das Gesicht des jungen Mannes ein. Ovale Gesichtsform, blonde Locken, eng anliegende Ohren, blaue Augen, gerade Nase, auffallend weisse Zähne, schön geschwungene Lippen. Sieht ja ganz nett aus, aber der Schein kann bekanntlich trügen.

«Seid ihr an der Fasnacht gewesen?»

«Ja, ich war jeden Tag mit Lea und Iris an der Fasnacht. Andreas hat sich nämlich das Bein gebrochen.»

«Echt? Das glaube ich nicht.»

«Dann frag deine Mutter. Sie hat es mir eingebrockt. Übrigens, wir haben Besuch.»

«Eine der Grossmütter?»

«Zum Glück nicht. Sie heisst Ina Reber, Anfang dreissig, hat sich von ihrem Mann getrennt und wohnt bis zum Montag bei uns. Dann sucht sie sich eine neue Bleibe.»

«Du klingst nicht sonderlich begeistert.»

«Bin ich auch nicht. Noch so etwas, Monika und Nadine verfügen einfach über mich, entscheiden ohne Rücksprache, dabei ist diese Reber in einen unserer Fälle verwickelt. Es kommt noch schlimmer.»

«Nun erzähl schon.»

«Eleonore hat Stress mit Andreas. Die sitzt jetzt auch die ganze Zeit bei uns und verheult sämtliche Polster.»

«Jetzt fehlen nur noch die Grossmütter.»

«Mal den Teufel nicht an die Wand, Töchterchen.»

7. Kapitel

Das Wochenende entwickelte sich sehr zur Freude von Ferrari, zumal Ina seine Rolle als Haushaltshilfe übernahm, sodass sich der Herr des Hauses um seine Katze, die gar nicht seine war, kümmern und nach Lust und Laune Fussball schauen konnte. Am Samstagnachmittag fuhr er kurz ins Kommissariat und ging nochmals einige Akten durch. Klüger wurde er dabei nicht. Währenddessen machten Eleonore, Ina und Monika einen langen Spaziergang durch die Hard. Die frische Luft tat allen gut. Per SMS liessen sie verlauten, dass sie in Augst zum Nachtessen bleiben werden, Lea und Ina würden bei Freunden übernachten. Gut so, dann habe ich einen ruhigen Abend für mich. Zurück aus dem Büro, suchte der Kommissär das Gespräch mit Andreas, wobei er nicht genau wusste, was er mit ihm besprechen sollte. «Wie ich solche undankbaren Aufträge liebe», brummte Ferrari vor sich hin und entsprechend war das Resultat. Geschlagene zwei Stunden jammerte ihm sein Nachbar in weinseliger Stimmung die Hucke voll – seit einigen Tagen trank er nicht mehr heimlich, sondern vor seiner Eleonore, um seiner grossen Verzweiflung die nötige Ausdruckskraft zu verleihen. Weichei! Lustlos nippte Ferrari an seinem Glas, so vergeht einem die Freude an einem guten Wein, warf ab und zu ein Stichwort in die Runde und versuchte ihm gut zuzureden, ohne ihn in seinem Elend zu bestätigen. In Wirklichkeit wollte Andreas aber keine guten Ratschläge, sondern nur lamentieren. Die Welt sei ein unsägliches Jammertal, dem Untergang geweiht. Er, Andreas, wolle keinen Fuss mehr vor sein Haus setzen, seinen Job aufgeben und fortan nur noch an Krücken durchs Leben gehen. Na, prima. Das war doch immerhin eine Perspektive. Kurz vor sieben verabschiedete sich der Kommissär von der traurigen Gestalt, machte sich ein Ferrari-Special-Sandwich mit Butter, Mayonnaise, Bündner Fleisch, Manchego und Salat und schwelgte in Vorfreude auf das kommende Fussballspiel. Für ein Mal, und es war eine absolute Ausnahme, hatte er seine über alles geliebten Saisonkarten an Monikas Cousin abgetreten, der noch nie im Stadion war. Am zweiundzwanzigsten Spieltag der Saison begrüsste der FC Basel den FC Vaduz zu Hause im Joggeli, Spielbeginn war um acht. Puma wartete bereits auf der Couch, es konnte also losgehen. Der Kommissär zappte durchs Programm. Mist, auf keinem der SRF-Sender wurde der Match übertragen. Dann hoffentlich auf Swisscom TV. Gefunden und erst noch in Full HD! Der Abend war gerettet. Was will man mehr? Vailati, Xhaka, Schär, Suchy, Traoré, Frei, Zuffi, Gonzáles, Delgado, Embolo und Streller standen in der Startelf. Eine gute Wahl, wie Fussballexperte Ferrari befand. Kaum hatte das Spiel begonnen, klingelte es an der Haustür. Das darf doch nicht wahr sein! Wer wagt es, mich jetzt zu stören? Es war Andreas von der Krücke.

«Ich habe gehört, dass der Match im Schweizer Fernsehen nicht übertragen wird. Du hast doch Swisscom TV. Darf ich mich zu dir setzen?»

Wortlos liess der Kommissär den ungebetenen Gast hinein. Fussball verbindet und lässt sogar Eheprobleme und Weltschmerz in den Hintergrund rücken. Nach drei Spielen ohne Sieg suchte der FCB von Beginn an die Führung. Kurz vor der Pause war es so weit, Fabian Frei verwertete eine Flanke von Fabian Schär zum 1:0. In der zweiten Halbzeit flachte das Basler Spiel zunehmend ab, während die Gäste zu guten Chancen kamen. Erst kurz vor Schluss setzten sich die Rot-Blauen nochmals gefährlich in Szene, doch es blieb beim knappen Sieg des FCB.

«Und, was sagt er?»

Ina, Monika und Ferrari sassen beim Sonntagsbrunch in der Küche.

«‹Darf ich mich zu dir setzen, Francesco? Der Match kommt nicht auf SRF 1, zwei oder info, aber du hast doch Swisscom TV. Ich darf ja nicht einmal einen Fernseher haben. Danke, du bist ein wahrer Freund. So, jetzt gehe ich. Es war schön. Wenigstens ist der FCB keine Enttäuschung. Denen haben wir es richtig gezeigt. Salut, Francesco.› Dann seufzte er tief und humpelte davon. Immerhin hält er sich auf dem Laufenden, was auf den Sendern läuft, auch ohne Gerät.»

Ina musste lachen.

«Du weisst genau, was ich meine. Hast du ihn zur Vernunft gebracht?»

«Der spinnt vollkommen. Hat sich seit Tagen nicht mehr rasiert, geschweige denn geduscht, was man meilenweit riecht. Und er säuft.»

«Da ist er ja in guter Gesellschaft!», entgegnete Monika.

«Ich bin eben ein Geniesser. Andreas hingegen jammert und jammert. Weltschmerz pur. Das renkt sich von allein wieder ein. Glaub mir.»

«Dazu müsste er sich ein wenig mehr Mühe geben, fürchte ich.»

«So ganz verabschiedet hat er sich noch nicht von dieser Welt, sonst wäre er nicht rübergekommen.»

«Alkohol, FCB und Sex! Die drei Säulen der männlichen Welt.»

«Lass mich überlegen … Vielleicht eher FCB, Sex und Alkohol?»

«Provozier mich nicht, Francesco!»

«Das liegt mir fern. Seien wir ehrlich, Andreas ist und bleibt ein Tollpatsch. Er bricht sich das Bein und ich darf während der Fasnacht den Ersatzvater mimen. Gut, es hat mit Lea und Iris wirklich Spass gemacht und …»

«Ohne uns, wolltest du sagen.»

«Was kann ich dafür, wenn ihr im Getümmel verloren geht? Ihr seid ja wieder aufgetaucht.»

Monika schwieg, doch ihre Stirn lag in Falten. Das war kein gutes Zeichen.

«Dann spielt Andreas verrückt», setzte Ferrari fort, «weil Eleonore drei Abende lang mit euch im Ausgang war. Seine kleine Welt geht unter. Als armes, allein gelassenes Schwein suhlt er sich im hausgemachten Elend, anstatt das Leben zu geniessen, sich an seiner Frau und seinen Kindern zu freuen.»

«Das hast du ihm hoffentlich auch gesagt.»

«Schon. Nur zugehört hat er nicht. Er füllte sein Weinglas mit Tränen.»

«Das klingt ja schon fast poetisch!», wandte Ina ein.

«Was ich auch sagte, es prallte an ihm ab.»

«Du bist keine grosse Hilfe, Francesco.» Monika klang verärgert. «Dann muss ich das halt selbst in die Hand nehmen.»

«Am besten zusammen mit Ina, Nadine, Olivia, Ines, Anna und deinen anderen Hexen! Macht ihn fertig. Stürmt die Bude und räuchert ihn aus.»

«Eine gute Idee!»

«Schön, dass wir darüber gesprochen haben. Komm, Puma, lassen wir die Frauen allein. Sie wollen in Ruhe am grossen Kupferkessel einen Kräutertrank brauen.»

«Pass nur auf, dass ich dir den Trank nicht heimlich einträufele.»

8. Kapitel

Die von Stephan Moser und seinem Team zusammengetragenen Informationen über Annik lagen am Montagmorgen auf Ferraris Tisch. Annik war im wahrsten Sinn des Wortes ein unbeschriebenes Blatt. Neunundzwanzig Jahre alt, durchs Jurastudium gefallen, kaufmännische Lehre nachgeholt, um nicht ohne Abschluss dazustehen. Danach absolvierte sie eine Zusatzausbildung als Krankenschwester, arbeitete aber nie auf dem Beruf. Seit zwei Jahren war sie in der Boutique Tanner am Spalenberg tätig. Ein ganz normales Leben ohne grosse Höhen und Tiefen, wie auch die Arbeitskollegen von Daniel Spiess bestätigten. Einzig der Umstand, dass sie ihn vor die Tür gesetzt hatte, sorgte intern für Aufsehen. Das hatte ihr wohl niemand zugetraut. Einer der Beamten sprach sogar von einer Hörigkeit gegenüber Spiess. Umso grösser war die Überraschung, als sie ihn tatsächlich abservierte.

«Und schon bin ich wieder da! Direkt aus Madrid eingeflogen.»

«Hallo, Nadine. Wie wars?»

«Sensationell. Eine Stadt zum Verlieben.»

«Nur die Stadt?»

«Yvo natürlich auch. Er ist ein toller Typ. Soll ich dir Details erzählen?»

«Wenn dir danach ist.»

«Das hättest du wohl gern. Damit du dann schnurstracks zum roten Telefon greifst und über deine Direktlinie meinen Paps informierst.»

«Das würde ich doch nie tun. Was denkst du auch von mir? Zudem ist dein Vater im Augenblick mit anderem beschäftigt, der Korruptionsfall kommt nicht aus den Schlagzeilen.»

«Armer Paps! Aber er ist selbst schuld. Niemand hat ihm das politische Mandat aufgezwungen. Was liest du da?»

«Anniks Biografie.»

Nadine überflog die zwei Seiten.

«Ist das alles?»

«Leider ja. Georg weiss bestimmt auch nicht viel mehr. Wenn Kinder erst einmal ihr eigenes Leben leben, erfahren die Eltern meist nur noch wenig.»

«Das stimmt. Wie gehts mit Ina?»

«Sehr gut. Ich könnte mich an sie gewöhnen, sie hat nämlich meine Hausarbeiten übernommen.»

«Aha! So ist das. Wie lange bleibt sie deine Sklavin?»

«Die Sklaverei ist leider abgeschafft worden. Sie zieht heute in ein Hotel.»

«Wie traurig. Ist ihr Mann wieder aufgetaucht?»

«Das wollte ich eben bei Stephan abklären.»

René Reber war am Samstagabend von seinem Zahnärztekongress zurückgekommen. Nachdem er im Stundentakt versucht hatte, Ina übers Handy zu erreichen, schlug er in der Wohnung alles kurz und klein. Die Nachbarn alarmierten die Baselbieter Kantonspolizei, die ihn vorsorglich in Verwahrung nahm, ihn am Sonntag jedoch wieder auf freien Fuss setzte. Wie Kollege Moser berichtete, war er seither weder zu Hause noch in seiner Praxis aufgetaucht. Rebers Zahnarztassistentin stand kurz vor dem Nervenzusammenbruch, zumal sie laufend schlecht gelaunte, von Zahnschmerzen geplagte Patienten abwimmeln und auf unbestimmte Zeit vertrösten musste.

«Fahren wir zu Georg. Ob er will oder nicht, wir müssen mehr über Annik erfahren», entschied der Kommissär.

Der Chef der Fahndung wollte eben das Haus verlassen, um das Nötigste einzukaufen.

«Gibt es Neuigkeiten?»

«Keine Nennenswerten. Können wir uns kurz unterhalten?»

Georg trat zur Seite und liess sie ins Haus.

«Kaffee?»

«Gern», antwortete Nadine. «Ich mach ihn gleich selbst. Auch einen für dich, Georg?»

«Einen Espresso bitte.»

Auf dem Tisch lagen Unterlagen eines Bestattungsinstituts.

«Die Beerdigung ist am Mittwoch. Das hier», Georg zeigte auf verschiedene Sargmodelle, «gehört auch dazu. Ich habe einen ähnlichen wie für Petra ausgesucht … Spielt es eine Rolle, in welchem Sarg ein Mensch kremiert wird?»

«Ich … ich weiss es nicht.»

«Die alten Ägypter gaben ihren Toten Alltagsgegenstände mit ins Grab. Sie glaubten an ein Leben nach dem Tod. Schön wärs. Ich gäbe alles dafür, Petra und Annik wiederzusehen. Nur ein einziges Mal. Doch mir fehlt der Glaube daran. Wenn du tot bist, bist du es für immer … Wieso nur, Francesco? Wieso hat er das meiner Annik angetan? Nur weil sie ihn verliess?»

Nadine kam mit dem Kaffee aus der Küche.

«Wir wissen wenig über ihn, auch über Annik. Deshalb sind wir hier. Du musst uns so viel wie möglich erzählen.»

«Wozu? Der Mord an Annik ist aufgeklärt und ihr Mörder ist tot.»

«Noch suchen wir den Mörder von Spiess.»

Georg nippte an seinem Espresso.

«Ich soll euch helfen, jemanden zu schnappen, der mir den grössten Wunsch erfüllt hat?»

«Du sollst uns helfen, für Gerechtigkeit zu sorgen.»

«Gerechtigkeit, Nadine? Welche Gerechtigkeit? Ist es etwa gerecht, dass Annik ermordet wurde? … Nein, das ist es nicht. Aber es ist verdammt gerecht, dass ihr Mörder mit der gleichen Pistole aus nächster Nähe erschossen wurde.»

«Woher weisst du das?»

«Von einem meiner Polizisten, die halten mich auf dem Laufenden. Ihr werdet sicher nicht so naiv sein und glauben, dass sie mir nichts zutragen.»

«Dann bist du ja jetzt zufrieden.»

«Nein, das bin ich nicht. Irgendwer ist mir zuvorgekommen. Nicht einmal die Rache ist mir vergönnt.»

«Komm, Nadine», Ferrari erhob sich, «das hat keinen Sinn. Wir gehen.»

«Ihr wollt etwas über Annik wissen? Weisst du, Francesco, was das Schlimme ist? Ich kann dir über meine Tochter gar nicht viel erzählen. Als Kind war sie mein Sonnenschein. Fröhlich, lieb, intelligent, aufmerksam, so, wie sich die Eltern ihr Kind wünschen. Dann ... dann packte mich dieser gottverdammte Ehrgeiz. Sie sollte die erste Akademikerin in unserer Familie werden. Nicht nur ein dummer Bulle wie ich oder eine simple Verkäuferin und Hausfrau wie Petra. Nein, Annik sollte eine richtige Frau Doktor werden. Diese Vision machte mich blind, ich war total besessen davon. Mein Engel wollte mir gefallen, meine Wünsche erfüllen. Dabei ist sie beinahe draufgegangen und ich ... ich habe es in meinem Wahn nicht gemerkt, habe sie immer weiter vorwärtsgetrieben, bis zur Katastrophe. Annik fiel zwei Mal durch die Prüfungen. Aus und vorbei. Ich ... ich tröstete sie, versicherte ihr, es sei doch alles nicht so schlimm … Das war es aber. Nicht für mich, sondern für Annik. In ihren Augen hatte sie versagt, meine Erwartungen nicht erfüllt, mich enttäuscht … Erst jetzt realisierte ich, was ich angerichtet hatte. Doch es war zu spät, Annik wandte sich vollkommen von uns ab. Daran ist beinahe unsere Ehe zerbrochen.» Georg begann zu weinen. Nach ein paar Minuten hatte er sich gefasst und fuhr fort. «Annik fiel in eine Depression. Erst nach Wochen erholte sie sich langsam wieder.»

«War sie bei einem Psychiater?», fragte Ferrari, der sich wieder gesetzt hatte.

«Sie weigerte sich, professionelle Hilfe anzunehmen. Wir sollen sie in Ruhe lassen. Einfach nur in Ruhe lassen … Sechs Monate später begann sie mit einer kaufmännischen Ausbildung und absolvierte im Anschluss eine Lehre als Krankenschwester. Aber seit damals … seit damals konnten wir uns nur noch über Belanglosigkeiten unterhalten. Sie liess mich nicht mehr an sich heran. Irgendwie konnte ich das sogar verstehen. Dann trat Spiess in ihr Leben.»

«Es war ihr erster Mann?»

«Das weiss ich nicht so genau, Nadine. Sie traf sich immer wieder mit Männern, doch von einem festen Freund sprach sie nie. Spiess war ihre erste grosse Liebe. Zuerst freute ich mich über die Beziehung, sie tat ihr gut. Annik taute auch uns gegenüber wieder auf. Unser Leben normalisierte sich, ich war so dankbar. Dann zeigte Spiess seinen wahren Charakter. Ein

Despot. Sobald etwas nicht nach seinem Willen ablief, drehte er durch. Annik nahm es zuerst sehr gelassen, mit der Zeit wurde es auch ihr zu viel.»

«Gab es einen bestimmten Anlass, der das Fass zum Überlaufen brachte?»

«Den Ausschlag gab wohl eine bizarre Szene zu Hause in der Küche. Spiess reinigte eine seiner Waffen, er war ja immer wieder in Polen, wo er mit anderen Wahnsinnigen Krieg spielte, und übersah eine Patrone im Lauf. Als er aus Versehen abdrückte, schlug die Kugel im Dampfabzug ein. Zwei Tage später trennte sich Annik von ihm.»

«Hast du nie gemerkt, dass der Kerl ein Psycho ist?»

«Natürlich wussten wir das alle, aber er war schliesslich ein Kollege.»

«Einmal Kollege, immer Kollege.»

«Nach der Trennung bat ich den Kommandanten, Spiess aus dem Korps zu entfernen. Die Akte mit seinen Verweisen und meiner Beurteilung könnt ihr einsehen.»

«Wusste Spiess, dass er kurz vor der Entlassung stand?»

«Vermutlich schon. Unser Boss wollte mit ihm reden. Ob es zu diesem Gespräch gekommen ist, weiss ich nicht.»

«Dem gehen wir nach. Hatte er Freunde bei der Fahndung?»

«Nein, das glaube ich nicht. Alle waren froh, dass er versetzt wurde. Vielleicht kann euch Markus weiterhelfen.»

Ferrari nickte, das könnte sein. Markus Wild, der Leiter der Verkehrspolizei, überliess nichts dem Zufall, über seine Leute wusste er bestens Bescheid. Wenn ihnen einer helfen konnte, dann er.

«Was uns bisher nicht klar ist, woher kennen sich Spiess und Gärtner?»

«Diese Frage kann ich euch schlüssig beantworten. Die haben sich bei der Vorstellung unseres neuen Infomobils kennengelernt.»

«Du meinst den Spacebus?»

«Ja, genau. Der gibt einiges mehr her als der alte, kleine BVB-Bus. Bei der Präsentation war Gärtner dabei. Er hatte zwar nichts mit der Anschaffung zu tun, doch als Autoverrückter interessierte ihn der spezielle Wagen, der einem Camper gleicht und von vorne wie ein Raumschiff aussieht. Ich war mit Spiess dort und per Zufall kamen wir mit Gärtner ins Gespräch. Das war vorletztes Jahr. Wenn ihr das genaue Datum wissen wollt, müsst ihr im Archiv nachsehen.»

«Das ist nicht notwendig. Danke, Georg.»

Der Kommissär und Nadine verabschiedeten sich von Big Georg, der in eine andere Welt abgetaucht war. Eine Welt voller Schmerz und Traurigkeit.

«Das ist ihm schwer gefallen.»

Ferrari sass mit geschlossenen Augen in Nadines Porsche.

«Niemand outet sich gerne. Vor allem nicht, wenn

man sich schuldig fühlt. Annik konnte die Erwartungen ihres Vaters nicht erfüllen.»

«Ich kenne Georg schon so lange. Ich kann mir gut vorstellen, wie er seine Vision durchziehen wollte.»

«Und dabei seine Tochter auf dem Altar des Ehrgeizes geopfert hat.»

«Wahrscheinlich hätte sie sich unter anderen Umständen in eine vollkommen andere Richtung entwickelt.»

«Alle behaupten, dass Petra an Krebs gestorben ist.»

«Das ist sie auch.»

«Das klang aber eher nach gebrochenem Herzen.»

«Wahrscheinlich an beidem.»

Nadine überholte einen rechts blinkenden Lastwagen und fuhr beinahe auf eine stehende Kolonne auf. Durch den Vollstopp wurde Ferrari jäh nach vorne gerissen, zum Glück drückte ihn der Sicherheitsgurt im nächsten Augenblick zurück in den Recarositz. Puh! Nochmals gut gegangen. Irgendwann breche ich mir in dieser Kiste das Genick oder der Airbag erstickt mich bei einem Aufprall. Die Kolonne nahm langsam Fahrt auf. Verstohlen schielte der Kommissär zu Nadine.

«Was kann denn ich dafür, wenn dieser Lastwagenheini den ganzen Verkehr blockiert?»

«Du hättest wie jeder normale Mensch hinter dem Lastwagen kurz warten können, anstatt links vorzupreschen.»

«Super! Der Idiot versperrt mir die Sicht und wer

ist schuld? Natürlich ich. Wie immer. Wenn du jetzt noch sagst, Frau am Steuer ...»

Es gab nur wenige Momente, in denen der Kommissär sein Handy liebte. Jetzt war so einer. Stephan Moser rettete ihn mit seinem Anruf vor einer weiteren Diskussion über den Sinn oder Unsinn waghalsiger Überholmanöver mit dem einzigen Zweck, zwanzig Sekunden früher ans Ziel zu kommen. Oder gar nicht, je nach Perspektive.

«Ciao, Stephan, was gibts? ... Gut, wir fahren hin ... Der schöne René ist in seinem trauten Heim aufgetaucht.»

Erst nach mehrmaligem Klingeln öffnete René Reber die Haustür. Nadine joggte locker die Treppe hoch, während Ferrari Stufe für Stufe hinterherkeuchte.

«Wer kommt denn da? Mein Freund Francesco! Scheinst nicht mehr so gut in Form zu sein wie noch vor einigen Jahren.»

«Für dich reichts allemal.»

«Danke, kein Bedarf.»

«Das ist meine Kollegin Nadine Kupfer. Sollen wir hier draussen versauern oder lässt du uns rein?»

«Du kannst hier auf dem Flur warten, deine hübsche Kollegin lasse ich hingegen sehr gern in meine Wohnung.»

«Sie werden an mir keine Freude haben, Reber. Alles, was ich kann, hat mir Francesco beigebracht.»

Reber führte sie kommentarlos ins Wohnzimmer.

«Was wollt ihr von mir?»

«Was fällt dir bei den Stichworten Annik Sonderegger, Burkhard Gärtner und Daniel Spiess ein?»

«Nicht viel. Annik Sonderegger sagt mir gar nichts. Ein Daniel Spiess ist in meiner Fasnachtsclique, aber in diesem Jahr legte er eine Pause ein. Wir waren nicht unglücklich darüber. Wer ist diese Annik?»

«Sie wurde vor einigen Tagen ermordet. Weshalb waren Sie froh, dass Spiess nicht mitmachte?»

«Der wollte immer den Ton angeben. So ein kleinkarierter Bulle, wie der da. Grosse Röhre und immer kurz vor dem Ausrasten. He! Hat dieser Spiess auch etwas mit meiner Ina? Das würde ich dem Kerl zutrauen.»

«Fragt sich, wer von uns einen Vollknall hat. Geh zum Psychiater mit deinem Eifersuchtswahn.»

«Und Burkhard Gärtner kennen Sie auch?», lenkte Nadine ab.

«Der Uraltcasanova, klar kenne ich den. Er hat meine Ina angebaggert.»

«Was ja sonst eigentlich deine Spezialität ist.»

«War, Francesco, war. Seit ich Ina kenne, gibt es nur noch sie in meinem Leben.»

«Wie poetisch! Der schöne René ist endlich im sicheren Hafen angekommen.»

«Nur nicht so zynisch. Kennen Sie die Story von Francesco und mir, Frau Kupfer?»

«Nur bruchstückweise. Sie haben Monika angemacht.»

«Quatsch! Ich wollte nur mit ihr Essen gehen. Da ist der Knallkopf durchgedreht, hat mir drei Zähne ausgeschlagen und einige Rippen gebrochen.»

«Das tut wohl jetzt nichts zur Sache … Wie hast du erfahren, dass zwischen deiner Ina und Gärtner etwas lief? Und wie lange ging diese Affäre schon?»

«Etwas mehr als ein halbes Jahr. Sie hat sich nichts anmerken lassen. Immer gut gelaunt. Auch in der Agentur lief es top, sie schwärmte von einem neuen Grossauftrag. Zuerst dachte ich mir nichts dabei. Am Abend war sie nämlich immer brav zu Hause und spielte die liebende Frau. Doch den Tag über trieb sie es mit dem alten Gärtner, das raffinierte Luder.»

«Dann bist du zu Gärtner, hast ihn gepackt und verprügelt.»

«Wer verzapft denn so einen Scheiss? Ich bin zu Gärnter, das stimmt. Nur leider zum falschen.»

«Zu Leon?»

«Ja, klar. Ich dachte, Ina bumst mit dem jungen Gärtner. Also bin ich zu Mapex ins Dreispitz gefahren, habe die Alte im Vorzimmer zur Seite geschoben und mir den Junior vorgenommen.»

«Und dann?»

«Dann … dann hat er mich mit einem Schlag flachgelegt.»

«Wir sprechen vom gleichen Leon Gärnter, oder?»

«Ich konnte ja nicht wissen, dass der Kerl den schwarzen Gurt in Karate hat. In Nullkommanichts lag ich auf dem Boden. Danach half er mir hoch, entschuldigte sich dafür, dass er mir beinahe den Kehlkopf eingedrückt hatte, gab mir ein Glas Mineralwasser und klärte mich auf. Na ja, nicht ganz. Seinen Alten liess er aus dem Spiel. Ina sei eine Geschäftspartnerin, mehr nicht. Ich war froh, als ich einigermassen heil wieder auf der Strasse stand.»

«Und weil du Burkhard Gärtner nicht einschüchtern konntest, hast du bei Ina Stress gemacht.»

«Nix da. Zuerst wollte ich wissen, was läuft.» Reber schaute den Kommissär misstrauisch an. «Ihr steckt dahinter. Ihr habt sie überredet, auszuziehen. Stimmts? Wo ist sie?»

«Oh, nein, mein Lieber. Das hast du dir selbst eingebrockt. Wir haben dich am Freitag gesucht, da war sie am Packen.»

«Und wo ist sie jetzt?»

Rebers Miene verfinsterte sich.

«Das wissen wir nicht», schaltete sich Nadine ein. «Wie Francesco sagt, Sie sind selbst schuld. Anscheinend hielt sie es mit Ihnen nicht mehr aus.»

«Die falsche Schlange! Betrügt mich und gibt mir dann noch die Schuld fürs Scheitern unserer Ehe … Und du, Francesco Ferrari, du weisst sehr wohl, wo sie ist. Und Sie wahrscheinlich auch.»

«Worum ging es bei eurem letzten Streit?»

«Um was wohl? Ich sagte ihr auf den Kopf zu, dass sie es mit dem alten Gärtner treibt. Hätte sie mir wenigstens mit einem jungen Schnösel Hörner aufgesetzt, das würde ich noch begreifen. Aber doch nicht mit einem alten Sack!»

«Sie sagt, dass sie nur Freunde waren.»

«Ha! Wers glaubt. Natürlich behauptet sie das.»

«Nochmals zurück zu Leon und Burkhard Gärtner. Nachdem Sie den Falschen erwischt hatten, nahmen Sie sich den Richtigen vor. Korrekt?»

«Zuerst wollte ich wissen, ob ich verarscht werde.»

«Etwas konkreter bitte.»

«Ich bin zu Sarah gerast. ‹Du, dumme Kuh, hast dich verrannt. Leon Gärtner hat nichts mit Ina›, warf ich ihr vor. Sie schaute mich erstaunt an und offenbarte mir dann, dass Burkhard ihr Lover sei. Ich war so was von baff.»

«Sarah Linsenmann?»

«Ja, die Tochter von Raphi. Sie hat mir von Inas Affäre erzählt. Die kennst du doch auch, Francesco. Oder?»

«Was geschah danach?»

«Am nächsten Tag nahm ich mir den Senior vor. Vorsichtshalber rief ich bei Mapex an, verlangte Leon Gärtner, doch der war in Lausanne. Also bin ich wieder hineingestürmt, dieses Mal beim Richtigen.»

«Und der konnte kein Karate.»

«Nein. Gärtner senior hat sich vor Angst in die Hose gemacht und mir hoch und heilig versprochen, die Finger von Ina zu lassen. Zuerst kam er natürlich mit Ausflüchten, von wegen sie seien nur Freunde und so ein Scheiss. Am Abend konfrontierte ich Ina mit Gärtner. Die hatten sich abgesprochen. Sie leierte den gleichen Mist herunter, Freunde und so.»

«Und wenns stimmt?»

«Quatsch! Sarah lügt nicht und verbreitet auch keine Gerüchte. Im Gegenteil, sie war echt um Ina besorgt und wollte nicht, dass sie in die Fänge des Alten gerät.»

«Kennen sich die beiden Frauen?»

«Noch so etwas Komisches. Ina behauptet, dass sie Sarah noch nie in ihrem Leben gesehen hat. Unglaublich! Das Luder lügt, sobald sie das Maul aufmacht! Was ist jetzt? Sagt ihr mir, wo sich meine Frau aufhält?»

«Wir wissen es nicht.»

«Ich finde sie auch ohne euch.»

«Woher kennst du Sarah?»

«Sie ist eine meiner Patientinnen.»

Sarah Linsenmann hatte den schönen René auf Ina angesetzt, um ihre vermeintliche Konkurrentin auszuschalten. Klever, doch die Rechnung ging nicht auf. Sie hatte nämlich nicht damit gerechnet, dass René Reber die beiden Gärtner verwechseln könnte.

«Die Frage, wen wir jetzt besuchen, erübrigt sich wohl, oder, Francesco?»

Ferrari nickte. Langsam sah er Licht am Ende eines dunklen Tunnels. Immerhin etwas.

Raphael Linsenmann begleitete sie bis zum Lift. Sein Blick verriet Unsicherheit, doch er hütete sich, die ihm auf der Zunge liegende Frage auszusprechen. Stattdessen drückte er Nadine den Wohnungsschlüssel in die Hand. Ruckartig blieb der Fahrstuhl in der obersten Etage stehen, Ferrari sah durch die Glasscheibe auf die Strasse hinunter. Augenblicklich wurde ihm schwindlig. Oje, diese Angststörung wurde mit zunehmendem Alter auch nicht besser. Nadine klopfte gegen die Wohnungstür. Als niemand reagierte, schloss sie auf. Sarah sass, in eine Wolldecke eingemummelt, auf dem Balkon. Nadine grüsste und setzte sich zu ihr ans Fussende des Liegestuhls.

«Ist es dir nicht zu kalt?»

«Überhaupt nicht. Ich sitze gern hier.»

«Du holst dir noch eine Lungenentzündung.»

«Was solls. Hier draussen kann ich besser nachdenken. Tief einatmen, die kalte Luft tut mir gut.»

«Geht es dir schon etwas besser?»

«Besser? Nein, besser wirds nicht, aber schlechter auch nicht. Es kann nämlich gar nicht mehr schlechter werden. Du bist bei René gewesen?»

«Woher weisst du das?»

«Er rief mich eben auf dem Handy an. Tja, es ist mir leider nicht geglückt.»

«Deine Intrige gegen Ina?»

«Von Intrige würde ich nicht sprechen. Ich wollte nur meinen Burkhard zurück. Mehr nicht. Ina hat versucht, ihn mir wegzunehmen.»

«Sie waren nur Freunde.»

«Nur Freunde?» Sarah lachte bitter. «Du bist doch intelligent. Glaubst du wirklich, dass Burkhard nichts von ihr wollte?»

«Dann hättest du auf Burkhard wütend sein müssen, nicht auf Ina.»

«War ich auch. Und wie. Das blöde Gelaber über Freundschaft, so was konnte er gut. Burkhard verdrehte mir immer die Worte im Mund. Sogar wenn ich absolut sicher war, entschuldigte ich mich zum Schluss. Aber bei Ina liess ich nicht locker. Wegen dieser Schnepfe wollte er mich verlassen.»

«Wie kommst du darauf?»

«Als diese Ina zum ersten Mal auftauchte, war das Thema Zusammenziehen vom Tisch. Weil er mit ihr und nicht mit mir zusammen sein wollte. Die Sache war glasklar.»

«Und so hast du Reber informiert, richtig?»

«Meine einzige Chance, um sie loszuwerden. Zuerst lief alles schief, René ging auf Leon los.»

«Kennst du Leon Gärtner?»

«Ich war zwei oder drei Mal in der Firma, um Burkhard abzuholen. Da bin ich ihm begegnet. Es war natürlich mein Fehler, ich hätte René besser instruieren müssen. Beim zweiten Versuch lief alles soweit gut. Aber im entscheidenden Moment gab René klein bei. Ich weiss bis heute nicht, was schiefgelaufen ist.»

«Kennst du einen Daniel Spiess?»

Sarah drehte sich zu Ferrari um.

«Du bist auch da, Francesco? Schön, dich zu sehen. Daniel Spiess, sagst du? Nicht persönlich. Der Name fiel einmal in einem Gespräch, Burkhard telefonierte mit ihm. Es ging um etwas Geschäftliches. Mehr weiss ich nicht.»

«Was geschah danach?»

«Ich nahm die Sache selbst in die Hand.»

«Und wie?»

«Ich habe meine Koffer gepackt und bin bei Burkhard eingezogen.»

«Mit seinem Einverständnis?»

«Nicht wirklich. Einen Schlüssel zur Villa habe ich ja, also bin ich einfach hingefahren. Als er nach Hause kam und die Koffer sah, rastete er aus. Ich solle verschwinden. Und weil ich blieb, ging er. So einfach, aus und vorbei.»

«Er ist nicht mehr zurückgekommen?»

«Nein, Burkhard zog bei seiner Exfrau ein, immerhin nicht bei dieser Ina ... Aber es hat alles nichts gebracht. Er wollte mich loswerden ... Ich ... ich habe ihn wirklich geliebt, Nadine ... Wieso sind Menschen so grausam? ... Jetzt ist er tot.»

«Warst du auch ab und zu an der Fasnacht?»

«Francesco, falls du wissen möchtest, wo ich am Dienstagabend gewesen bin, kannst du mich gern direkt fragen.»

Der Kommissär strich sich verlegen übers Kinn.

«Glaubst du, dass ich Burkhard ermordet habe?»

«Nein. Das war nur so eine Frage.»

«Wirklich? Also, am Dienstagabend bin ich hier in der Wohnung gewesen und habe das Treiben in der Freien Strasse beobachtet. Leider kann das niemand bezeugen.»

«Und am Donnerstagvormittag?»

«Da habe ich bis zum Mittag geschlafen. Allein.»

Im Hintergrund räusperte sich Raphael Linsenmann.

«Ich wollte nur kurz fragen, ob ihr mich braucht.»

«Danke, Raphi. Sarah hat unsere Fragen beantwortet.»

«Gut. Dann bringe ich euch jetzt hinunter. Sarah … bitte komm rein. Es ist sehr kalt draussen.»

«Nur noch einen Augenblick. Dann setze ich mich vor den Kamin.»

Nachdenklich fuhren sie mit dem Lift hinunter.

«Darf ich wissen, was ihr von Sarah wolltet, Francesco?», fragte Linsenmann, als sie auf die Strasse traten.

«Sie hat René Reber gegen Burkhard Gärtner aufgehetzt.»

«Wegen Ina.» Raphael Linsenmann nickte. «Sarah sah in ihr eine Konkurrentin. Ich kann es mir gut vorstellen. Burkhard … wie konnte er uns das nur antun? Wir waren doch mal Freunde … Einfach unvorstellbar! Plötzlich taucht dein langjähriger Freund mit deiner eigenen Tochter auf. Und damit mussten wir uns abfinden.»

«Kennst du einen Daniel Spiess?»

«Nein, der Name sagt mir nichts. Wer ist das?»

«Der Mörder von Burkhard.»

Die beiden Männer sahen sich lange an.

«Der Mörder … den kenne ich nicht. Ist das so einer um die vierzig mit einem Rossschwanz?»

«Das klingt eher nach Thaler. Weshalb fragen Sie?»

«Der war einmal hier und sprach lange mit Sarah. Ich sass mit einer Kundin im Nebenzimmer, deshalb bekam ich so einiges mit. Es ging offenbar um eine Frau aus dem Milieu. Ist dieser Thaler ein Zuhälter?»

«Nein, er ist der Freund von Jojo Nadig.»

«Jojo, ja genau. Jetzt, wo Sie es sagen, Frau Kupfer, erinnere ich mich wieder. Ich dachte, das muss ein Zuhälter sein. Sarah bot ihm Geld an, damit er Burkhard in Ruhe lässt. Das konnte ich natürlich nicht zulassen, doch das Gespräch mit meiner Tochter hat nichts gebracht. Du kennst sie ja, Francesco. Ein Sturkopf!»

«Weisst du, ob sie bezahlt hat?»

«Ich … bitte sagt ihr nichts. Sonst weiss sie, dass ich ihr nachschnüffle. Sie hat ihm zwanzigtausend Franken überwiesen … Dann ist er wiedergekommen und wollte mehr. Sarah hat zum Glück abgelehnt.»

«Bist du sicher?»

«Von ihrem Konto wurde kein Geld mehr überwiesen. Ich habe heimlich ihre Kontoauszüge kontrolliert. Ja, Ich … ich schäme mich dafür. Aber ich musste doch wissen, ob die Erpressung weitergeht.»

«Sie hat ihm das Geld freiwillig angeboten, von Erpressung kann keine Rede sein.»

«Nur beim ersten Mal. Beim zweiten Treffen drohte er ihr. ‹Das wirst du bereuen.› Ja, das waren seine Worte. Ich habe Sarah vorgeschlagen, dich zu kontaktieren, Francesco. Sie winkte nur ab. Gesehen habe ich ihn danach nie mehr.»

Der Kommissär schlug den Mantelkragen hoch. Es war deutlich kälter geworden. Vielleicht gibts nochmals Schnee. Puh, jetzt brauche ich einen Kaffee. Schnurstracks ging er über die Strasse zum Starbucks, stellte sich in die Reihe wartender Menschen und überlegte, ob er vor dem Abendessen noch einen Donut naschen sollte. Hm, besser nicht. Der Blick auf seinen Bauch war Antwort genug. Mit einem Cappuccino und einem Latte macchiato setzte er sich zu Nadine an einen kleinen Tisch. Mh, wie das duftet.

«Danke.»

«Sarah wird mir langsam unheimlich.»

«Sie hetzt René Reber auf und beschwichtigt Thaler mit zwanzig Riesen. Wer sagt uns, dass sie Spiess nicht ermordet hat? Ein Alibi hat sie schliesslich nicht.»

«Sie behauptet, ihn nicht persönlich zu kennen.»

«Das heisst noch lange nicht, dass es wahr ist.»

«Wieso hat Thaler so schnell aufgegeben? Bei Gärtner war nichts mehr zu holen, das hatte ihm Spiess mehr als deutlich gemacht. Da blieb ihm doch nur noch Sarah als sichere Einnahmequelle.»

«Das fragen wir ihn morgen früh.»

Der monatliche Akademikerzirkel wurde laufend grösser. Wie konnte ich nur vergessen, dass der Anlass heute bei uns stattfindet. Unverzeihlich! Vor allem, weil mich Nikki noch am Morgen gewarnt hat. Ferrari schlich am Wohnzimmer vorbei zur Treppe. Nur noch ein paar Schritte, dann habe ich es geschafft. Als Puma, die von der Couch aus die Ansammlung purer Intelligenz misstrauisch beäugte, ihn sah, schoss sie hoch, um ihn gebührend zu begrüssen. Na prima. Das wars dann. Wie auf Kommando blickten alle Damen in Richtung Tür und ehe sich der Kommissär versah, befand er sich im Netz der Intrigen, der Skandale und des sagenhaften Basel. War das nicht ein Buchtitel des Altmeisters Eugen A. Meier gewesen? Immerhin wich Puma nicht von seiner Seite und so sass er nicht ganz allein als williger Zuhörer inmitten der Frauen. Alle reden gleichzeitig, keiner scheint zuzuhören, aber anscheinend verstehen sie sich trotzdem. Frauen! Heute hatten sie Eleonore in ihre heilige Hexenrunde aufgenommen. Wenn ich mich recht erinnere, war Nadine auch schon dabei gewesen. Nach etlichen kläglich gescheiterten Versuchen, sich mit Puma abzuseilen, warf er den Bestien das Stichwort Burkhard Gärtner vor die gefrässigen Mäuler. Was folgte, war ein Potpourri verschiedener Ansichten. In einem Punkt waren sich die Damen jedoch einig – Gärtner habe unter einem Jugendwahn gelitten, sich laufend, beinahe zwanghaft sexuell beweisen müssen, und zwar mit immer jüngeren Geliebten.

«Und wer war sein letztes Betthäschen?»

«Ina Reber», preschte die Gynäkologin Alexandra Roth vor.

«Das stimmt nicht. Es war Sarah Linsenmann», konterte Nicole Näf, ihres Zeichens Richterin am Strafgericht in Basel.

«Was jetzt? Ina oder Sarah?»

«Ina! Ich bin sicher. Und mit der war es ziemlich ernst.»

«Und woher weisst du das so genau, Alexandra?»

«Ich dürfte es ja eigentlich nicht sagen, aber Lena ist meine Patientin.»

«Die Exfrau von Gärtner?»

«Ja, genau. Was die eins durchmachen musste, die Arme. Burkhard ging immer wieder fremd, doch sie blieb treu an seiner Seite. Eines Tages zog er dann mit dieser Nightclub-Dame zusammen.»

«Mit Jojo Nadig.»

«Das hielt nicht lange an, die nahm ihn nur aus. Schon damals befürchtete Lena, dass er nicht mehr zurückkommt. Was nicht zutraf. Auch dieses Mal kam Burkhard wieder angekrochen.»

«Und was ist mit Ina?»

«Beim Stichwort Ina spielte Lena total verrückt. Sie hatte echt Angst, glaubte, dass es dieses Mal anders sei. Ich dachte schon, ich müsse sie zu dir schicken, Steffi.»

«Interessant», entgegnete der Kommissär. «Sie behauptet nämlich, Burkhard und sie seien nur Freunde gewesen.»

Das schallende Gelächter der schrecklichen Acht klang noch lange in Ferraris Ohren nach.

9. Kapitel

Ferrari wusste nicht, was er von den Weisheiten der Hexen halten sollte. Ina wirkte sehr glaubwürdig, oder spielte sie ihnen etwas vor? So wie Sarah? Hatte Lena wirklich mit der Vergangenheit abgeschlossen oder bis zum Schluss darauf gehofft, dass Burkhard zu ihr zurückkehren würde? War Ina für Lena und für Sarah eine echte Gefahr? Wollte Jojo wirklich nur Geld? Wem hatte Burkhards Herz gehört? Lena, Jojo, Ina, Sarah und Burkhard Gärtner – vier Frauen, ein toter Mann und viele offene Fragen. Ganz abgesehen von Sarahs undurchsichtigen Intrigen, Spiess' bezahlten Einschüchterungen und der erfolglosen Suche nach seinem Mörder.

«Nun, Sherlock, alles im Griff?»

«Nicht wirklich. Eigentlich habe ich nur Fragen und keine Antworten.»

Ferrari brachte Nadine auf den neusten Stand.

«Ich sollte dem Geheimbund beitreten.»

«Es wundert mich sowieso, dass du nicht schon lange eine führende Rolle spielst.»

«Ein Mal war ich ja dabei. Doch ehrlich gesagt, mag ich solche Weiberkränzchen nicht.»

«Ich finde es faszinierend. Alle reden wild durcheinander, stellen Fragen und geben gleichzeitig Antworten. Ein Riesenchaos und dennoch verstehen sich alle blendend.»

«Das ist der Unterschied zwischen Mann und Frau. Frauen können mehrere Dinge gleichzeitig machen, Männer immer nur eines nach dem anderen.»

«Ja, ja, noch so eine Geschichte aus dem Reich der Märchen, die du mir übrigens nicht das erste Mal um den Kopf haust. Was hältst du von Alexandras Geschichte?»

«Da ist etwas dran. Oder glaubst du wirklich, dass Gärtner nur den lieben, alten Freund von Ina spielte, während er alle anderen Frauen im gleichen Alter vernascht?»

«Ich weiss nicht. Spinnen wir diesen Gedanken mal weiter: Sarah bekommt Wind von der Affäre und hetzt René auf. Dieser nimmt sich im zweiten Anlauf Burkhard Gärtner vor, nachdem er zuerst mit Leon den Falschen erwischte.»

«Bis jetzt sind wir davon ausgegangen, dass Gärtner hinter der Einschüchterung von Thaler steckt. Was ist mit Lena? Vielleicht wollte sie ihren geliebten Exmann schützen, in der Hoffnung, ihn so zurückzugewinnen? Auch Sarah käme als Auftragsgeberin infrage. Das würde auch erklären, warum er nicht mehr bei der Familie Linsenmann aufgetaucht ist. Wie auch immer, Daniel Spiess war ein skrupelloser Söldner, der sich vermutlich an den Meistbietenden verkauft hat. Oder wie wärs mit dieser Version: Daniel Spiess lernt Sarah kennen, vermutlich sind sie sich bei Mapex begegnet. Er verliebt sich in sie und räumt alle aus dem Weg, die dieser jungen Liebe im Weg stehen.»

«Dann gesteht er Sarah seine Taten. Sarah dreht durch und erschiesst Spiess. Eine mögliche Theorie.»

«Dann nehmen wir sie fest und quetschen sie aus.»

«Ich befürchte, unser Herr Staatsanwalt will mehr als ein paar wackelige Vermutungen. Bevor er uns einen Haftbefehl für Sarah ausstellt, kriegen wir einen für Georg.»

«Gut möglich. Übrigens, du wolltest doch Thaler sprechen. Er erwartet uns um halb zehn in seinem Saftladen.»

Ferrari konnte es nicht fassen, sie fuhren von der Markthalle mit dem Achter zum Bläsiring! Und dies auf Vorschlag von Nadine. Das muss heute noch schwarzen Schnee geben. Die Euphorie legte sich jedoch rasch, der Porsche war wieder einmal im Service. Wahrscheinlich ist sie gestern Abend in einen Pfosten gerast oder hat einem anderen Auto den Vortritt verweigert, was unweigerlich zum Crash führte, oder wurde bei einer Kontrolle mit überhöhter Geschwindigkeit erwischt oder …

«Ich muss dich leider enttäuschen, er ist nur im Service. Auch wenn du noch so viele Theorien ausbrütest.»

«Hm.»

Der Tramzug ratterte am Marktplatz vorbei, bog an der Schifflände auf die Mittlere Brücke ein, liess die Rheingasse rechts liegen und hielt aussergewöhnlich lange bei der Kaserne, weil ein Lastwagen mitten auf den Gleisen stand und der Fahrer absolut keine Anstalten machte, wegzufahren. Nach unendlich langen fünf Minuten liess er den Motor des LKW aufheulen und gab den Weg frei. Kein einfacher Job, hier in der Stadt seine Waren abzuladen. Unwillkürlich dachte Ferrari an das Wochenende im letzten Herbst, als er mit Monika Freunde in Leipzig besuchte. Sie flogen nach Berlin, mieteten ein Auto und rasten am Freitagnachmittag über die Autobahn. Ein Klacks, meinte Monika, schliesslich sei Leipzig in knapp zwei Stunden zu erreichen. Irgendwie haben Monika und Nadine vieles gemeinsam … Während der Rückfahrt am Sonntag zählte der Kommissär die Lastwagen auf den Raststätten, die nicht weiterfahren durften. Bei etwas über Tausend gab er auf. Freiheit, Abenteuer und Trucker-Romantik, das war einmal. Heutzutage tuckerten die Helden der Landstrasse unter der Woche von Stau zu Stau und am Wochenende strandeten sie wie träge Wale auf den Autobahnrastplätzen. Und doch sprachen viele Trucker von der Sucht, die man nie wieder loswird.

«Aussteigen, Schlafmütze!»

«Wie? … Ich komme.»

Thaler sass mit seiner Freundin beim Frühstück am gleichen Tisch hinten in der Ecke.

«Setzen Sie sich zu uns. Greifen Sie zu, Herr Kommissär. Sie sind mein Gast. Sie natürlich auch, Frau Kupfer.»

«Danke. Wir haben bereits gefrühstückt, aber ich nehme gern einen Kaffee.»

«Ich auch.»

Jojo ging hinkend hinter den Tresen und brachte zwei Tassen Kaffee.

«Danke. Sind Sie verletzt?»

«Nein. Es ist nichts», antwortete Jojo schnell.

Der Kommissär betrachtete die junge Frau von der Seite. Sie war bleich und wirkte irgendwie verstört.

«He! Nicht, was Sie denken. Das ist nicht mein Stil … Sags ihnen, Jojo.»

«Lass es gut sein, Sven. Die können auch nichts machen.»

«Sind Sie angegriffen worden?»

«Nein … doch, ja.» Jojo strich ihre Haare zur Seite, sodass an der Schläfe ein grosser, blauer Fleck sichtbar wurde. «Gestern Abend hat mich ein … ein Kerl zusammengeschlagen. Und als ich am Boden lag, hat er mir Tritte verpasst.»

«Kennen Sie den Mann?»

Kopfschüttelnd sah sie zu Thaler hinüber.

«Wenn ich wüsste, wer es gewesen ist, würde ich ihn töten! Niemand schlägt ungestraft meine Freundin zusammen. So ein Schwein!»

«Wann ist das passiert?»

«Ich bin um halb drei zur Kaserne gegangen. Plötzlich stand er vor mir, wollte Geld. Ich wehrte mich, so gut ich konnte … Ich hätte ihm besser das Geld gegeben», sie fing an zu weinen.

«Können Sie den Mann beschreiben?»

«Nein, es … es ging alles so schnell. Ich lag am Boden, klammerte mich an meine Handtasche und spürte einen Tritt nach dem anderen. So lange, bis ich die Tasche losgelassen habe.»

Schrecklich. Unlängst hatte sich der Kommissär den Polizeiticker angeschaut. Fasnächtler prügeln Retter in der Not bewusstlos! Zwei Verletzte nach Raubversuch in Basel. Junge Frau im Kleinbasel vergewaltigt! Angriff auf Basler Jugendliche. Frau bei Raubüberfall in Basel verletzt. Betrüger haben es auf ältere, hilflose Mitmenschen abgesehen und so weiter und so fort. Im Vergleich mit anderen Städten ist es bei uns noch harmlos, trotzdem, die Zeiten werden härter und härter.

«Möchten Sie noch einen Kaffee, Herr Kommissär?»

«Gern.»

«Für mich keinen mehr.»

Jojo humpelte erneut zum Tresen.

«Verfluchte Sache! Wenn ich den Kerl erwische, sarge ich ihn ein.»

«Sie hätten Ihre Freundin ja abholen können, dann wäre das nicht passiert.»

«Wer rechnet denn mit so etwas, Frau Kupfer?», verteidigte sich Thaler.

«Klar, wenn du an der Bar arbeitest, erlebst du einiges. Die einen glauben, dass du eine Nutte bist, Freiwild, die anderen laden ihre Sorgen bei dir ab, Ersatzpsychiaterin. Das gestern ist zum ersten Mal passiert.»

«Sie sollten Anzeige erstatten.»

«Das bringt nichts, Herr Ferrari. Schade um die Zeit. Ich habe mich für eine Woche krankschreiben lassen. Dann schauen wir weiter.»

Jojo hatte recht. Es würde tatsächlich nichts bringen. Anzeige gegen unbekannt. Ein weiterer Fall, der einfach zu den Akten gelegt werden müsste.

«Warum wollten Sie mich eigentlich sprechen?»

«Um Sie zu fragen, wie man so als Erpresser lebt?»

«Na, na, Frau Kupfer. Das ist jetzt aber nicht besonders nett von Ihnen.»

«Genauso wenig nett wie die Erpressung von Sarah Linsenmann.»

«Wer wird denn da von Erpressung sprechen? Ein kleiner Schadenersatz, mehr nicht.»

«Für was?»

«Dafür, dass Jojo vom alten Gärtner so billig abgespiesen wurde.»

«Auch eine Sicht der Dinge. Soll ich kurz rekapitulieren? Gärtner vergöttert Sie, während Sie ein doppeltes Spiel treiben. Täuschen Gefühle vor, dabei geht es nur ums Geld. Ist doch so, Frau Nadig?»

«Ich … es war ein Fehler und es tut mir auch leid. Wirklich. Ich habe mich von Burkhard kaufen lassen. Sie müssen wissen, dass ich damals in einer bösen Krise steckte. Da dachte ich, besser gut versorgt als allein und ohne Geld auf der Strasse stehen … Die Beziehung hat sich dann in eine ungute Richtung entwickelt, Burkhard hat mich beinahe erdrückt. Ich bekam keine Luft mehr. Er verbot mir den Umgang mit meinen Freunden, schleppte mich wie eine Trophäe zu seinen Kumpels. Es … es war eine schlimme Zeit.»

«Und dann kam dieser Strahlemann da und rettete Sie aus Ihrem goldenen Käfig?»

«Sven holte mich aus meiner tiefen Depression. Eigentlich wollte ich keine Beziehung mehr, zumindest nicht sofort. Es … es geschah einfach.»

«Daraufhin verliessen Sie Gärtner.»

«Es war ein Drama. Er flehte mich auf Knien an, zu bleiben, machte mir Zugeständnisse. Aber ich wusste, wenn ich jetzt bleibe, bin ich für immer gefangen. So bin ich zu Sven gezogen.»

«Und dann seid ihr auf die glorreiche Idee gekommen, Gärtner noch etwas abzuzocken.»

«Das … nein, Frau Kupfer, das war nicht so. Im Gegenteil. Gärtner bot mir Geld an, damit ich in eine eigene Wohnung ziehe, zu mir finden kann und mich dann entscheide, wie es weitergehen soll … Ich habe das Geld genommen. Noch so ein Fehler.»

«Und sind dann trotzdem bei dem Sunnyboy geblieben. Was ist aus dem Geld geworden?»

«Das Leben ist teuer, meine Verehrteste.»

«Auf gut Deutsch, Sie haben das Geld Ihrem Freund gegeben und weg wars.»

Jojo nickte.

«Und wo Geld ist, könnte ja noch mehr sein.»

«Das war Svens Idee», flüstere Jojo kaum hörbar.

«Somit zu Ihnen, Verehrtester. Wie ging die Show weiter?»

«Der Alte wollte nichts rausrücken. Da musste ich etwas deutlicher werden. Damit wir uns verstehen, nur verbal!»

«Und weil das nichts brachte, hielten Sie sich an Sarah.»

«An wen denn sonst? An den Weihnachtsmann?», brummte Thaler genervt.

«Aber das ging auch nicht lange gut.»

«Nein, sonst wäre ich heute noch im Geschäft. Doch das da», er zeigte zur Wand, «war ein deutliches Signal, aufzuhören. Immerhin, die fünfzig Riesen waren ein schönes Trostpflaster.»

«Sarah hat Ihnen fünfzigtausend Franken gegeben?»

«Oh, Scheisse! Ich dachte, Sie wissen davon.»

«Nur von zwanzigtausend.»

«Das war beim ersten Mal. Bei der zweiten Zahlung habe ich etwas erhöht, auf dreissig Riesen. Tja, dann kam dieser Irre mit seiner Pistole und aus und vorbei war es mit dem schönen Nebenverdienst. Da wäre echt noch mehr zu holen gewesen. Die zuckte nicht mal mit der Wimper, als ich dreissigtausend verlangte … Sie sagte, das sei es ihr wert. Sie würde das Geld besorgen, aber danach wäre Schluss.»

«Sie werden das Geld wohl nicht freiwillig zurückgeben, oder?»

«Das ist schon längst weg. Wir müssen ja auch von etwas leben. Zum Glück hat dieser Schiesswütige die Kohle nicht zurückverlangt.»

«Stimmt das so, Jojo?», setzte Ferrari nach.

«Es … es tut mir leid. Auch dass Burkhard tot ist. Er war kein schlechter Mensch. Wir … wir hätten ihn nicht erpressen dürfen.»

«Wir haben ihn nicht erpresst, er hat die Kohle freiwillig rausgerückt.»

«Weil wir ihn unter Druck gesetzt haben … Hör auf, alles schönzureden, Sven. Es ist jetzt genug … Ich … ich packe heute Abend meine Sachen und ziehe aus … Es ist vorbei mit uns.»

Bei diesen Worten durchfuhr es den Kommissär wie einen Blitz. Nadine wird doch wohl nicht auf die Idee kommen, diese Jojo auch noch bei uns einzuquartieren. Oder?

«Ich wollte es dir heute Morgen sagen, bevor die zwei gekommen sind. Ich ziehe mit Adrienne zusammen … Das ist meine Kollegin von der Bar, Frau Kupfer.»

Sven Thaler sass mit offenem Mund am Tisch. Diese Wendung hatte er nicht erwartet.

«Es geht nicht mehr, Sven. Du … wir sind zu weit gegangen. Das macht mir Angst, so will und kann ich nicht leben.»

Sie humpelte zur Garderobe. Nadine folgte ihr. Sven Thaler wollte ebenfalls aufstehen, wurde aber von Ferrari unsanft auf den Stuhl gedrückt.

«Lassen Sie sie gehen. Sie will nicht mehr. Das haben Sie doch deutlich gehört.»

«So geht das nicht! Nicht mit mir», zischte Thaler drohend.

«Sie irren sich. So geht das sehr wohl. Sie haben das Spiel verloren.»

«Es gibt ein neues, das schwöre ich Ihnen.»

Ferrari lächelte ihn väterlich an.

«Ich gebe Ihnen einen guten Rat. Lassen Sie die Finger von Jojo. Falls nicht, besuchen wir Sie. Und dann, Verehrtester, ist das, was Sie mit Daniel Spiess erlebt haben, nichts im Vergleich zu dem, was Sie mit uns erleben werden.» Der Kommissär klopfte ihm auf die Schulter. «Haben wir uns verstanden?»

Sven Thaler fixierte Ferrari eine Weile, dann nickte er. Es waren die Augen, dieser Anflug von Wahnsinn, der keinen Zweifel zuliess.

«Jojo hat mir ihre neue Adresse gegeben. Es geht ihr nicht gut.»

«Danke!»

«Wofür?»

«Dass du sie nicht bei mir einquartiert hast.»

«Einen Moment lang dachte ich daran, aber sie ist mir zuvorgekommen. Was hast du noch mit Thaler besprochen?»

«Ich bat ihn höflich, Jojo in Ruhe zu lassen.»

«So einen wie den kann man mit einer Bitte nicht abstellen», nörgelte Nadine.

«Wenn du meinst», Ferrari schmunzelte.

«Oh! Ich verstehe. Dein Lächeln sagt alles. Sven wird sie nie mehr belästigen, da bin ich mir sicher. Manchmal erstaunst du mich, Francesco.»

Beim Union warteten sie auf das Tram. Noch vier Minuten.

«Woher hat Sarah die dreissigtausend Franken?»

«Eine gute Frage. Meinst du, Raphael Linsenmann hat sich geirrt?»

«Raphi ist ein durch und durch korrekter Mann. Wahrscheinlich verfügt sie über ein Konto, von dem er nichts weiss.»

Das Tram hielt quietschend.

«Wollen wir uns nicht hinsetzen?»

«Ich stehe lieber. Diese Tramfahrerei nervt mich.»

«Wann kriegst du deinen Porsche zurück?»

«Heute Abend. Und schau nicht so misstrauisch. Es ist nur ein Service. Du kannst ja mitkommen, wenn du es nicht glaubst. Sie wollten mir einen Leihwagen geben.»

«Wieso hast du das abgelehnt?»

«Eine Uraltkiste. Aber im Moment bereue ich meine Entscheidung. Wie kannst du nur jeden Tag mit diesem Schaukelteil ins Büro fahren?!»

«Ich bin der geborene Tramfahrer. Die Leute beobachten, aus dem Fenster schauen, über irgendetwas nachdenken oder einfach nur die Seele baumeln lassen. Mir gefällt das.»

«Ist das ein Zufall, Francesco?»

«Was?»

«Dass Jojo ausgerechnet jetzt überfallen wird. Sie sagt, das sei vorher noch nie passiert. Vielleicht hängt es ja mit unserem Fall zusammen. Immerhin läuft noch ein Mörder frei herum.»

«Den Jojo kennt?»

«Möglich. Irgendetwas stimmt nicht. Ich habe das Gefühl, dass sie den Kerl kennt, der sie überfallen hat.»

«Und warum schweigt sie?»

«Aus Angst. Vielleicht hat Thaler noch weitere Erpressungen laufen und eines der Opfer hat gestern Abend mit dem Übergriff auf Jojo zur Gegenwehr angesetzt. Sozusagen ein Warnschuss.»

Ferraris Handy summte.

«Dein Handy!»

«Ich kann doch hier im Tram nicht telefonieren. Komm, lass uns an der nächsten Station aussteigen.»

«Gib mir das Teil!» Nadine schaute aufs Display. «Es ist Stephan … Hallo, Stephan … ja, wir sind im Tram … Francesco wollte nicht abnehmen. Was gibts?»

Nadine hörte aufmerksam zu.

«Wir sind schon unterwegs! Lass ja niemanden zu ihr. In zehn Minuten sind wir da.»

Ferrari blickte Nadine fragend an.

«Ina ist angeschossen worden. Sie liegt auf der Intensivstation!»

Stephan Moser tigerte im Flur vor dem Operationssaal auf und ab.

«Sie wird gerade operiert. Der Arzt meint, das dauert etwa eine Stunde oder auch länger. Im Augenblick können wir nur warten.»

«Ist sie in Lebensgefahr?»

«Ich weiss es nicht, Nadine. Eine Arbeitskollegin hat uns angerufen. Sie hat einen Schuss gehört, ist nach draussen gelaufen und fand Ina in einer Blutlache am Boden liegend. Das Krankenauto war schnell zur Stelle. Mehr weiss ich auch nicht.»

«Wo finden wir die Arbeitskollegin?»

«Sie hat einen Schock erlitten, ist aber im Büro geblieben. Ihr findet sie an der Falknerstrasse, hier ist die Adresse.»

Wortlos verliessen Nadine und der Kommissär das Kantonsspital. Drei Morde in einer Woche und jetzt beinahe der vierte. Das kann kein Zufall sein. Annik Sonderegger, Burkhard Gärtner, Daniel Spiess und jetzt Ina Reber. Was verbindet die vier? Oder auch nur die drei, wenn wir davon ausgehen, dass Daniel Spiess lediglich das Werkzeug war, das am Ende selbst zum Opfer wurde. Als sie den Fahrstuhl verliessen, trafen sie auf Peter Strub, der mit seinem Team bereits an der Arbeit war. Die Stelle, an der Ina gelegen hatte, war markiert. Angestrengt versuchte Ferrari, nicht auf die Blutlache zu schauen. Auch nach all den Jahren ging ihm jeder Übergriff nah. Ich werde wohl nie begreifen, wie Menschen anderen so etwas antun können.

Inas Arbeitskollegin Lydia Matter stand am Fenster und schaute in den Lichthof der Buchhandlung Thalia hinunter. Sie zitterte am ganzen Körper.

«Guten Tag, Frau …?»

«Lydia Matter.»

«Ich bin Francesco Ferrari und das ist meine Kollegin Nadine Kupfer. Sind Sie in der Lage, uns einige Fragen zu beantworten?»

«Wie gehts Ina? Mein Gott, ist das schlimm.»

«Sie wird im Augenblick operiert.»

Lydia Matter deutete auf einen Sitzungstisch.

«Setzen wir uns hierhin. In der Küche steht eine Kaffeemaschine, falls Sie einen möchten. Das war früher eine Fünfzimmerwohnung. Die Lage mitten in der Stadt ist super.»

Nadine brachte Ferrari einen Kaffee und setzte sich zu ihnen an den Tisch. Eigentlich schade, dass immer mehr Wohnungen zu Büros umfunktioniert werden. Und dann wundert man sich, dass nur noch wenige Menschen in der Innenstadt wohnen. Andererseits würde so eine Wohnung drei- oder viertausend Franken kosten, was sich nur Privilegierte leisten können.

«Arbeiten Sie hier mit Ina allein?»

«Wir sind zu viert. Lothar und Marco präsentieren bei einem Modegeschäft eine neue Kampagne.»

«Dann waren nur Sie und Ina hier, als der Schuss fiel?»

«Ja. Ich arbeitete in meinem Büro. Plötzlich hörte ich einen Schuss und bin sofort rausgerannt. Ina … Ina lag auf dem Gang vor dem Lift. Das viele Blut … Sie ist tot!, dachte ich. Aber zum Glück atmete sie noch. Ich rief sofort die Sanität, die war in wenigen Minuten da. Später kam auch die Polizei hinzu.»

«Konnten Sie den Täter sehen?»

«Nein. Allerdings hörte ich, wie jemand die Treppe hinunterrannte.»

«Wie ist die Person ins Haus gekommen?», überlegte Nadine. «Die Tür ist ja verschlossen. Sie mussten uns öffnen. Hat jemand geklingelt?»

«Ja genau, jetzt erinnere ich mich. Wenn ich aufgemacht hätte, wäre ich jetzt tot.»

«Ina lebt. Immerhin das.»

«Die heutige Präsentation wollten wir eigentlich zu dritt machen. Ich entschloss mich spontan, hier zu bleiben. Gott sei Dank. Sonst wäre Ina jetzt womöglich tot.»

«Wer wusste von der heutigen Präsentation?»

«Der Kunde natürlich. Eine kleine Modefirma mit mehreren Geschäften in der Schweiz. Sehr nette Leute. Nap-Art heissen sie.»

«Haben die nicht ein Geschäft in der Gerbergasse?»

«Stimmt, Frau Kupfer. Dort ist auch die Präsentation. Wer sonst noch davon wusste? Wir vier. Und ich erzähle solche Dinge natürlich auch zu Hause meinem Mann, was die anderen vermutlich auch tun. Es ist ja kein Riesenauftrag, wir sprechen von einem Honorar von zirka zwanzigtausend Franken.»

«Aus welchem Grund sind Sie nicht mitgegangen?»

«Weil sie nur noch letzte Details besprechen wollten, der Kunde hatte ein paar wenige Korrekturen. Es ging um den Feinschliff und den haben Lothar und Marco allein gemacht. Wie gesagt, normalerweise präsentieren wir immer zu dritt oder manchmal sogar zu viert, weil alle an den Projekten arbeiten. Einer ist jeweils federführend, heute ist es Lothar. Ich wollte die Zeit nutzen und mit Ina nochmals das Mapex-Konzept überarbeiten. Das ist bei Weitem unsere grösste Kampagne. Die Präsentation steht in einer Woche an, wenn überhaupt.»

«Was heisst das?»

«Leon Gärtner hat erst kürzlich seinen Vater verloren. Vielleicht will er die Sache verschieben. Das würde ich begreifen. Bisher gibt es allerdings keine Anzeichen dafür.»

Ferrari trat auf den Balkon, der eine schöne Sicht auf die Falknerstrasse freigab. Herrlich. Diese Weite tut gut.

«Francesco, wir können jetzt mit Ina sprechen. Sie ist überm Berg», riss ihn Nadine aus seinen Gedanken.

«Dafür danke ich Gott!», flüsterte Lydia Matter glücklich. «Wann darf ich sie besuchen?»

«Sie wird sie anrufen. Wissen Ihre Kollegen von dem Mordanschlag?»

Lydia Matter schaute Nadine überrascht an.

«Das … in der ganzen Hektik habe ich das vergessen. Sie kommen am Nachmittag zurück. Ich rufe sie jetzt gleich an.»

Lydia Matter griff zum Handy und wählte eine Nummer.

«Das war keine spontane Aktion», sinnierte der Kommissär. «Inas Angreifer wusste, dass sie allein im Büro war. Zumindest war es so gedacht. Sie muss ihn kennen, sonst hätte sie ihm kaum die Tür geöffnet.»

«Denkst du an René Reber?»

«Es spricht vieles dafür.»

«Aber eines spricht dagegen, Francesco. Ich glaube nicht, dass sie ihn reingelassen hätte. Ina war in den letzten Tagen besonders vorsichtig.»

Lydia Matter legte ihr Handy wieder auf den Tisch.

«Jetzt, wo Sie das sagen, Frau Kupfer, fällt mir noch etwas ein. Die Person hat nicht unten am Eingang geklingelt.»

«Sondern?»

«Hier an der Wohnungstür. Es klingelte und kurz darauf fiel der Schuss. Dazwischen sind nur wenige Sekunden vergangen. Das wäre mit dem Lift nicht möglich gewesen. Ich ärgere mich immer über die Langsamkeit unseres Fahrstuhls. Er schleicht von Etage zu Etage, entsetzlich. Ich habe spasseshalber einmal auf die Uhr geschaut, es dauert eine halbe Minute bis zu uns in den zweiten Stock.»

«Dann hat die Person einen Schlüssel zum Haus,

nicht aber zur Wohnung. Es ist natürlich auch möglich, dass sie von jemand anderem ins Gebäude hineingelassen wurde.»

«Der Täter kennt den Eingangscode. Hier oben schliessen wir mit einem ganz normalen Schlüssel, damit nicht jeder reinlaufen kann.»

Ferrari nickte.

«Lass René Reber zur Fahndung ausschreiben, Nadine. Wir nehmen ihn uns im Kommissariat vor.»

Der Chirurg unterhielt sich auf dem Gang mit Stephan Moser. Es sei knapp gewesen, Ina Reber habe viel Blut verloren. Die Kugel konnte entfernt werden und die Patientin sei nun stabil, wenn auch noch schwach. Bleibende Schäden sollte es keine geben. Nach anfänglichem Zögern stimmte der Arzt einem kurzen Gespräch mit der Patientin zu. Aber nur fünf Minuten und keine Sekunde länger, wie er schroff betonte. Ina Reber hing an unzähligen Schläuchen. Als sie Ferrari und Nadine sah, lächelte sie tapfer.

«Na, du! Du machst ja schöne Sachen.»

Nadine setzte sich auf die Bettkante.

«Er … Nadine, warum … ich …»

Das Sprechen fiel ihr sichtlich schwer.

«Ich schildere dir jetzt den Tathergang. Du musst nichts dazu sagen. Nur nicken. Okay?»

Sie nickte.

«Es klingelte. Aber nicht unten an der Eingangstür, sondern oben an der Wohnungstür.»

«Ja … es … es klingelte. Ich sprach in die Gegensprechanlage … Niemand reagierte. Aber … aber jemand klopfte an die Wohnungstür.»

«Gut. Du hast geöffnet und draussen stand René.»

«Es … war niemand da. Ich trat auf den Gang und … plötzlich schoss jemand von der Treppe her auf mich. Ich … ich warf mich zur Seite, sonst …»

Ina begann zu weinen.

«Wir kommen morgen wieder.» Nadine berührte sanft ihre Hand. «Du musst dich jetzt ausruhen. Hab keine Angst. Draussen steht ein Polizist, wir bewachen dich Tag und Nacht.»

Ina Reber lächelte dankbar.

In den letzten Stunden war es wärmer geworden, sodass einige Cafébesucher in der Steinenvorstadt im Freien sassen. Ferrari und Nadine taten es ihnen gleich und setzten sich bei Kämpf an einen freien Tisch. Schön, wieder mal draussen zu sitzen. Irgendwie freue ich mich so langsam auf den Frühling. Der Kommissär bestellte einen Cappuccino und zwei Käsesandwiches, Nadine einen Espresso und ein Brötchen.

«Warum stopfst du dir eigentlich immer mehrere Sandwiches rein? Eines würde auch reichen», stichelte Nadine.

«Ich esse eben gern.»

«Und viel. Monika hat schon recht.»

«Mit was, bitte, hat Monika recht?»

«Dass du fett wirst.»

Das erste Brötchen blieb dem Kommissär beinahe im Hals stecken. So gemein! Da geniesst man zwei kleine Sandwiches und die werden einem mit einem Satz vermiest.

«Ich bin alles andere als fett!»

«Wie man es nimmt.»

«Bitte!»

«Was ist denn jetzt wieder?»

«Du kannst das zweite Brötchen haben. Das war doch wohl dein Ziel.»

«Danke!»

Genüsslich vernaschte Nadine das zweite Sandwich. Ferraris Laune sank von Sekunde zu Sekunde. Was bin ich nur für ein Idiot! Eine dahergeworfene Bemerkung und schon bin ich aus dem Konzept. Ich falle ja auf jeden noch so blöden und durchschaubaren Trick rein. Hm. Aber warte! Ich bestelle noch ein Sandwich.

«Tut mir leid. Das waren die letzten. Wir hätten noch Salami oder Thunfisch.»

«Das mag ich nicht. Schinken?»

«Leider nicht mehr.»

«Dann lassen wirs. Danke … Moment mal. Das hast du gewusst. Du warst vorhin kurz auf der Toilette … He, das ist eine ganz krumme Tour!»

«Die schmecken wirklich gut.» Nadine liess sich nichts anmerken. «Ich würde gern noch ein drittes nehmen, aber das hast du ja schon gemampft.»

Ferrari schmollte.

«Ach, komm schon. Ich lade dich dafür ein.»

«Darauf kann ich verzichten. Du bist absolut fies. Mir das zweite Brötchen madig machen und es dann selbst verdrücken. Hoffentlich stösst es dir so richtig auf.»

Nadine schmunzelte. Beim Essen verstand ihr Chef keinen Spass, wer hätte das gedacht?

«Zum Glück hat Ina den Anschlag überlebt», wechselte Nadine geschickt das Thema. «Ich bin total froh, dass Stephan sie rund um die Uhr bewachen lässt.»

«Ich weiss nicht, ich traue dem schönen René den Mordversuch nicht zu.»

«Du kennst ihn besser als ich.»

«Er ist ein Weiberheld, ja, und ein Maulheld. Doch nie im Leben würde er zur Waffe greifen und seine Frau ermorden. Das passt nicht in mein Bild von ihm.»

«Wer war es dann?»

«Wenn ich das wüsste.»

«Am besten wir reden mit ihm. Morgen ist Anniks Beerdigung. Gehen wir zusammen hin?»

«Monika kommt auch mit.»

«Das klang jetzt komisch.»

«Es ist nicht wegen Monika … Offenbar treten alle in Galauniform an und der Polizeichor wird singen. Beim letzten Mal …»

«Bist du in Tränen ausgebrochen und hast dich kaum mehr erholt.»

«Woher …?»

«Von Monika. Deshalb kommt sie mit. So können wir zu zweit auf dich aufpassen.»

«Hm.»

Verlegen fuhr sich Ferrari durch die Haare, als Nadines Handy klingelte.

«Kyla La Grange!», kommentiere er den Klingelton.

Irritiert schaute Nadine zum Kommissär.

«Einen Moment, Peter … Woher weisst du das?»

«Ich stehe auf die Songs. Offenbar bin ich der Einzige. Dabei könnte sie ein Superstar werden. So wie Birdy oder Sia.»

Nadine schüttelte den Kopf.

«Hallo, Peter … nein, alles bestens. Francesco outet sich gerade als Musikkenner. Der alte Mann hört heimlich World Music … Nein, im Ernst. Er kennt Sia und Kyla La Grange… Wie? … Wundert mich nicht. Sie ist ein Geheimtipp … Du bist noch nicht sicher? … Danke … gleichfalls.»

«Ich bin kein World-Music-Fan, nur ein Fan von Kyla. Damit das klar ist.»

«Das wird sich wie ein Lauffeuer im Kommissariat verbreiten. Der sanftmütige Francesco steht auf World Music, flippt an den Konzerten total aus und zertrümmert das halbe Stadion. Stark!»

«Sehr witzig. In Tat und Wahrheit wird sie wohl nie vor so vielen Leuten auftreten. Schade, ihre Songs sind super. Auf der letzten CD ist kein einziges schlechtes Lied drauf. Was wollte der Leichenfledderer?»

«Peter vermutet, dass die Kugel, die in Inas Brust steckte, aus dem gleichen Revolver stammt, mit dem die drei Morde begangen wurden! Sollte sich sein Verdacht bestätigen, meldet er sich.»

Die Suche nach René Reber wurde intensiviert. Die Praxis war auf unbestimmte Zeit geschlossen und in der Wohnung in Binningen niemand anzutreffen. Seine Mercedes-Limousine stand in der Garage, was nichts bedeutete. Reber verfügte nämlich über mehrere Autos an verschiedenen Standorten. Es konnte also gut sein, dass er mit einem anderen Fahrzeug unterwegs war. Vielleicht sogar auf der Flucht, wie Ferrari überlegte.

«Den kriegen wir, früher oder später», kommentierte Stephan Moser die bisher vergebliche Suche.

«Lieber früher, Stephan, bevor er noch ganz durchdreht.»

«Ist er das nicht bereits? Drei Tote sind wohl genug.»

«Zwei gehen aufs Konto unseres Kollegen Spiess. Was den dritten Mord betrifft, da tappen wir noch im Dunkeln. Und ob Reber wirklich versucht hat, Ina zu töten, müssen wir zuerst noch beweisen.»

«Alles klar. Wir informieren euch, sobald er uns ins Netz geht.»

Staatsanwalt Borer klopfte an den Türrahmen.

«Nur, herein, Herr Staatsanwalt.»

«Ich will nicht lange stören, Ferrari. Guten Tag,

Frau Kupfer. Es … nun, ich wollte nur unser kleines Rencontre von gestern etwas geraderücken.»

«Schon vergessen. Wir waren beide etwas schräg drauf.»

«Schön, dass Sie mir das nicht nachsehen.»

Ferrari runzelte misstrauisch die Stirn. Was heckt der Schweinepriester wieder aus? So ganz freiwillig kommt er doch nicht zu mir, um sich zu entschuldigen. Da steckt mehr dahinter.

«Manchmal gehen eben die Zügel mit einem durch. Sie sind schliesslich mein bestes Team.»

«Bevor Sie sich noch die Zunge verrenken und sich weitere Höflichkeiten abbrechen, was liegt an?»

«Wie … es ist … nun, es ist nichts Besonderes. Wie ich gehört habe, aber ich bitte Sie, dies streng vertraulich zu behandeln, wird Emil Ernst nicht mehr kandidieren. Aus gesundheitlichen Gründen.»

«Schade. Er ist ein guter Nationalrat.»

«Sie sagen es, ein grosser Verlust für die politische Landschaft. Wie wenn Ihr werter Herr Vater sich aus der Politik zurückziehen würde.»

«Oh, das wird nie passieren. Paps stirbt irgendwann an einer Sitzung im Nationalrat.»

«Ein Glück für die Schweiz, dass solche Politiker im Parlament sitzen», resümierte Ferrari das eigenartige Gespräch.

«Also gut … Herrgott noch mal, Ferrari, machen Sie es mir doch nicht so schwer!»

«Sie möchten, dass ich meine Beziehungen spielen

lasse. Olivia soll Sie in Ihrem Wahlkampf unterstützen. Richtig?»

«Voilà! Geht doch. Nun, wie stellen Sie sich dazu?»

«Ich denke darüber nach.»

«Nein, nein … so geht das nicht. Ich halte in jeder Lebenslage zu Ihnen, segne all Ihre Eskapaden ab. Immer am Rande der Legalität. Und wenn ich einmal einen klitzekleinen Gefallen von Ihnen erwarte, lassen Sie mich zappeln.»

«Gut, ich spreche mit Olivia.»

«Wunderbar! Moment mal. Was genau besprechen Sie mit Frau Vischer?»

«Na, ich bitte sie charmant, Ihnen beim Wahlkampf unter die Arme zu greifen.»

«Einfach so? Vor einer Minute sagten Sie noch, Sie würden es sich überlegen. Und jetzt plötzlich, schwuppdiwupp, sind Sie auf meiner Seite? Da stimmt doch etwas nicht.»

«Also, bitte! Sie haben mich mit Ihrer Bemerkung vollkommen überzeugt. Sie sind immer für uns da. Wir schulden Ihnen diesen Gefallen, nicht wahr, Nadine?»

«Aber sicher. Ich behalte Francesco im Auge, damit er Sie nicht in die Pfanne haut.»

«Sehen Sie, Ihre Kollegin ist ebenfalls misstrauisch. Ich traue Ihnen nicht, Ferrari. Sie sind imstande, ihr abzuraten.»

Nadine und Staatsanwalt Jakob Borer standen wie die personifizierte Anklage vor dem Kommissär. Das fehlt mir gerade noch. Wo bleibt das Vertrauen meiner Kollegen? Eine Frechheit! Tun so, als würde ich nie Wort halten.

«Wenn Sie wollen, rufe ich Olivia sofort an. Dann können Sie zuhören.»

«So etwas bespricht man nicht am Telefon. Sie müssen Frau Vischer in ein elegantes Restaurant einladen, sie umgarnen, gefügig machen, den richtigen Moment abpassen und zuschlagen.»

«Aber vernaschen muss ich sie nicht, damit Sie Nationalrat werden?»

«Vern… das ist doch … Frau Kupfer, sagen Sie dem Flegel, dass er sich in der Wortwahl und im Ton vergriffen hat.»

«Na ja, das klang schon etwas in diese Richtung. Gefügig machen und so.»

«Unerhört! Sie beide passen gut zusammen. Immer nur das Schlechte denken. Pfui! Gut, nun weiss ich endgültig, was Sache ist. Von Ihnen ist nichts zu erwarten. Sie lassen mich wie einen alten Sack hängen. Das werden Sie noch bitterlich bereuen, Ferrari. Von heute an pfeift hier ein anderer Wind. Keine Eskapaden mehr. Ich werde persönlich über die Moral hier im Haus wachen», er schaute provokativ zu Nadine, dann zu Ferrari, «in jeder Beziehung.»

«Apropos Moral. Haben Sie sich das mit Georgs frühzeitiger Pensionierung nochmals überlegt?»

«Da gibt es nichts zu überdenken. So bedauerlich es ist, wir können uns keinen gewalttätigen Fahndungschef leisten.»

«Georg befand sich in einer Extremsituation, war wie von Sinnen, weil Annik, seine geliebte Tochter, tot ist. Ermordet von ihrem Exfreund.»

«Das ist kein Argument. Georg muss zu jeder Zeit ein Vorbild für seine Leute sein. Und mit diesem unsinnigen Gewaltakt hat er jeglichen Respekt eingebüsst.»

«Das zu beurteilen, sollten Sie getrost seinen Kollegen überlassen. Also uns.»

«Wenn ich Sie daran erinnern darf, auch ich gehöre zu den Kollegen», fügte Borer spitz hinzu.

«Wie Sie meinen. Eine andere Frage. Spiess wurde ja versetzt. Georg ist der Meinung, dass sich sogar der Kommandant der Sache annahm und mit Spiess geredet hat. Ist das korrekt?»

«Nein, da irrt sich Georg. Es gab lediglich ein Gespräch zwischen Spiess und seinem neuen Vorgesetzten.»

«Markus Wild?»

«Exakt. Seine Begeisterung, Spiess zu übernehmen, war gelinde gesagt nicht besonders gross. Markus hat ihm deutlich zu verstehen gegeben, dass es seine letzte Chance bei der Polizei ist … Wie siehts jetzt aus?»

Ferrari sah ihn fragend an.

«Sprechen Sie mit Olivia?»

«Aber sicher. Sobald ich weiss, wie Sie sich bezüglich Georg entschieden haben.»

«Das ist …»

«Erpressung?»

«Sie sagen es, Frau Kupfer. Ein plumper Erpressungsversuch. Darauf lasse ich mich nicht ein. Unter keinen Umständen. Ich bin nicht bereit, mit Ihnen einen Kuhhandel einzugehen. Guten Tag, die Herrschaften.»

«Der hat doch nicht alle Tassen im Schrank.»

«Du kannst ihm ja den kleinen Gefallen tun. Olivia hört auf dich. Ruf sie an und sag ihr, dass sie ihn unterstützen soll. Wenn er gewählt wird, sind wir ihn los.»

«Ein gutes Argument. Falls du es nicht mitbekommen hast, ich wollte Olivia ja anrufen, sogar in seiner Gegenwart, aber das war dem Herrn Staatsanwalt zu wenig. Echt schräg das Ganze.»

Ferrari kritzelte «Olivia wegen Borer anrufen» auf einen Zettel.

«Ich bins nochmal», Stephan Moser streckte den Kopf durch die offene Bürotür.

«Ja, Stephan?»

«Bezüglich Sarah Linsenmanns Konten kommen wir nicht weiter. Borer stellt sich quer. Bei Spiess habe ein dringender Tatverdacht bestanden. Sarah hingegen sei eine unbescholtene Bürgerin. Das Recht auf Einsichtnahme, schau mich nicht so an, Nadine, das sind die Worte unseres Staatsanwalts, würde kein Richter gestatten. Damit sind uns die Hände gebunden. Immerhin haben wir herausbekommen, dass sie über ein Konto bei der Post verfügt. Bloss, was drauf ist, weiss nur sie. Wenn ihr Borer dazu kriegt …»

«Vergiss es. Borer ist im Augenblick nicht besonders gut auf Francesco zu sprechen. Danke, Stephan.»

«Sarah muss über ein zweites Konto verfügen, von dem sie die dreissigtausend Franken an Thaler gezahlt hat. Da bin ich mir sicher.»

«Gut, dann konfrontieren wir sie damit.»

«Und wenn sie es bestreitet?»

«Dann improvisieren wir, das ist ja unsere Stärke. So wie es im Moment aussieht, bekommen wir keinen Haftbefehl, also statten wir ihr einen Besuch ab. Gehen wir zu Fuss?»

«Dein Porsche ist im Service und mit dem Tram lohnt es sich nicht. Somit auf Schusters Rappen.»

Ferrari keuchte den Klosterberg hinauf. Was legt sie bloss für ein wahnsinniges Tempo vor? Von der viel gepriesenen Entschleunigung scheint sie keine Ahnung zu haben.

«Vorwärts! Ich bin heute Abend mit Yvo verabredet.»

So ist das! Nur weil sie mit Yvo ein Techtelmechtel hat, muss ich durch die Gegend hetzen. Der liebe Yvo wird ja wohl noch eine halbe Stunde warten können. Oder noch besser, du lässt ihn einfach sitzen. Genau. Der Kerl ist schlicht zu alt für dich. Und an unserem jetzigen Fall sieht man ja, wohin das führt, wenn sich junge Dinger mit Greisen einlassen.

«Na, was ist jetzt?»

«Ja, ja, ich komme schon.»

Raphael Linsenmann liess sich nicht abwimmeln, er wollte beim Gespräch mit seiner Tochter unbedingt dabei sein. Na, dann. Sarah bestritt energisch, Thaler ein zweites Mal bezahlt zu haben, und sah misstrauisch zu ihrem Vater, denn nur er konnte vom Geld erzählt haben.

«Sarah, es bringt nichts zu lügen. Wir wissen, dass du Thaler weitere dreissigtausend Franken bezahlt hast.»

«Das stimmt nicht. Wirklich nicht.»

«Aus welchem Grund sollte Thaler uns belügen?»

«Das weiss doch ich nicht. Aber … okay, wenn ihr mir nicht glaubt, dann kontrolliert doch mein Konto.»

«Das dürfen wir nur mit deiner Erlaubnis.»

Sarah verschwand in ihrem Büro und kam mit einem blauen Ordner zurück.

«Bitte! Hier sind alle Kontoauszüge vom letzten Jahr bis heute.»

«Hast du noch ein zweites Konto?»

Sarah lachte höhnisch.

«Francesco, was soll das? Es gibt kein zweites Konto, nur das hier bei der Post. Falls du das überprüfen willst, musst du halt deine Beziehungen spielen lassen. Ist sonst noch etwas?»

«Das ist alles. Dürfen wir den Ordner mitnehmen?»

«Macht damit, was ihr wollt. Papa … ich möchte nachher noch mit dir unter vier Augen sprechen.»

Raphael Linsenmann nickte.

«Ich begleite nur schnell Francesco und Nadine nach unten.»

Zu dritt betraten sie den Lift.

«Sarah wird mich zurechtweisen. Mit Recht. Man schnüffelt nicht der eigenen Tochter hinterher … Dreissigtausend sagt ihr?»

«Das ist die Summe, die Thaler nannte.»

«Sarah verdient bei mir achttausend Franken, andere Einkünfte hat sie nicht. Von einem weiteren Konto weiss ich nichts, ich glaube nicht, dass es eins gibt. Einzig … einen Augenblick bitte, ich bin gleich zurück.»

Ferrari und Nadine setzten sich in Raphaels Büro und blätterten die Kontoauszüge durch.

«Die einzige grosse Summe, die abgehoben wurde, sind die zwanzigtausend Franken. Vielleicht sagt Sarah die Wahrheit.»

«Entschuldigt, dass ihr warten musstet. Ich habe meine Frau angerufen, von ihr stammt das Geld auch nicht. Seid ihr sicher, dass dieser Zuhälter nicht lügt?»

«Nein, das sind wir nicht.»

«Woher könnte Sarah das Geld haben? Von Gärtner?», überlegte Raphael Linsenmann.

«Das lässt sich leicht überprüfen. Wir fragen Leon Gärtner.»

Niedergeschlagen verabschiedeten sie sich vom Juwelier. In diesem Fall steckte der Wurm drin. Sobald sie eine Spur hatten, löste sich diese in nichts auf. Sie kamen einfach keinen Schritt vorwärts.

«Du hast doch die Adresse von Jojo?»

«Ja. Sie wohnt in der Wintergasse.»

«Wo ist denn die?», fragte der Kommissär erstaunt.

«Neben der Sommergasse.»

«Ha, ha! Sehr guter Witz.»

Der sich als die nackte Wahrheit herausstellte. Die Wintergasse war tatsächlich eine Querstrasse der Sommergasse. Jojo hatte geschlafen. Das würde ich auch, wenn ich könnte, aber ich muss im Eiltempo mit der Marathonläuferin Nadine durch die Stadt jagen. Und warum? Damit sie ja nicht zu spät zu ihrem Date kommt. Kaffee gibts auch keinen. Der wurde gleich zu Beginn des Gesprächs gestrichen. Nun gut, dann setze ich mich hin, massiere meine Füsse und hoffe inständig, dass wir hier Neues erfahren.

«Die Wohnung ist etwas klein, aber vorübergehend reicht es. Wir haben je ein eigenes Zimmer und ein gemeinsames Wohnzimmer. Haben Sie Schmerzen, Herr Ferrari?»

«Die Füsse tun mir weh», ächzte Ferrari.

«Du kannst nachher zu Hause ein Fussbad nehmen», zischte ihm Nadine zu. «Jojo, Sarah bestreitet, dass sie deinem Mann ein zweites Mal Geld gegeben hat.»

«Dreissigtausend. Ich habe das Geld gesehen.»

«Aber von Sarahs Konto wurde keine solche Summe abgehoben.»

«Da kann ich dir wirklich nicht weiterhelfen, Nadine. Ich war nicht dabei. Er kam mit dem Geld in die Bar und meinte, das werde unsere Lebensversicherung. Das nächste Mal würde sie mit hundert Riesen rüberkommen.»

«So viel hätte sie gar nicht aufbringen können.»

«Sven klang ziemlich überzeugt … Ich falle immer auf die falschen Typen rein. Das zieht sich wie ein roter Faden durch mein Leben. Es ist alles nur meine Schuld.»

«So viele können es auch nicht gewesen sein. So alt bist du nicht.»

«Es waren einige, Nadine. Vielleicht bin ich deshalb bei Burkhard gelandet. Eine Art Zufluchtsstätte vor den jungen Machotypen mit der grossen Klappe. Ich bin froh, dass es mit Sven aus ist.»

«Wovor hast du Angst?»

Ferrari schaute gespannt von seiner Fussmassage auf.

«Ich … ich fürchte mich nicht, Nadine.»

«Du kannst mir nichts vormachen. Du kennst den Kerl, der dich zusammengeschlagen hat. Es ging nicht um deine Handtasche.»

«Doch … Nadine, bitte … lass mich in Ruhe. Ich kenne den Mann nicht und ich weiss auch nicht, von wem Sven das viele Geld hat.»

«Es könnte also sein, dass es nicht von Sarah ist?»

«Bei Sven laufen immer mehrere … mehrere Geschäfte gleichzeitig.»

«Und welche krummen Dinger laufen zurzeit?»

«Nadine, bitte … ich will ihn nicht verpfeifen. Das mit Burkhard war ein grosser Fehler, der mir echt leid tut. Sven konnte einfach nicht genug bekommen, wollte zuerst Burkhard, dann Sarah und zum Schluss Lena abzocken.»

«Gärtners Exfrau?»

«Er war bei ihr. Die warf ihn hochkant hinaus.»

«War er auch bei Leon Gärtner?», brachte sich Ferrari ins Gespräch ein.

«Bei Leon? So viel ich weiss, nicht.»

«Kann es sein, dass das Geld von Lena stammt?»

«Möglich ist es schon. Bitte, Nadine, frag nicht weiter. Ich will Sven nichts anhängen. Er ist kein schlechter Mensch. Und jetzt … seit dem Besuch von Spiess getraut er sich nicht mehr aus dem Haus.»

«Seit dem Besuch von Spiess oder seit dich jemand zusammengeschlagen hat?»

Jojo senkte den Kopf und schwieg.

Ein Anruf genügte, um Klarheit zu schaffen. Lena hatte Sarah die dreissigtausend Franken vorgestreckt. Im eigenen Interesse, wie sie sagte. Damit sie den Erpresser loswerden und um zumindest unter eine der unsäglichen Affären einen Strich ziehen zu können.

«Gemeinsame Feinde verbünden.»

«Wie meinst du das?»

«Schau mich nicht so jämmerlich leidend an. Die paar Schritte werden dich wohl nicht umgebracht haben.»

«Nicht das Laufen. Dein Tempo!»

«Ich sags ja, du bist zu fett. Zurück zu unserem Fall. Lena und Sarah waren sich einig. Sie bezahlten, um Gärtner zu beschützen im naiven Glauben, dass die Erpressungen aufhören würden.»

«Aber Sarah war auch eine Konkurrentin von Lena. Wieso sollten die zwei gemeinsame Sache machen?»

«Sarah war längst auf dem absteigenden Ast, Ina hiess die heisse Favoritin. Vor Sarah musste sich Lena daher nicht mehr fürchten. Gärtner hat noch nie eine Beziehung wieder aufleben lassen.»

«Das wäre vermutlich immer so weitergegangen. Gärtner schläft sich durch halb Basel und hinterlässt seine Spuren. Die gehörnten Männer wurden mit Geld abgespeist oder von Spiess kaltgestellt. Letzteres organisierte Burkhard Gärtner selbst. Bis zu dem Tag, an dem sich sein williges Werkzeug gegen ihn wandte.»

«Vor wem fürchtet sich Jojo?»

«Meinst du nicht, dass du dich da ein wenig verrennst?»

«Sie hat Angst. Deshalb ist sie auch bei Thaler ausgezogen. Jemand hat an ihr ein Exempel statuiert. Eine deutliche Ansage. Jetzt sitzt Thaler in seiner Pinte und getraut sich nicht mehr auf die Strasse und Jojo hat ihn verlassen, weil sie ganz genau weiss, dass sie beim nächsten Mal nicht mehr so billig davonkommt. Thaler ist ein kleiner, fieser Erpresser. Irgendjemand will sich nicht länger erpressen lassen. Da er nicht an Thaler rankommt, schnappt er sich seine Frau. So. Hier kannst du dich in dein geliebtes Tram setzen. Ich rufe Yvo an. Er soll mich am Kannenfeldplatz abholen.»

«Geht ihr essen?»

«Sicher. Ich weiss nur noch nicht, ob vorher oder nachher.»

«Hm.»

Ferrari fuhr mit dem Einer zum Aeschenplatz und humpelte dann hinüber zur Haltestelle des Dreiers. Monika und Nikki waren im Kino. Offenbar ging es im Film um drei Frauen, die sich nicht kennen und deren Leben am Tag X durch einen Schicksalsschlag miteinander verwoben wird. Ferrari hatte dankend abgelehnt. Das muss ich mir nicht ansehen. Vor allem heute nicht, wenn die Achtelfinals im DFB-Pokal angesagt sind. Der Kommissär machte es sich zu Hause gemütlich. Puma lag bereits auf der Couch, noch eine Tüte Chips und ein Bier aus dem neuen Biertender, den ich aus Spass gekauft habe, und schon gehts los. Wer stört mich denn jetzt wieder? Ferrari humpelte in Socken zur Tür.

«Darf ich reinkommen? Die Mädchen schlafen. Und Eleonore ist mit Monika und Nikki im Kino.»

Du hast mir gerade noch gefehlt. Kann ich denn kein einziges Mal einen Abend allein zu Hause geniessen? Pack deine Krücken und zieh Leine.

«Aber nur, wenn ich dich nicht störe», fügte Andreas hinzu.

«Komm rein. Ich will mir das Spiel Leverkusen gegen Kaiserslautern anschauen.»

«Das ist sicher spannend.»

Und schon sass er auf dem Sofa und legte seine Füsse auf den Glastisch. Ja, klar, immer schön das Bein hoch lagern. Puma strafte ihn mit Missbilligung, zumindest sah es so aus. Kratz ihn, noch besser, spring ihm ins Gesicht, damit er verschwindet. Sehnsüchtig sah Andreas auf Ferraris Bierglas.

«Auch ein Bier?»

«Nur, wenns nicht zu viele Umstände macht.»

Doch es macht Umstände, aber das ist dir völlig egal. Die halbe Tüte Chips hat er auch schon gefressen. Wenn er jetzt noch fragt …

«Hast du noch mehr davon?»

Ferrari ging brav in die Küche zurück, durchstöberte den Vorratsschrank und fand zwei weitere Chipstüten.

«Paprika! Die sind besonders gut.»

Andreas öffnete mit den Zähnen die Packung und schob die andere, die er bis auf einen kleinen Rest verputzt hatte, Ferrari zu. Das Spiel begann. Endlich. Wenn der Kerl nicht aufhört, so laut zu schmatzen, drehe ich noch durch.

«Foul! Mit gestrecktem Bein. Das muss doch die Rote Karte geben.»

«Die hätte sie verdient. Hundertprozentig.»

«Genau. Das gibts doch nicht, der Schiri zeigt Gelb. Ein Skandal. Der ist bestimmt bestochen worden … Wer hat was verdient?»

«Eleonore. Die Rote Karte für ihr Benehmen. Sie behandelt mich wie Luft.»

Eine gute Idee. Einfach nicht reagieren, sonst verwickelt er mich in eine sinnlose Diskussion. Ich lass mir den Match nicht versauen. Oh, nein. Verstohlen schielte Ferrari zu Andreas. Niedergeschlagen trank er sein Bier und stopfte sich Unmengen von Chips in den Mund. Ein Häuflein Elend.

«Die haben ja nicht einmal ein Tor geschossen. Ein langweiliges Spiel», kommentierte Andreas den Pausenstand.

Dann verzieh dich doch in deine Rumpelkammer, betoniere dich im Keller ein, damit wir dich endlich los sind und ich die zweite Halbzeit geniessen kann. Langsam, aber sicher verlor der Kommissär die Geduld.

«Kann ich noch ein Bier haben?»

Ferrari füllte wortlos die Gläser nach.

«Nicht einmal einen Fernseher darf ich haben. Das sei nicht gut für die Kinder. Immer nur die Kinder. Und was ist mit mir? Ich bin Luft. Nur dazu da, die Familie zu ernähren.»

Nur zum Mitschreiben, dich ernähre ich, und zwar mit Bier und Chips! Bayer Leverkusen kämpfte gegen einen starken 1. FC Kaiserslautern, der den Bundesligisten in die Verlängerung zwang. Erst jetzt überzeugte Leverkusen mit einer klaren Leistungssteigerung und gewann mit 2:0.

«Das war spannend. Jetzt schauen wir uns noch die Zusammenfassung der anderen Spiele an.»

«Kann ich noch ein Bier haben?»

Der säuft mir meinen ganzen Biertender leer. Ferrari stellte ihm das gefüllte Glas auf den Tisch. Mehr gibt es nicht.

«Du hast es gut mit Monika. Die lässt dich leben, nicht so wie Eleonore. Seit der Fasnacht weicht sie mir aus, geht ihren eigenen Weg. Was habe ich ihr nur getan?»

«Red mit ihr darüber. Sie ist in Ordnung.»

«Pah, du kennst sie nicht. Sie blockt mich ab. Ich glaube, sie will mich loswerden. Ich … ich muss gehen. Es ist nicht gut, wenn sie mich hier antrifft.»

Schwankend erhob sich Andreas. Der Jammermeister war betrunken. Von drei Gläsern Bier! Das darf doch nicht wahr sein. Ferrari drückte ihm die Krücken unter die Arme.

«Soll ich dich begleiten?»

«Es … es geht schon. Morgen, morgen zeige ich es ihr. Ich kaufe einen Fernseher!»

Hallelujah! Dann bin ich dich los.

«Eine super Idee. Du darfst dir das nicht länger gefallen lassen, Andreas. Sei ein Mann! Kauf dir einen grossen Fernseher. Einen mit HD.»

«So einen, wie du hast. Nein, einen grösseren. Den grössten, den es gibt», lallte er. Vorsichtshalber schob ihn Ferrari durch den Garten hinüber ins Haus. Sicher ist sicher.

Eine halbe Stunde später trafen die Kinogänger ein.

«Hallo, mein Schatz. Eleonore trinkt noch einen Kaffee bei uns. Wie war der Match?»

«Super. Nur die Begleitumstände hielten sich in Grenzen.»

Monika schaute ihn fragend an.

«Andreas hat meinen Biertender geleert, meine Chips gefuttert und mir sein Elend geklagt.»

«Das tut mir leid, Francesco.»

«Schon in Ordnung, Eleonore. Dafür kannst du nichts.»

«Was ist denn das? … Was haben die Socken hier auf der Garderobe zu suchen? Die sind ja ganz dreckig. Wo bist du mit denen gewesen?»

«Ich … ich musste Andreas nach Hause begleiten.»

«In den Socken? Spinnst du? Kannst du keine Schuhe anziehen? Das waren ganz neue Socken. Die sind jetzt im Eimer. Die kann ich wegwerfen.»

«Ich … Andreas …»

«Jetzt ist Andreas schuld. Nur weil du nicht aufpassen kannst. Es interessiert dich einen feuchten Dreck, ob man das Zeug waschen kann oder nicht. Du bist ein Kleidermörder.»

Nikki verzog sich unbemerkt in ihr Zimmer, während Eleonore der Diskussion belustigt folgte.

«Hier!» Der Kommissär kramte sein Portemonnaie hervor. «Hier hast du zwanzig Franken. Das wird für das Paar ruinierte Socken reichen.»

«Das Geld interessiert mich nicht. Es ist die Art,

wie du mit den Kleidern umgehst. Mit den Socken und vor allem mit den Hemden. Jeden Morgen streichst du dir eine Tonne von diesem Zeugs unter den Arm.»

«Denim, es heisst Denim!»

«Dieses Zeugs kriege ich beim Waschen nicht mehr raus, aber das interessiert dich nicht. Genauso wenig wie das hier mit den Socken.»

Sie warf ihm die dreckigen Socken ins Gesicht.

«Komm, Eleonore, wir trinken in der Küche einen Kaffee.»

Provokativ folgte Ferrari den beiden. Er hielt seine Socken in die Höhe und liess sie in den Abfalleimer fallen.

«Entsorgt! Bezahlt habe ich sie schon vor Zeugen.»

Puma strich zuerst Eleonore, dann Monika und zum Schluss dem Kommissär um die Beine.

«Ja, ja, Liebling! So sind die Frauen. Komm, wir gehen schlafen. Ja, ich weiss, du magst es nicht, wenn gestritten wird ... Bevor ichs vergesse, Andreas wird morgen den schönsten und grössten Fernseher anschaffen, den es auf der Welt zu kaufen gibt. Ein Mordsding!»

«Hast du ihm das eingeredet, Francesco?»

Monikas Stimme klang drohend.

«Ich habe ihn auf Knien angefleht. Bitte, bitte, kauf endlich einen Fernseher. Um Eleonore eins auszuwischen und vor allem, damit ich meine Ruhe habe.»

«Das finde ich eine spitzen Idee, Francesco», entgegnete Eleonore. «Ich wollte schon lange einen, aber Andreas war immer dagegen.»

Wie bitte? Ferrari packte Puma, brummte so etwas wie «Die spinnen, die Birsfelder» und verzog sich kopfschüttelnd ins Schlafzimmer.

10. Kapitel

Entgegen Georgs Wunsch, der seine Tochter am liebsten im Stillen und allein zu Grabe getragen hätte, wurde das Begräbnis zum Grossanlass mit dem Polizeikommandanten und Staatsanwalt Borer an der Spitze. Kapelle eins auf dem Friedhof Hörnli fasste nur etwa die Hälfte der Trauergemeinde, Monika, Nadine und Ferrari standen ganz hinten in der Abdankungshalle. Die Predigt hielt Pfarrer Wüthrich von der evangelisch-reformierten Kirchgemeinde Matthäus, ein ausgezeichneter Redner. Er zitierte Khalil Gibrans Worte über die Kinder. Eure Kinder sind nicht eure Kinder. Sie sind die Söhne und Töchter der Sehnsucht des Lebens nach sich selber. Sie kommen durch euch, aber nicht von euch. Und obwohl sie mit euch sind, gehören sie euch nicht. Ihr dürft ihnen eure Liebe geben, aber nicht eure Gedanken, denn sie haben ihre eigenen Gedanken. Ihr dürft ihren Körpern ein Haus geben, aber nicht ihren Seelen. Denn ihre Seelen wohnen im Haus von morgen, das ihr nicht besuchen könnt, nicht einmal in euren Träumen. Ihr dürft euch bemühen, wie sie zu sein, aber versucht nicht, sie euch ähnlich zu machen. Denn das Leben läuft nicht rückwärts, noch verweilt es im Gestern. Ihr seid die Bogen, von denen eure Kinder als lebende Pfeile ausgeschickt werden. Der Schütze sieht das Ziel auf dem Pfad der Unendlichkeit, und Er spannt euch mit seiner Macht, damit seine Pfeile schnell und weit fliegen. Lasst euren Bogen von der Hand des Schützen auf Freude gerichtet sein; denn so wie Er den Pfeil liebt, der fliegt, so liebt Er auch den Bogen, der fest ist. Dieser Pfeil nun, Annik, habe sein Ziel, nämlich Gott, erreicht und wohne im Haus des Herrn. Möge sie in Frieden ruhen. Und dem Bogen wünschte er Festigkeit, Kraft, Zuversicht und Gottvertrauen. Zwischendurch wurden die Lieblingslieder von Annik eingespielt. «All You Need Is Love» von den Beatles, «Knockin' on Heavens Door» von Bob Dylan, «Purple Rain» von Prince, «Mercedes Benz» von Janis Joplin sowie «Father and Son» von Cat Stevens. Nach der bewegenden Feier begleiteten die Trauergäste die Urne zum Grab. Ferrari hielt sich mit Tränen in den Augen im Hintergrund.

«Können wir dich allein lassen?», flüsterte Monika ihm zu. «Georg hat uns gebeten, ihn zum Grab zu begleiten.»

«Sicher. Ich warte hier.»

Der Kommissär lehnte sich an einen Baum. Es ist einfach nicht fair. Warum nur musste Annik sterben? Einen so sinnlosen Tod? Von Weitem beobachtete er, wie die Urne langsam ins Grab hinuntergelassen wurde. Die Polizeimusik spielte dazu einen Trauermarsch. Ergreifend und schön zugleich. Als auch noch der

Polizeichor zu singen begann, war es um Ferrari geschehen. Zitternd und von einem Weinkrampf geschüttelt, hielt er sich krampfhaft am Baumstamm fest. Inzwischen hatte Big Georg eine Schaufel mit Erde und eine Rose ins Grab geworfen. Reglos verharrte er in einer schier unerträglichen Stille. Plötzlich begann er zu torkeln und fiel nur Dank dem schnellen Eingreifen von Monika, Nadine und Stephan Moser nicht um. Nach und nach zerstreute sich die Trauergemeinde. Monika winkte dem Kommissär zu, der sich nicht vom Fleck rührte.

«Kommst du, Francesco? Wir müssen jetzt Georg unterstützen.»

«Ich … ja, nur noch einen Augenblick. Ich bin gleich so weit.»

Monika sah Nadine vielsagend an.

«Er wird uns wohl keine grosse Hilfe sein.»

«Geht nur vor. Ich komme in einigen Minuten nach», versicherte er.

Ferrari atmete tief durch. Dann ging er langsam, Schritt für Schritt, auf Anniks Grab zu. Am ganzen Körper zitternd schaute er auf die von Blumen und Erde bedeckte Urne hinunter. Lebe wohl, Annik. Wir sehen uns in einem anderen Leben oder im Himmel, so Gott will. Schön wärs. Wenn ich doch nur an ein Leben nach dem Tod glauben könnte. Es wäre so viel einfacher. Und wieder war sie da, die Frage, nach dem Sinn von Anniks Tod. Warum nur? Du hattest noch den grössten Teil deines Lebens vor dir. So vieles gäbe es noch zu entdecken. Hat denn niemand gemerkt, dass dieser Spiess ein Wahnsinniger ist? Oder wollten wir es einfach nicht sehen? Ferrari nahm eine Rose und legte sie behutsam ins Grab. Annik, dein Mörder ist tot. Ein schwacher Trost, ich weiss. Leider ist der Fall trotzdem nicht ganz gelöst. Jemand ist auf freiem Fuss, der mit den Morden zu tun hat. Vielleicht ist diese Person sogar der Hauptschuldige. Es bringt dir nichts, Annik, aber ich schwöre dir, Nadine und ich erwischen ihn. Wir geben keine Ruhe, bis wir ihn haben. Das ist das Einzige, was wir noch tun können.

«Gehts?»

Monika berührte den Kommissär sanft an der Schulter.

«Es geht schon, danke. Wo ist Nadine?»

«Bei Georg. Er möchte mit uns noch etwas trinken.»

Ferrari hakte sich bei Monika unter. Gemeinsam gingen sie den schweren Gang zum Friedhofsausgang, wo Nadine auf sie wartete.

«Georg sitzt mit Stephan im Restaurant. Er will niemanden sehen ausser uns.»

Ferrari nickte. Georgs Schmerz muss unermesslich sein. Zuerst verliert er seine geliebte Frau und jetzt seine Tochter. Wie kann ich ihm helfen? Was soll ich ihm sagen? Ohnmacht und Hilflosigkeit machten sich breit. Und Zweifel. Auch wenn wir den Mörder von Spiess überführen, Annik wird davon nicht mehr lebendig. Was bringt es also? Geht es um Wahrheit? Um Gerechtigkeit? Wäre es nicht mehr als gerecht, wenn Big Georg Spiess umgebracht hätte? Ferrari schaute traurig zu seiner Kollegin.

«Dann lassen wir ihn einfach laufen», flüsterte Nadine, die seine Gedanken erraten hatte.

Beinahe gleichzeitig küssten ihn die beiden Frauen auf die Wange.

«Womit habe ich das verdient?»

«Um dich aufzumuntern, Liebling.»

«Und weil du der beste Chef auf der Welt bist.»

«Morgen ist die Beerdigung von Gärtner.»

«Da müssen wir nicht hin, wir kannten ihn ja kaum.»

«Gut. Da bin ich froh», atmete Ferrari erleichtert auf.

Während der Stunde, die sie mit ihm im Restaurant verbrachten, konnte Georg kaum einen ganzen Satz vollenden. Wie im Delirium sprang er von Thema zu Thema, für die Anwesenden kaum nachvollziehbar, liess die letzten Tage mit seiner Frau wieder aufleben, die Jugend von Annik, erzählte von der unendlichen Liebe, mit der er seine Tochter überschüttet hatte, und dem Frust, sie zu sehr unter Druck gesetzt zu haben. Und plötzlich überkam ihn eine unendliche Leere, eine ungeheuerliche Einsamkeit und tiefe Trauer. Tränen liefen über seine Wangen. Nach einer Weile schien sich Georg gefangen zu haben. Er sprach kein Wort mehr. Vermutlich hatte er sich in eine andere Welt zurückgezogen. Eine Welt voller Schmerz, wo ihn niemand erreichen konnte. Stephan Moser brachte den vollkommen aus der Bahn geworfenen Chef der Fahndung nach Hause.

Ferrari sass stumm auf dem Rücksitz von Monikas Auto. Auch er war abgetaucht. Ein Gedanke jagte den anderen. Wenn ich Georg nur irgendwie helfen könnte. Es war hart, mit anzusehen, wie der souveräne, omnipräsente Chef der Fahndung am Ende war. Ein Wrack, ein lallendes Häufchen Elend, gezeichnet vom Schicksal. Monika hielt vor dem Kantonsspital an.

«Möchtest du noch ein wenig sitzen bleiben? So lange, bis der Polizist, den ich im Seitenspiegel sehe, mir eine Busse verpasst?»

«Wie? … Ach so … Ich steige schon aus.»

Ferrari ging ums Auto herum, küsste Monika, die kurz darauf winkend davonfuhr.

«Na, nochmals Schwein gehabt.»

Ferrari sah den Polizisten scharf an.

«Hier darf man nur aussteigen.»

«Das sind wir.»

«Aber erst nach einer gewissen Zeit. Ich habe das sehr genau beobachtet.»

«Haben Sie das? Schön, dass es noch Menschen gibt, die das können.»

«Nur nicht so gehässig.»

«Ich glaube nicht, dass Sie entscheiden, wann ich wütend sein darf und wann nicht.»

«Seien Sie vorsichtig, guter Mann!»

Ferrari drehte sich zur schmunzelnden Nadine um.

«Jetzt platzt mir gleich der Kragen. Hast du gehört, wie sich der Trottel aufspielt?»

«Was erlauben Sie sich! Ich lasse mich doch von Ihnen nicht beleidigen.»

«Sie sind eine einzige Beleidigung! Führen sich hier in Uniform wie Gott auf. Komm, Nadine, wir gehen.»

Der Beamte stellte sich grossspurig vor Ferrari auf.

«Zeigen Sie mir Ihren Ausweis oder ich rufe die Kollegen.»

«Hör genau zu, du uniformierter Idiot …»

«Sie sind mein Zeuge. Er hat mich schon wieder beleidigt. Das wird Sie teuer zu stehen kommen. Ihren Ausweis, aber dalli!»

Ferrari hielt ihm seinen Dienstausweis hin.

«Hier, bitte. Und jetzt will ich deinen Namen wissen. Wirds bald?»

Der Beamte warf einen Blick auf Ferraris Polizeiausweis.

«Was ist, wie heisst du?»

«Mangold, Herr Kommissär. Othmar Mangold.»

«Und wer ist dein Chef?»

«Franz Auf der Maur.»

«Sur le Mur? Gut. Du kannst jetzt eine Anzeige machen wegen Beamtenbeleidigung. Mach sie am besten über deinen Chef. Und sag ihm, dass ich ihn heute Nachmittag anrufe. Noch etwas, ich kann Leute nicht ausstehen, die glauben, weil sie eine Uniform tragen, seien sie etwas Besseres. Und du bist so einer, Mangold. Das Schlimme daran ist, dass du mit deiner Tour meistens durchkommst, weil man dir eher glaubt als einem Zivilisten. Bloss dieses Mal ist es schiefgelaufen, und zwar gründlich. Komm, Nadine.»

Nadine winkte dem verdutzten Mangold fröhlich zu.

«Meinst du, er zeigt dich an?»

«Das ist mir absolut egal. Ich werde Auf der Maur auf jeden Fall anrufen. Das kleinkarierte Arschloch da draussen spielt wahrscheinlich den ganzen Tag den Bussengott.»

«Immerhin bringts Geld in die Staatskasse. Ist nicht vor einiger Zeit ein Regierungsrat beinahe über ein Memo gestolpert?»

«Doch. Er hatte eine Mail an alle Polizeiposten geschickt mit der Info, dass sie mit der Bussenverteilung unter dem Budget seien.»

«Tja, alles muss seine Ordnung haben, Francesco. Auch Bussen müssen einkalkuliert werden.»

«Damit Mangold und seinesgleichen selbstgerecht durch die Strassen von Basel laufen können. Na, prima.»

«Bist du in Ordnung?»

«Nein. Aber nicht wegen des Wichts von Mangold. Die ganze traurige Geschichte mit Annik und Big Georg geht mir sehr nah.»

«Mir auch.»

Ferrari blieb ruckartig stehen.

«Bitte entschuldige.» Er nahm Nadine in den Arm. «Du hast dich besser im Griff als ich.»

«Zerdrück mich nur nicht ganz. Ich hasse Beerdigungen. Die Rede des Pfarrers ging unter die Haut, dann beim Grab, als wir Georg gerade noch stützen konnten … Am schlimmsten war es im Restaurant. Hoffentlich erholt er sich bald wieder.»

«Das wird er. Der Mensch vergisst zwar nicht, aber mit der Zeit rücken auch die tragischsten Ereignisse in den Hintergrund. Seltsam, oder? Wir erinnern uns eigentlich immer an die schönen Dinge im Leben. Und das ist auch gut so.»

Ina war von der Intensivstation in ein Einzelzimmer auf der privaten Abteilung verlegt worden. Vor der Tür ging noch immer ein Kollege auf und ab. Als er Ferrari und Nadine sah, stand er stramm und salutierte.

«Hallo, Ina, wie geht es dir?»

«Schon besser. Danke, Nadine. Es ist schön, euch zu sehen.»

Ihre Stimme klang fest. Anscheinend hatte sie sich in der kurzen Zeit bereits gut von der Operation erholt.

«Wir würden gern das Gespräch von gestern fortsetzen, wenn du fit genug bist.»

«Klar, bin ich das. Setz dich zu mir aufs Bett. Am Fenster ist ein Stuhl, Francesco.»

Der Kommissär zog umständlich den Stuhl unter einem kleinen Tisch hervor.

«Kannst du uns nochmals schildern, was passiert ist?»

«Ich denke die ganze Zeit darüber nach. Es ging alles ziemlich schnell. Es klingelte. Ich sprach in die Gegensprechanlage, keiner antwortete. Plötzlich klopfte es an der Wohnungstür. Im ersten Moment zuckte ich zurück. Ich hatte nicht damit gerechnet, dass jemand vor der Tür steht. Ich öffnete, aber da war niemand.»

«Bist du sicher, dass jemand geklopft hat?»

«Zugegeben, manchmal spinne ich ein wenig, doch plemplem bin ich nicht. Also, ja, ich bin sicher. Ich ging zum Lift. Bevor ich die Lifttür aufmachen konnte, hörte ich ein Geräusch im Treppenhaus. Dann sah ich einen Revolver. Instinktiv warf ich mich zur Seite und schon spürte ich, dass mich eine Kugel erwischt hat. Mehr weiss ich nicht.»

«Deine Kollegin hat dich gefunden.»

«Zum Glück war sie da und nicht bei der Präsentation.»

«Reiner Zufall, sagt sie.»

«Ja. Wir präsentieren normalerweise zusammen. Das heisst alle, die an einem Projekt arbeiten. Da es nur noch um die letzten Details ging, ist Lydia im Büro geblieben.»

«Hast du die Person gesehen, die auf dich geschossen hat?»

«Nein. Ich hörte nur noch, wie jemand die Treppe hinunterrannte. Danach gingen meine Lichter aus.»

«Hast du einen Verdacht?»

Ina schüttelte den Kopf.

«Dein Mann?»

«René ist ein Spinner, aber kein Mörder. Während unserer ganzen Ehe war er noch nie gewalttätig. Ausserdem besitzt er keine Pistole. Da bin ich mir sicher.»

«Hattest du in der letzten Zeit Probleme, Streit mit jemandem?»

«Nur die täglichen Auseinandersetzungen in der Agentur. Wirklich, Nadine, du darfst es mir glauben. Es gibt niemanden, der mir nach dem Leben trachtet.»

«Wenn das so wäre, würdest du jetzt nicht hier im Kanti liegen.»

«Das muss ein Irrtum gewesen sein. Der wollte jemand anderen erschiessen.»

Ferrari rückte mit dem Stuhl etwas näher.

«Das glaube ich nicht. Überleg bitte genau. Gibt es jemanden, der dich so hasst, dass er dich ermorden will?»

«Sicher nicht.»

«Wer profitiert davon, wenn du stirbst?»

«Niemand … das heisst, das stimmt nicht ganz … René und ich haben gegenseitig eine Lebensversicherung abgeschlossen.»

«Eine hohe?»

«Anderthalb Millionen. René meinte, es sei vor allem ein Schutz für mich, weil ich jünger bin.»

«Und die gilt auch bei einem Mord?»

«Keine Ahnung. Ich weiss nur, dass die Versicherung bei Selbstmord nicht zahlt. Das hat mir René gesagt. Wir waren sogar zur Unterzeichnung dort.»

«Das wäre immerhin ein Motiv.»

«René liebt mich. Was auch immer passiert ist, er würde mich nie in Gefahr bringen. Das ist doch Blödsinn.»

«Kennt dein Mann den Zutrittscode zum Haus an der Falknerstrasse?»

«Sicher, er kam öfters bei uns vorbei. Aber einen Schlüssel hatte er nicht.»

«Ihr habt bestimmt zu Hause über Geschäftliches gesprochen.»

«Er über seine Patienten, ich über unsere Kunden und unsere Projekte.»

«Wusste er von eurer Abschlusspräsentation?»

Sie dachte kurz nach.

«Die haben wir vor zwei Wochen vereinbart ... René wusste davon ... Nein. Das ist unmöglich, er ist kein Mörder!»

«Auf jeden Fall ist er untergetaucht. Weisst du, wo er sich aufhalten könnte?»

«In unserer Wohnung in Ascona. Wenn er ganz schlecht drauf ist, zieht er sich immer dorthin zurück. Ihr glaubt also wirklich, dass der Anschlag mir galt?»

«Es sieht ganz so aus … Ähm, Ina .. ich …»

«Ja?»

«Also, ich … nun, wie soll ich es formulieren, also, nochmals von vorne …»

«Francesco möchte wissen, ob du mit Gärtner wirklich kein Verhältnis hattest. Du brauchst deswegen nicht wie eine Tomate zu glühen, Francesco.»

«Hm.»

«Wie ich schon sagte, wir waren nur Freunde. Ich fand ihn toll und er mich auch. Mehr war nicht.»

«Hat er dich nie angebaggert?»

«Nie. Ich schwörs. Ich hätte ihm eine geknallt. Das könnt ihr mir glauben. Ist damit die Frage beantwortet, Francesco?»

«Ja, ja, amüsiert euch nur auf meine Kosten.»

«Wenn ihr keine weiteren Fragen mehr habt», Ina gähnte, «ich bin müde.»

«Alle Fragen beantwortet. Falls dir noch etwas einfällt, ruf uns bitte sofort an. Auch wenn es nur eine Kleinigkeit ist.»

«Mach ich, Nadine … Der Polizist vor der Tür, bleibt der?»

«Bis du wieder auf den Beinen bist.»

Sie wirkte erleichtert.

«Ich … ich habe Angst, Nadine. Der Moment, in dem ich den Revolver sah und den Knall hörte, den erlebe ich immer wieder. Ich zucke jedes Mal zusammen. Diese Nacht bin ich sicher zwanzig Mal aufgewacht. Es läuft wie ein Film ab. Immer und immer wieder. Wenn ich weiss, dass ich bewacht werde, gibt mir das Sicherheit», murmelte sie.

Kurz darauf hörte man nur noch den gleichmässigen Atem von Ina. Nadine und Ferrari verliessen leise das Zimmer.

«Jetzt haben wir uns einen Kaffee verdient.»

«Hier im Kanti?»

«Lieber nicht. In der Pizzeria Al Fiume gibt es einen guten Cappuccino.»

Sie setzten sich ans Fenster zur Strasse hin.

«Was hältst du davon, Nadine?»

«Vom Anschlag oder vom Verhältnis mit Gärtner?»

«Von beidem.»

«Sie wirkt glaubwürdig, was Gärtner anbelangt. Es gibt keinen Grund, uns zu belügen. Gärtner ist tot und den schönen René hat sie verlassen. Bei einer Scheidung spielt es keine Rolle, ob sie ihn betrogen hat oder nicht. Ich glaube ihr. Und du?»

«Ich auch. Es könnte natürlich sein, dass er sich zu einem späteren Zeitpunkt an sie ranmachen wollte. Du weisst schon, zuerst den Freund mimen und auf den passenden Moment warten.»

«So, wie ihr Männer halt seid. Nur das eine im Kopf.»

«Auf Gärtner trifft das sicher zu. Anwesende sind ausgeschlossen.»

«Na, ich weiss nicht. Ich würde es nicht auf einen Versuch ankommen lassen.»

«Also, bitte. Ina ist nicht mein Typ.»

«Und ich?»

Nadine lehnte über den Tisch und zog ihn am Ohrläppchen.

«Hör sofort auf damit!», zischte er.

«Wie süss! Du wirst ja richtig verlegen.»

«Ich habe dir schon tausend Mal gesagt, dass du mich nicht kompromittieren sollst.»

«Schon gut. Ich wollte nur sehen, wie du errötest. Deiner Theorie über Gärtner schliesse ich mich an. Er versuchte, sie weich zu kochen, den passenden Moment abwartend – und schwupp, würden sie im Bett landen. Ein Glas Wein zu viel hat schon mancher die Keuschheit gekostet.»

«Na ja, keusch ist sie sicher nicht mehr.»

«Und was ist mit René Reber?»

«Er liebt Ina, doch er dreht langsam, aber sicher durch. Seine krankhafte Eifersucht treibt einen Keil zwischen die beiden. Sie wendet sich von ihm ab und verlässt ihn. Eine Kurzschlusshandlung traue ich Reber zu. Wenn er sie nicht behalten kann, soll sie kein anderer kriegen.»

«Den Code für die Tür kennt er und er weiss genau, wann Ina allein im Büro ist.»

«Aber er hat geklingelt.»

«Vielleicht wollte er sie bewusst aus dem Büro locken. Und zudem war die Tür verschlossen.»

«Nur, Ina traut es ihm nicht zu.»

«Sie ist nicht objektiv. Zur möglichen Kurzschlusshandlung kommt die Lebensversicherung hinzu. So würde er sich ihren Abgang mit anderthalb Millionen versüssen.»

«Eine gute Theorie. Wir müssen ihn fassen, bevor er es nochmals versucht … Zahlen, bitte!»

«Nur eines ist mir nicht klar. Was machen in diesem Zusammenhang all die anderen Morde für einen Sinn?»

«Das wird er uns erklären.»

Nadines Handy dröhnte. Ferrari sah sie fragend an.

«Der neuste Song von Pink! … Hallo, Peter … Ja … Gut … Danke … Richte ich ihm aus … Tschüss.»

«Und was gibts Neues aus der Leichenküche?»

«Mit der Waffe, mit der auf Ina geschossen wurde, sind definitiv die drei Morde begangen worden.»

Ferrari starrte Nadine entsetzt an. Die anfängliche Vermutung war nun zur Gewissheit geworden.

«Stephan soll die Fahndung nach Reber intensivieren und sofort die Kollegen in Ascona orientieren. Die sollen vorsichtig sein. Wer drei Morde begeht und einen Mordanschlag, der nimmt noch weitere in Kauf. So jemand hat nichts mehr zu verlieren.»

Ferrari grübelte über seiner Skizze. Er hatte alle in den Fall involvierten Personen auf ein Blatt geschrieben und Verbindungsstriche gezogen. Viel passt noch immer nicht zusammen. Annik und Daniel Spiess waren liiert, Gärtner und Spiess kannten sich, aber Annik und Burkhard Gärtner vermutlich nicht. Jojo verliess Gärnter und zog zu Sven Thaler, der auf Erpressungstour ging, bis ihm Spiess einen Warnschuss vor den Bug setzte. Die Zahlungen stammten von Sarah Linsenmann und von Lena Gärtner. Beide Frauen liebten Burkhard Gärtner und versuchten, ihn zu beschützen beziehungsweise ihn zurückzugewinnen. Sarah ging noch einen Schritt weiter und erzählte René Reber von Inas Verhältnis zu Gärtner. Somit wären wir beim eifersüchtigen René. Ein alternder Playboy, zur Ruhe gekommen bei seiner grossen Liebe Ina. Doch irgendwann hat sie es satt, ständig Rechenschaft über ihr Leben abgeben zu müssen, und verlässt ihn nach sechs Ehejahren. Ina Reber entgeht knapp einem Mordanschlag, während ein Unbekannter Jojo überfällt. Wo ist der Zusammenhang, zumal Burkhard Gärtner zu diesem Zeitpunkt bereits tot ist? Eifersucht ist daher auszuschliessen. Hängt Sven Thaler tiefer im Fall drin als bisher vermutet?

«Etwas verwirrend, Ihre Zeichnung.»

Ferrari sah hoch.

«So wie unser derzeitiger Fall.»

«Damit ist meine Frage bereits beantwortet. Regierungsrat Schneider möchte wissen, ob wir dem Serienmörder endlich auf der Spur sind.»

«Was heisst hier endlich?»

«Endlich bedeutet im Sprachgebrauch so viel wie ‹nach einer gewissen Zeit›, nach der wir langsam, aber sicher die Geduld verlieren.»

«Es könnte durchaus sein, dass mir auch gleich der Geduldsfaden reisst, Herr Staatsanwalt.»

«Oh, der Herr Kommissär dreht sich im Kreis und schlägt mürrisch um sich. Sie scheinen für einmal an Ihre Grenzen zu stossen.»

«Was Ihnen sichtlich Freude bereitet.»

«Nun, ehrlich gesagt, eine Spur Schadenfreude schwingt mit. Bisher gings ja meist locker-flockig und mit viel Glück.»

«Wie darf ich das verstehen?»

Nadine war inzwischen mit zwei Kaffees in Ferraris Büro gekommen.

«Wenn ich zum Beispiel an den Fall mit dem Rockstar denke. Der löste sich praktisch von selbst.»

«Glück gehört zum Leben. In jeder Lebenslage.»

«Wie darf ich das wiederum verstehen?», knurrte Borer.

«Politiker werden auch nicht immer wegen ihrer Fähigkeiten gewählt. Oft spielen das grosse Geld und die guten Beziehungen eine Rolle.»

«Wollen Sie etwa damit andeuten, dass ich unfähig sei?»

«Habe ich das gesagt? Ich bitte Sie. Ich halte Sie für den fähigsten Politiker auf der ganzen Welt.»

«Aus Ihrem Mund klingt das ein wenig sonderbar, Ferrari.»

Der Kommissär widmete sich wieder seiner Zeichnung.

«In einem muss ich Ihnen recht geben. Es geht nicht

auf. Vor allem der Anschlag auf Ina macht überhaupt keinen Sinn.»

Nadine und der Staatsanwalt stellten sich hinter Ferrari und besahen sich die Skizze.

«Junge Frauen und Fasnächtler», kommentierte Borer.

«Burkhard Gärtner war in der Alten Garde bei der Spalenclique.»

«Daniel Spiess war auch aktiv und dieser Thaler ebenfalls.»

«Woher wissen Sie das?»

«Entschuldigen Sie, bitte! Ich bin seit Jahren – was heisst seit Jahren? –, seit meiner Kindheit aktiver Fasnächtler. Daniel Spiess war sogar eine Weile bei uns, worüber ich mich gar nicht freute. Normalerweise duzen wir uns alle, doch mit ihm wollte ich nicht per Du sein. Wir sind uns dann aus dem Weg gegangen. Wahrscheinlich wechselte er deshalb zu einer anderen Clique.»

«Und Thaler?»

«Der ist oder war in einer Guggenmusik.»

«Es gibt über zehntausend Aktive. Sie wollen mir doch nicht weismachen, dass Sie jeden kennen.»

«Nicht jeden, aber einige. Thaler kenne ich, weil ich vor einigen Jahren einen Haftbefehl am Fasnachtsdienstag gegen ihn ausstellen musste. Es ging um Erpressung. Die Kollegen verhafteten ihn noch am gleichen Abend am Claraplatz.»

«Er ist seinem Metier treu geblieben.»

«Und René Reber?»

«Der faule René! Zuerst war er Tambour bei uns, dann spielte er in einer Guggenmusik, es fällt mir im Augenblick nicht ein bei welcher …»

«Das bringt uns alles auch nicht weiter.»

«Nur nicht so negativ, Ferrari. Ich versuche nur, Ihnen zu helfen. Im Gegensatz zu Ihnen.»

«Ja, ja, ich rufe Olivia noch heute an. Damit Sie endlich Ruhe geben.»

«Sehr gut! Dann werde ich jetzt Regierungsrat Schneider informieren, dass wir kurz vor dem Durchbruch stehen. Wenns dann halt länger dauert, wird mir schon ein Argument einfallen … Ah ja, noch eine Kleinigkeit. Franz Auf der Maur lässt Sie herzlich grüssen. Offenbar hat sich einer seiner Polizisten über jemanden beschwert. Über wen wollte er nicht sagen. Das sei vom Tisch, lässt er ausrichten. Und die Person, die es betreffe, solle nicht immer gleich ausrasten.»

«Der kann mich mal!», brummte der Kommissär.

«Daher weht der Wind, das dachte ich mir schon», schmunzelte Borer. «Nun gut, halten Sie mich auf dem Laufenden, Herrschaften.»

«Politiker!»

«Ein wahres Wort. Er wird Schneider einlullen. So haben wir immerhin unsere Ruhe.»

«Gibt es schon Neuigkeiten aus dem Tessin?»

«Leider nein. Reber ist nicht in seinem Nest aufgetaucht.»

«Mist!»

«Ich habe mich noch kurz über die Lebensversicherung informiert. Falls du keine hast, bist du ab sofort bei mir richtig. Ich weiss jetzt alles darüber. Es gibt jede Menge Varianten. Die Versicherung, die Reber für Ina abschloss, ist eine Risikoversicherung.»

«Schöner Name, wenn man bedenkt, dass Ina beinahe umgebracht wurde.»

«Sie wird beim Todesfall fällig oder bei Erreichen des vierundsechzigsten Geburtstags.»

«Was bei Ina noch etwas dauert. Gibt es Einschränkungen?»

«Ja, bei Selbstmord bezahlen sie nicht und bei Todesfall im Kriegsfall oder wenn jemand durch innere Unruhen, Demonstrationen et cetera ums Leben kommt. Das heisst nur dann nicht, wenn die Person aufseiten der Unruhestifter teilgenommen hat. War sie Opfer, bezahlen sie. In diesem Fall gilt Terror als Ausschlussgrund. Beim Einsatz von atomaren, chemischen oder biologischen Waffen verhält es sich gleich. Gehört der Versicherte zu den Angreifern, zahlt die Versicherung nicht. Einzelne setzen die Selbstmordklausel nach drei Jahren aus. Heikel wird es übrigens bei aktiver Sterbehilfe. Wenn jemand noch bei Verstand ist …»

«Dann bringt er sich nicht aktiv um.»

«Das würde ich so nicht sagen. Es kann durchaus sein, dass jemand aufgrund einer schweren Krankheit noch ein halbes Jahr zu leben hat und beschliesst, aktiv zu sterben. In solch einem Fall scheiden sich die Geister. Ist das nun Selbstmord oder nicht?»

«Und wenn der Begünstigte der Mörder ist?»

«Dann gibt es keinen Ausschluss. Mit exakt dieser Frage habe ich den Typen von der Versicherung ziemlich verwirrt. Seines Wissens sei das noch nie vorgekommen.»

«Reber wäre also Nutzniesser der Versicherung.»

«Genau. Was ihn ganz oben auf unsere Liste katapultiert. Zeig mir nochmals deine Zeichnung … Du hast Daniel Spiess ins Zentrum gestellt. Das trifft den Nagel auf den Kopf. Zuerst als Täter, dann als Opfer. Ich bin dafür, dass wir uns auf ihn konzentrieren.»

«Und wer ausser Lucky Luke kann uns mehr über Spiess erzählen?»

«Das werde ich Stephan fragen.»

Die Auswahl war beschränkt. Sehr sogar. Seine Eltern lebten nicht mehr, Geschwister hatte er nicht und andere Verwandte gab es keine. Wo Stephan auch ansetzte, stiess er auf Kopfschütteln.

«Ist er immer allein in den Osten gefahren? Es muss doch irgendwelche Spezis geben. Gleichgesinnte, die mit ihm Krieg spielten.»

«Wir wissen nicht einmal, wo er gewesen ist. Vermutlich in Polen oder in Bulgarien. Ich habe Interpol angefragt, aber das dauert ein wenig, Nadine.»

«Ein Schützenverein! Ein Waffennarr ist bestimmt Mitglied in einem solchen Verein.»

«Negativ, zumindest in der Schweiz oder im nahen Ausland.»

«Das ist nicht gerade viel.»

«Moment …» Stephan Moser checkte seine eingegangenen Mails. «Hier … ein kleiner Lichtblick. Ein Kollege erinnert sich an eine Margrith Gribi. Die erwähnte Spiess offenbar ab und zu.»

«Eine Freundin?»

«Keine Ahnung. Schauen wir nach.»

Stephan gab den Namen im Computer ein.

«Die existiert nicht.»

«Gib M. statt Margrith ein.»

«Ah! Da ist eine M. Gribi in der Hammerstrasse. Kann natürlich auch ein Mann sein. Ich drucke dir die Adresse aus.»

Die Frage, ob Tram oder Auto, stand nicht zur Debatte, denn Nadines Porsche parkte wieder an seinem gewohnten Platz. Unauffällig schlich Ferrari um den Wagen, konnte jedoch nichts Auffälliges entdecken. Wie es schien, waren keine Teile ausgewechselt worden. Hm. Seltsam. Womöglich war der Porsche doch nur im Service gewesen. Nadine fand auf Anhieb einen Parkplatz beim Musikpavillon der Claramatte.

«Na, zufrieden? Es war nur ein Service.»

Sie sieht alles. Wie Monika!

«Was sind denn das für schräge Vögel dort drüben?»

«Ein Rocker-Treff. Komm ja nicht auf die Idee,

dich mit denen anzulegen. Da ziehen wir den Kürzeren. Hörst du?»

Nadine ging langsam über die Strasse. Und prompt pfiffen ihr ein paar Typen anerkennend nach. Lächelnd zeigte sie der Gruppe den Stinkefinger, was ein lautes Gröhlen auslöste.

«Hör auf damit. Das sind mindestens zehn.»

«Du wirst es wohl mit diesen Freaks aufnehmen.»

«Super!»

Zum Glück sah es die Gang von der sportlichen Seite.

«So, hier sind wir.»

Nadine klingelte. Nach wenigen Sekunden wurde ihnen geöffnet. Eine kleine alte Frau erwartete sie im ersten Stock.

«Frau Gribi?»

«Ja, junger Mann. Sie können gleich mit der Arbeit beginnen.»

«Welcher Arbeit?»

«Na, mit dem Schalter im Wohnzimmer oder sind Sie gar nicht der Elektriker?», sie begutachtete misstrauisch den Kommissär, dann schaute sie zu Nadine.

«Entschuldigen Sie, da muss eine Verwechslung vorliegen. Wir sind von der Polizei.»

«Von der Polizei? Was habe ich mit der Polizei zu tun? Würden Sie mir bitte Ihren Ausweis zeigen?»

«Selbstverständlich.»

Umständlich kramte Ferrari seinen Ausweis aus der Jackentasche hervor. Die alte Dame kontrollierte ihn sehr genau, drehte ihn mehrmals um und fixierte dann den Kommissär.

«Sie kamen mir gleich so bekannt vor. Sie waren schon öfters im ‹7vor7›. Wie lustig. Und jetzt stehen Sie hier vor meiner Tür. Kommen Sie herein.» Die alte Dame schlurfte gebückt ins Wohnzimmer. «Viel kann ich Ihnen leider nicht anbieten. Ich habe sehr selten Besuch. Nur immer am Freitag kommt meine Freundin Clara zu Besuch. Einen Tee?»

«Vielen Dank. Sie sind sehr grosszügig. Wir wollen Sie nicht lange aufhalten.»

«Aufhalten? Sie halten mich nicht auf, junger Mann. Sie sind eine willkommene Abwechslung zu meinem Alltag. Wenn die jungen Männer da unten nicht wären, dann wäre es hier sehr trist. So ist wenigstens ab und zu etwas los hier.»

«Die Töff-Gang?»

«Ja, die tätowierten Jungs mit den Motorrädern. Einer wollte mich sogar mit auf eine Spritztour nehmen. ‹Jungchen›, habe ich ihm gesagt, ‹da müsste ich fünfzig Jahre jünger sein›.»

«Darf ich fragen, wie alt Sie sind?»

«Im Oktober werde ich neunzig.»

«Leben Sie hier ganz allein?»

«Seit dreissig Jahren. Die Wohnung ist eigentlich viel zu gross für mich, aber eine kleinere würde mehr kosten. Bis vor einigen Jahren habe ich noch Zimmer an Studenten vermietet. Das wurde mir dann zu viel, junge Frau.»

«Hilft Ihnen jemand im Haushalt?»

«Zwei Mal in der Woche kommt Elsi von der Spitex. Das schätze ich sehr. Jetzt bin ich aber gespannt, was Sie von mir wollen. Das heisst, ich kann es mir vorstellen. Sie sind wegen Daniel hier. Eine traurige Geschichte.»

«Können Sie uns sagen, in welcher Beziehung Sie zu unserem Kollegen Daniel Spiess standen?»

Nadine rollte mit den Augen. Ja, ja, schon gut, wenn ich formell werde, kommen eben solche Satzgebilde raus.

«Seine Mutter und ich waren gute Freundinnen. Nach ihrem Tod wurde ich so etwas wie seine Ersatzmutter oder eher Ersatzgrossmutter. Stimmt es, dass er zwei Menschen auf dem Gewissen hat?»

«Woher wissen Sie das?»

«Von einem seiner Kollegen. Ich möchte Ihnen aber nicht verraten, wie er heisst. Womöglich bekommt er dann Schwierigkeiten.»

«Es stimmt. Er erschoss zuerst seine Exfreundin Annik und dann Gärtner, seinen Chef.»

«Annik kannte ich gut. Der andere Name ist mir auch geläufig. Ich wusste aber gar nicht, dass dieser Gärtner sein Chef war. Hat Daniel denn nicht mehr bei der Polizei gearbeitet?»

«Doch, schon. Er beschützte Gärtner sozusagen im Nebenamt.»

«Schwarzarbeit! Das passt zu ihm. Was für eine schlimme Welt. Er schwärmte immer von diesem

Gärtner. Er hat ihn mir sogar einmal vorgestellt … Und trotzdem hat er ihn umgebracht», flüsterte sie. «Die Annik hat ihm gutgetan. Sie brachte ihn von seinen schlechten Gedanken ab.»

«Können Sie uns mehr über Daniel erzählen? Wie war es so als Mensch?»

«Ehrgeizig, zielstrebig, beinahe besessen. Seit seiner Kindheit wollte er Polizist werden. Ich sehe ihn noch vor mir, wie er mir stolz den Polizeiausweis und die Pistole zeigte. ‹Margi›, er sagte immer Margi zu mir, ‹jetzt habe ich es geschafft. Ich bin Polizist.› Aber er war kein guter Polizist.»

«Wie kommen Sie darauf?»

«Viel zu verbissen, junge Frau. Er sah in fast allen Menschen nur Verbrecher. Ganz besonders in den Jungs mit den Motorrädern. Sein Weltbild war sehr einfach, es gab für ihn nur Schwarz und Weiss. Als er Annik kennenlernte, kam endlich Farbe in sein Leben.»

«Doch die Beziehung hielt nicht.»

«Leider. Er kam einfach nicht aus diesem Fahrwasser heraus.»

«Wovon sprechen Sie?»

«Von den Waffen. Daniel sagte immer, er und seine Kumpane seien die Schattenarmee, die eines Tages ans Licht treten werde. Dieser Tag käme bald, nämlich dann, wenn das Gesindel mit normalen Methoden nicht mehr gebremst werden könne.»

«Wissen Sie, wo er sich mit seinen Kollegen traf?»

«Irgendwo im Osten, in einem dieser ehemaligen kommunistischen Länder. Daniel und sein Busenfreund fuhren regelmässig dorthin.»

Ferrari hielt den Atem an. Jetzt wirds spannend.

«Und wie heisst dieser Busenfreund?»

«Chicco oder so.»

«Chicco?»

«Das war auch so etwas Komisches. Sie benutzen Decknamen, weil sie noch im Versteckten agieren müssten, wie Daniel mir erklärte. Sein Name war Takis.»

«Gab es ausser Annik und Gärtner noch andere Personen, die Sie kennenlernten?»

«Nein. Annik war seine grosse Liebe, soweit Daniel überhaupt lieben konnte. Im Grunde liebte er nur sich selbst. Vielleicht mich noch ein wenig. Morgen ist die Beerdigung. Kommen Sie auch?»

«Selbstverständlich. Sollen wir Sie abholen?»

«Würden Sie das für mich tun, junge Frau?»

«Mit Vergnügen. Wann ist die Abdankung?»

«Um zwei auf dem Hörnli. Vermutlich werden nicht viele Leute kommen.»

«Wir holen Sie um Viertel nach eins ab.»

«Danke. Das werde ich Ihnen nie vergessen. Jetzt habe ich den letzten Menschen verloren, der mir etwas bedeutet hat. Es ist nicht schön, alt zu werden und alle Freunde zu überleben. Es bleibt nur noch die Einsamkeit.»

In diesem Moment klingelte es.

«Das wird der Elektriker sein. Würden Sie ihn bitte hereinlassen, junge Frau?»

Nadine öffnete die Tür und kam kurz darauf in Begleitung zweier Rocker zurück.

«Was wollt ihr denn hier?», fragte Margrith Gribi überrascht. «Darf ich vorstellen? Das sind Carl und Martin. Martin wollte mich einmal mit auf eine Tour nehmen.»

«Wir wollten nur schauen, obs dir gut geht, Margrith. Wollen die beiden dir etwas andrehen?», knurrte Martin.

«Nein, nein! Die zwei sind von der Polizei. Es geht um Daniel.»

«Ein Arschloch weniger auf der Welt», brummte Carl.

«Redet nicht so über Daniel. Ihr müsst mich morgen nicht aufs Hörnli bringen. Der Kommissär und die junge Frau holen mich ab.»

«Alles klar. Dann hauen wir wieder ab.»

«Nur nicht so schnell», schaltete sich Ferrari ein.

Carl musterte den Kommissär mit zusammengekniffenen Augen.

«Warum war Daniel Spiess ein Arschloch?»

«Der und sein Kumpel sind doch nicht ganz dicht. Dass dem jemand das Licht ausknipste, ist mehr als verständlich.»

«Und wieso?»

«Es gab da einmal Stress. Sein Kumpel parkte auf einem unserer Plätze.»

«Eure Plätze?»

«Ja, unsere Plätze. Auf den beiden Parkplätzen gegenüber von unserem Lokal stehen normalerweise unsere Maschinen drauf. Wie heute. An dem Tag war einer frei und so haben die zwei ihr Auto auf unseren Parkplatz gestellt.»

«Na ja, die Parkplätze stehen auf der Allmend.»

«Es sind unsere. Das wissen hier alle. Kurt ist also rüber und hat den beiden kurz die Lage erklärt. Die wollten sich nicht an die Spielregeln halten, sind einfach ausgestiegen.»

«An die von euch aufgestellten Spielregeln», präzisierte Nadine.

«Das ist unser Revier, Kleine.»

Oje! Jetzt gibts Ärger. Ferrari zog instinktiv den Kopf ein.

«Auch für euch gibts Regeln, du fettes Arschloch.»

Carl wollte sich auf Nadine stürzen, aber Martin hielt ihn zurück.

«Lass es! Die warten doch nur darauf, dass wir die Nerven verlieren. Dann kommen sie mit einem Einsatzkommando zurück und mischen uns auf.»

«Wie ging es aus?»

«Was meinst du?»

«Die Geschichte mit eurem Parkplatz.»

«Ach so. Wir wollten die Karre auf das Trottoir hieven, doch die beiden Irren zückten ihre Waffen. He! Es war voll krass. Wie in einem schlechten Krimi. Die bluffen, dachte ich. Denkste! Der eine schoss auf Kurt, knapp am Knie vorbei, und meinte, das nächste Mal würde es zwei Leichen geben.»

«Daraufhin seid ihr zur Polizei gegangen und habt Anzeige erstattet. Richtig?»

«Guter Scherz, Kleine. Nee! Wir sind zurück ins Lokal und haben auf die Mistkerle gewartet. Nach einer Stunde sind sie dann gekommen. Die waren gar nicht bei Mutter Gribi, sondern irgendwo anders.»

«Und dann habt ihr sie aufgemischt.»

«Nee», antwortete Carl und gab Martin ein Zeichen zu verschwinden. «Das haben wir schön gelassen. Die beiden beknackten Bullen hatten ein riesiges Waffenlager dabei. Vermutlich sogar Handgranaten.»

«Wie kommst du darauf, dass die zwei Polizisten waren?»

«Der eine sagte zum anderen: ‹Wie bei uns im Training. Nur können wir die echt wegwischen.› Voll bekloppt die beiden.»

«Wo ist eigentlich dein Kumpel hin?»

«Zurück ins Lokal.»

Nadine rannte zum Fenster.

«He! Was soll das? Was machen die mit meinem Porsche?»

«Macht dir nicht ins Hemd, Kleine. Wir wussten ja nicht, dass ihr auch Bullen seid. Du stehst nun mal auf unserem Parkplatz, da haben wir dich ein wenig eingekreist. Nimms easy. Wir stellen jetzt nur unsere Maschinen weg.»

«Ich warne dich! Wenn ich nur einen Kratzer finde,

reisse ich dir und den anderen Typen so was von den Arsch auf.»

«Nicht schlecht, die Kleine. Ist sie immer so?»

«Nur, wenn sie gut gelaunt ist … Können Sie den anderen Polizisten beschreiben?»

«Das ist über zwei Jahre her … Etwa im Alter von Spiess, etwas grösser und schlanker.»

«Das passt auf Tausende in Basel. Gehts ein wenig genauer? Bemüh dich ein wenig.»

«Nur nicht so giftig, Kleine. Ich kann mich nur noch an seine Pistolen erinnern. Richtig grosse Guns, zwei Wahnsinnsdinger mit einem langen Lauf. Nicht so eine kleine Waffe, wie du sie trägst. Die waren total bekloppt. Sorry, Mutti, um den Spiess ist es nicht schade. Der hat dir kein Glück gebracht.»

Margrith Gribi sass nickend in ihrem Ohrenfauteuil.

«Ich mach dann mal einen Abgang.»

«Danke für Ihre Unterstützung.»

Kommentarlos verliess Carl die Wohnung.

«Die sind nicht so schlecht, wie alle denken. Die Menschen haben so viele Vorurteile, Herr Kommissär.»

«Diesen Chicco, haben Sie ihn je gesehen?»

«Nie. Daniel sprach nur ab und zu von ihm, er war sein grosses Vorbild. In den letzten Monaten redete er jedoch nur immer von Annik und von diesem Gärtner. Das sei ein toller Hecht … Die arme Annik! Sie war so schön und intelligent. Das hätte Daniel nicht tun dürfen. Und nur weil sie ihn verlassen hat. Ich … ich … Herr Kommissär, entschuldigen Sie, wenn ich das sage, Daniel ist verrückt geworden. Er sah überall nur noch Feinde, Verbrecher, die eliminiert werden müssen. Sogar seine geliebte Fasnacht gab er auf. In seiner Clique seien nur Banausen, hirnlose, stupide Banausen. Manchmal hat er mir richtig Angst gemacht.»

«Ich würde Ihnen gerne einige Namen nennen. Es ist für uns wichtig, ob Daniel Spiess diese irgendwann erwähnte.»

«Nur zu. Das ist ja richtig spannend.»

«Jojo Nadig.»

«Sagt mir nichts.»

«Sven Thaler.»

«Der Name ist einmal gefallen, aber ich erinnere mich nicht mehr, in welchem Zusammenhang.»

«Sarah Linsenmann.»

«Nein. Die Namen der Kinder haben sich verändert. Wenn ich das so höre, Jojo. Das gab es früher nicht.»

«Darf ich fortfahren? Ina Reber.»

«Nein. Allerdings ist der Name Reber gefallen, nur nicht Ina.»

«René Reber?»

«Ja, genau. Mit dem hat Daniel Fasnacht gemacht. Das muss ein ziemlicher Weiberheld sein.»

«Sind Sie sicher, dass die beiden in der gleichen Clique waren?»

«Jetzt verunsichern Sie mich, Herr Kommissär. Vielleicht verwechsle ich da etwas.»

«Wissen Sie noch, was er über Sven Thaler sagte?»

«Warten Sie. Das ist alles ein bisschen viel …» Sie dachte ziemlich lange nach. «Der sei ein … mir fällt das Wort nicht ein …»

«Ein Erpresser?»

«Exakt, Frau Kupfer. Ein Erpresser. Er habe einen guten Freund von ihm erpresst, doch das sei nun erledigt. Ist dieser Thaler verheiratet?»

«Er war mit Jojo zusammen.»

«Daniel sagte in dem Gespräch wörtlich: ‹Wenn Thaler nicht einlenkt, werden wir uns an seine Frau halten.›»

«Wen meinte er mit wir?»

«Na, seinen Freund, diesen Chicco, und sich selbst.»

Der Kommissär und Nadine verabschiedeten sich von Margrith Gribi mit dem Versprechen, sie morgen pünktlich abzuholen.

Nadine ging um den Porsche herum.

«Scheint alles in Ordnung zu sein.»

«Dann lass uns einsteigen und wegfahren. Wer weiss, plötzlich kippt die Stimmung.»

Ferrari nickte mit dem Kopf in Richtung der Rocker, die rauchend vor ihrem Lokal standen.

«Du wirst mich doch beschützen, oder?»

«Ich habe weder Kanonen noch Handgranaten. Und meine Cruise-Missile habe ich zu Hause vergessen.»

«Kein Problem. Du machst sie einfach mit deinen Fäusten platt. Spass beiseite. Ich glaube, wir sind einen Schritt weiter. Dieser Polizist Chicco scheint noch im Geschäft zu sein.»

«Vermutlich ein Polizist, Nadine.»

«Mit Sicherheit. Was sagt uns das?»

«Chicco schlägt Jojo zusammen. Bloss weshalb?»

«Spiess und Chicco verdienen sich als Bodyguards etwas dazu. Sicher war Gärtner nicht der einzige Kunde. Chicco ist nun allein unterwegs, akquiriert neue Kunden und einer davon steht auf Thalers Erpresserliste.»

«Das ist jetzt aber weit hergeholt.»

«Hast du eine bessere Theorie?»

«Nein, nicht wirklich.»

«Chicco könnte auch einer aus Spiess' Fasnachtsclique sein.»

«Auch eine Möglichkeit. Stephans Leute sollen uns die Namen der Cliquenmitglieder besorgen, eine Liste mit allen Kollegen zusammenstellen, mit denen Spiess Dienst gemacht hat, und den schönen René auftreiben. Wir holen inzwischen den Schlüssel von Spiess' Keller. Vielleicht haben wir etwas übersehen.»

«Gute Idee.»

Nadine brach das Siegel beim Kellereingang auf, kritisch beobachtet von Jakob Ullmann, dem Nachbarn aus dem Parterre.

«Bitte sehr.»

Ferrari durchkämmte den Bunker. Nach einer halben Stunde setzte er sich resigniert auf einen der Barhocker.

«Es fehlen zwei oder drei Fotos.»

«Was meinst du, Nadine?»

«An der Wand. Dass mir das beim ersten Mal nicht aufgefallen ist.»

Der Kommissär musterte die Wand hinter dem grossen Kühlschrank. In Reih und Glied hingen mehrere Fotos von Spiess. Spiess in einem Steinbruch stehend, Spiess an einen Jeep gelehnt, Spiess in einem Kampfanzug, Spiess mit gezogener Waffe.

«Immer nur Spiess. Auf den Fotos ist keine zweite Person zu sehen.»

«Ausser auf den fehlenden Fotos», mutmasste Nadine.

«Und die zeigten Spiess zusammen mit Chicco», vollendete Ferrari Nadines Gedankengang.

«Mit Sicherheit.»

«Schauen wir uns nochmals in seiner Wohnung um.»

«Es wird nichts bringen, aber bitte.»

Nadines Prophezeiung war richtig. Eine Stunde später verliessen sie unverrichteter Dinge die Wohnung. Im Parterre erwartete sie bereits der Rentner.

«Sie sind die Polizei, Gott sei Dank! Ich dachte schon, es wären Einbrecher im Haus.»

Jakob Ullmann war sichtlich erleichtert.

«Von der Polizei», korrigierte Nadine.

«Wie lange muss ich warten, bis ich die Wohnung wieder vermieten kann?»

«Sind Sie der Hausbesitzer?»

«Ja, natürlich. Was glauben Sie denn?»

Na ja, man sieht es dir nicht an, Gartenzwerg. Du solltest dir ein Schild um den Hals hängen, dachte der Kommissär und schmunzelte.

«Dieses Haus und die zwei daneben gehören mir.»

«Sie müssen sich schon noch ein wenig gedulden. Sie hören von uns, sobald wir die Wohnung und den Bunker freigeben können.»

«Ein Keller, kein Bunker! Das tönt so militärisch. Ich hasse das Militär. Dieser Spiess, der hat den Keller zum Bunker umfunktioniert.»

«Sie hätten ihm ja kündigen können.»

«Damit er vollends durchdreht? Nein, danke. Er hat uns alle hier im Haus mit seiner Art eingeschüchtert. Polizist und total durch den Wind.»

«Wie äusserte sich das?»

«Es knallte immer wieder im Keller. So ein dumpfer, monotoner Ton. Der hat dort Schiessübungen veranstaltet. Mein Sohn meint, dass er mit einem Schalldämpfer auf Scheiben geschossen hat.»

«Hatte er oft Besuch?»

«Praktisch nie. Nur eine junge Frau kam ab und zu. Einige Male ein Berufskollege und vor einigen Wochen so ein geschniegelter Typ.»

«Trug der Kollege eine Uniform?»

«Nein, aber die taten so dienstlich. Er war etwa im

Alter von Spiess, vielleicht etwas grösser. Als er mich sah, drehte er sich ab. Sein Gesicht konnte ich deshalb nicht sehen. Auch nicht, als sie aus dem Keller zurückkamen.»

«Wie alt war der geschniegelte Typ?»

«Och, der war nicht mehr so jung. Etwa in Ihrem Alter, Herr Kommissär. Er trug eine Goldkette um den Hals und eine am Arm. So einer, der nicht alt werden kann.»

Nadine fuhr langsam an, schaltete dann in den ersten Gang zurück und gab Gas.

«Im dritten Gang kommt nicht einmal dein Porsche so richtig vom Fleck.»

«Ja, ja. Immer nörgeln. Typisch Männer!»

«Oh! Höre ich da eine leise Unzufriedenheit heraus? Wie läufts denn so mit deinem Yvo?»

«Bestens. Du kannst dir dein hämisches Grinsen sparen.»

So ist das. Zwischen Yvo und Nadine bahnt sich eine Krise an. Was findet sie bloss an meinem Schulfreund? Wie auch immer, ich werde demnächst mit Nadines Vater telefonieren und ihn auf den neusten Stand bringen.

«Untersteh dich!»

«Was ist denn jetzt schon wieder?»

«Wenn du Paps anrufst, mache ich dich fertig.»

«Hm.»

«Reber läuft wie ein Weihnachtsbaum mit Goldketten durch die Gegend. Was wollte er von Spiess?»

«Ein Gespräch unter Fasnächtlern.»

«Ausgerechnet bei Spiess im Bunker, der darauf bedacht war, niemanden hinter die Kulissen schauen zu lassen?»

«Stimmt, seltsam.»

«Aber die Beschreibung passt auf Reber», stellte Nadine fest.

Pah, von wegen nicht mehr so jung. Ferrari klappte die Sonnenblende hinunter und blickte in den kleinen Spiegel. Ich sehe überhaupt nicht wie vierundfünfzig aus. Man gibt mir höchstens fünfundvierzig. Quatsch! Höchstens vierzig. Er strich sich durchs Haar, das sich immer mehr lichtete. Das sind die väterlichen Gene, Vater hatte mit siebzig eine Glatze. Und ich muss sagen, die stand ihm gut. Bei meinem etwas rundlichen Gesicht wäre das wohl anders.

«Du kannst es ja mit einem Toupet versuchen. Du eitler Pfau!»

«Hm!»

«Big Georg ist im Hause», wurden sie von Staatsanwalt Borer im Waaghof begrüsst.

«Wo?»

«In seinem Ex … in seinem Büro.»

«Sie haben die Suspendierung aufgehoben?»

«Wo denken Sie hin. Er holt einige persönliche Sachen ab.»

«Was heisst das?»

«Nicht in diesem Ton, Ferrari, nicht in diesem Ton!»

«Ich will auf der Stelle wissen, was das bedeutet, Borer!»

«Was erlauben Sie sich! Reden Sie gefälligst nicht so mit mir.»

«Man hört euch auf der ganzen Etage. Schliesst wenigstens die Tür.»

«Lass die Tür auf, Nadine! Man kann ruhig hören, was ich zu sagen habe. Big Georg räumt anscheinend sein Büro.»

«Was?!»

«Auf Befehl von dem da!»

«Stimmt das?» Nadine fixierte den Staatsanwalt.

«Ich bin Ihnen zwar keine Rechenschaft schuldig, aber in der Tat, Georg Sonderegger ist heute vollkommen überraschend aufgetaucht, um seine persönlichen Sachen abzuholen.»

«Und das lassen Sie einfach so zu?»

«Auch wenn ich mich wiederhole, Ihr Ton gefällt mir überhaupt nicht, Ferrari. Ganz und gar nicht.»

«Ihre Art gefällt mir ebenfalls nicht, Herr Staatsanwalt. Ganz und gar nicht. Ist das die viel gepriesene Loyalität gegenüber Kollegen? Die abrupt aufhört, sobald man Flagge bekennen und sich mit ganzer Kraft für jemanden einsetzen muss?»

«Es war allein Georgs Entscheidung, die wir zu respektieren haben.»

«Wunderbar! Kein Rückgrat, dafür ein Fähnchen im Wind. Solche Leute brauchen wir in Basel, vor allem in führenden Positionen.»

«Schreien Sie …»

«In meinem Büro schreie ich, so lange und so oft ich will. Besser noch …», Ferrari stapfte auf Borer zu.

«Wagen Sie es nicht, mich anzufassen!», schrie Borer entsetzt.

«Raus aus meinem Büro! Blitzartig! Oder ich vergesse mich.»

Borer zwängte sich an Nadine vorbei. Auf der Höhe der Tür drehte er sich nochmals um.

«Sie sind mein Zeuge, Frau Kupfer! Der Kommissär hat mich bedroht. Das hat ein Nachspiel.»

Ferrari ging mit hoch rotem Kopf auf Borer zu, doch Nadine versperrte ihm den Weg.

«Lass es gut sein, Francesco! Das bringt nichts. Beruhige dich.»

«Wie kann ich mich beruhigen …»

«Verschwinden Sie endlich, Herr Staatsanwalt.»

«Das hat Folgen, das schwöre ich Ihnen, Ferrari.»

«Den holen wir auf andere Weise vom Sockel!», rief Nadine so laut, dass es Borer im Gang noch hören musste. Sie zwinkerte Ferrari dabei zu. «Du rufst Olivia und ich meinen Paps an. Dann ist seine politische Karriere futsch.»

Trotz seiner aufgewühlten Verfassung musste der Kommissär schmunzeln. Nadine legte ihm freundschaftlich den Arm um die Schulter und schloss die Tür mit dem Fuss.

«Komm schon. Der Gartenzwerg ist nicht so wichtig. Er plustert sich wieder einmal auf … He! Wohin gehst du?»

«Zu Georg. Vielleicht ist er noch da.»

Stephan Moser stand unbeholfen am Aktenschrank, während Big Georg an seinem Tisch sass und in einer Schachtel kramte.

«Gut, dass ihr kommt», flüsterte Stephan. «Er sitzt seit einer halben Stunde da und packt zusammen.»

«Hallo, Georg!»

«Ciao, Nadine, ciao, Francesco. Ihr wisst es bereits?»

«Du holst deine persönlichen Dinge ab.»

«Das spricht sich schnell herum.» Georg wühlte in seiner Kartonschachtel. «Viel ist es nicht, was ich hier mitnehme. Eine kleine Schachtel nach dreissig Jahren. Mehr nicht. Willst du nachkontrollieren, Stephan, ob ich keine Akten mitnehme?»

Stephan schüttelte den Kopf.

«Es wäre mir aber recht. Nicht dass es heisst, ich hätte Akten verschwinden lassen. Wenn schon ein Abgang, dann einer in Würde.»

«Das ist kein würdiger Abgang, Georg.»

«Nein, Francesco, das ist es nicht. In der Tat. Das ist es nicht, aber für alle besser.»

«Für uns nicht.»

«Danke, Nadine. Ich weiss, dass ihr zu mir steht und alles Menschenmögliche unternehmt, um die Morde aufzuklären. Spiess war nur ein Werkzeug, der wahre Mörder läuft noch frei herum.»

«Und von diesem Unbekannten lässt du dich unterkriegen?»

«Es ist nicht deswegen. Ich … ich schade dem Ansehen des Polizeikorps.»

«Blödsinn!»

«Das ist gut gemeint, Nadine. Danke. Doch einige Kollegen sehen das anders.»

«Es ist uns scheissegal, wer was wie sieht. Du bist unser Chef der Fahndung und wir brauchen dich hier und jetzt.»

«Ich … ich war bei unserem Kommandanten. Die Erleichterung stand ihm ins Gesicht geschrieben, als ich ihm mitteilte, dass ich den Schreibtisch räume. Machen wir uns doch nichts vor, Nadine, die da oben sind froh, wenn ich weg bin. Ein Risikofaktor weniger.»

Er wird sich nicht umstimmen lassen. Der Verlust seiner Frau, die Ermordung seiner Tochter, seine Kurzschlusshandlung, das alles ist zu viel für ihn. Sein Leben lang hatte er die Ehre der Polizei wie eine Fahne vor sich her getragen und nun selbst beschmutzt. Die Qualen der letzten Tage waren ihm anzusehen. Eigentlich kann es ihm niemand verdenken. Ich würde vielleicht an seiner Stelle genauso handeln. Er hat keine Nadine an seiner Seite, die ihn umstimmen würde. Keine Monika, die ihm im Guten wie im Schlechten beisteht. Georg schloss den kleinen Karton. Eine Bewegung, die etwas Endgültiges hatte. Unauffällig wischte sich Ferrari Tränen aus den

Augen. Das Leben ist manchmal hart. Sehr hart. Hinter ihnen öffnete sich die Tür, Staatsanwalt Borer trat räuspernd ein, ging forsch auf Big Georg zu und schnappte sich den kleinen Karton.

«Den nehme ich zu mir ins Büro, Georg. Du bleibst vorerst suspendiert. Sobald der Fall aufgeklärt ist, wirst du wieder in Amt und Würden eingesetzt. Wir können und wollen nicht auf dich verzichten, Georg.»

Big Georg erhob sich schwerfällig und drückte dem Staatsanwalt fest die Hand. So etwas wie Glück blitzte in seinen Augen auf.

«Danke, Jakob! Ich … ich weiss nicht, was …»

«Dann sag einfach gar nichts. Und halte nicht länger den Kommissär und seine Kollegin von der Arbeit ab.» Borer klemmte sich den Karton unter den Arm. «Und glauben Sie ja nicht, dass ich wegen Ihrer saufrechen Bemerkung so handle», zischte er Nadine beim Vorbeigehen zu.

Ferrari klopfte an die Bürotür des Staatsanwalts.

«Darf ich hereinkommen, Herr Staatsanwalt?»

«Bitte!»

Borer goss sein Pflanzenmeer.

«Was gibts?»

«Ich möchte mich bei Ihnen entschuldigen.»

Der Staatsanwalt drehte sich um und lächelte.

«Es geschehen noch Zeichen und Wunder. Dass ich das noch erleben darf. Sie entschuldigen sich bei mir!

Setzen Sie sich … Wir schiessen beide ab und zu übers Ziel hinaus, Ferrari.»

«Was ich gesagt habe … das war nicht in Ordnung.»

«Ich müsste Ihre Demut jetzt eigentlich geniessen. Aber … in einigem hatten Sie schon recht. Es ist … nun, wie soll ich das sagen, das mit der Loyalität … man vergisst oft sehr schnell. Damals, Sie wissen schon, was ich meine …»

Ferrari nickte. Borer sprach einen früheren Fall an, bei dem der Staatsanwalt eine Schlüsselrolle gespielt hatte.

«Damals ging es mir so wie Big Georg. Ich hatte das für einen kurzen Augenblick ausgeblendet. Sie haben mich daran erinnert, wenn auch etwas unsanft … Es wird mir schaden, doch die Entscheidung, die ich getroffen habe, ist richtig.»

«Was wird Ihnen schaden?»

«Dass ich mich mit dem Kommandanten anlege. Georg ist eine Hypothek, eine Zeitbombe. Ich gebe es offen zu, ich war erleichtert, als er zusammenpackte. Nur … es ist ihm gegenüber nicht fair.»

«Heisst das, unser Kommandant will ihn loswerden?»

«Korrekt. Er ist überzeugt, dass Georg der Polizei schadet. Ich erklärte ihm daraufhin, dass es einen gewaltigen Aufstand geben würde. Nun … ähm … ich habe ein wenig Druck aufgesetzt. Das wird er nicht vergessen.»

«Darf ich wissen, was Sie gegen ihn in der Hand haben?»

«Ich brachte Sie ins Spiel.»

«Mich?»

«Nun … ähm … ich sagte, dass sowohl Sie wie auch ich Georg bedingungslos unterstützen und dass wir damit an die Öffentlichkeit gehen und einen Skandal provozieren.»

«Genau das würden wir auch tun. Gut gemacht, Herr Staatsanwalt.»

«Das muss nicht sein.» Borer begann wieder, seine Pflanzen zu giessen. Diese Beschäftigung hatte offenbar eine beruhigende Wirkung auf ihn. «Na ja, damit erübrigt sich auch Ihr Gespräch mit Olivia. Sie wissen, unser Kommandant sitzt in der Parteileitung. Er wird niemals vergessen, dass ich ihm in den Rücken gefallen bin.»

«Das … es tut mir leid.»

«Schon gut, Ferrari. Wie gesagt, es ist richtig so.»

«Wenn Sie es wünschen … ich könnte trotzdem mit Olivia sprechen.»

«Das ist nicht mehr notwendig. Machen Sie, was Sie für richtig halten, und finden Sie endlich den Mörder von Spiess, der vielleicht ja alle drei Morde auf dem Gewissen hat, damit wieder Ruhe einkehrt.»

Der Kommissär verliess zerknirscht das Büro des Staatsanwalts. Ich habe ihn falsch eingeschätzt. Er opfert seine Karriere für Georg, das hätte ich nie für möglich gehalten. Chapeau! Ich werde mit Olivia, nein, noch besser mit Olivia, Iris und Anna ein gemeinsames Essen vereinbaren. Sie sollen ihn unterstützen, falls notwendig auch gegen den Willen der Partei. Wobei, mit der Unterstützung dieser drei mächtigen Frauen wird sich ein jeder hüten, Borer abzuschiessen.

Währenddessen goss der Staatsanwalt lächelnd die letzte Pflanze. Sie gedeihen gut, meine Lieblinge. Bald muss ich in ein grösseres Büro umziehen. Das war ein kluger Schachzug. Fast schon genial. Beim Kommandanten bin ich zwar unten durch, doch Ferrari steht nun in meiner Schuld. Und seien wir ehrlich, der Kommandant ist das kleinere Übel, ein kleiner Bauer im grossen Schachspiel der Politik. Mit dem werde ich schon fertig. Vor allem, wenn Olivia an meiner Seite steht. Vielleicht, ich darf gar nicht daran denken, auch noch Iris Weller und Anna von Grävenitz. Dafür wird Ferrari sorgen. Er fährt mit Sicherheit das ganz grosse Geschütz auf und dann ist mein Wahlkampf gesichert. Wenn ich als Nationalratskandidat scheitere, werde ich zuerst Regierungsrat. Genau. Aber vielleicht schaffe ich ja auf Anhieb den Sprung in die grosse Kammer. Mit den Beziehungen der drei einflussreichen Damen, mit ihrem Kapital bin ich praktisch schon Nationalrat. Und, wer weiss, eines Tages vielleicht sogar der nächste Basler Bundesrat! Anina Steiner, Borers Sekretärin, zuckte erschrocken zusammen, als sie aus dem Büro ihres Chefs einen gewaltigen Freudenschrei hörte.

Die Krise im Kommissariat schien vorerst überwunden zu sein oder vielmehr vertagt. Georg würde zu Hause vor sich hinbrüten, in einigen Tagen nicht mehr klar denken können, einen Antrag auf Frühpensionierung stellen und dem Kommandanten damit in die Hände spielen.

Ferrari wählte Olivia Vischers Nummer und kam nach kurzem Small Talk zur Sache. Die reiche Pharmaerbin liess sich nicht lange bitten, zumal sie ihrem Francesco ohnehin keine Bitte abschlagen könne. Sie versprach nicht nur, Ines und Anna mit ins Boot zu holen, sondern auch ihre beiden Schwestern zu fragen, die sowieso den ganzen Tag über nur auf der faulen Haut liegen und sich mit Süssigkeiten vollstopfen würden.

«So, erledigt», brummte Ferrari zufrieden.

«Was meinst du?», erkundigte sich Nadine, die eben das Büro betrat.

«Olivia.»

«Du hast sie wegen Borer angerufen?»

«Das war ich ihm schuldig. Sie will sogar ihre Schwestern mit in den Wahlkampf führen.»

«Damit ist er praktisch gewählt. Gut gemacht. Das wird den Wendehals im Pflanzenmeer freuen. Hoffentlich hält Georg durch, sonst geht das Theater bald wieder von vorne los. Wir müssen unbedingt diesen Chicco finden und den Fall endlich lösen.»

«Du hast recht. Vermutlich läuft der Kerl jeden Tag grüssend an uns vorbei und freut sich tierisch, dass er uns an der Nase herumführt.»

«Glaubst du echt, dass er einer von uns ist?»

«Spiess' Freundeskreis beschränkte sich voll und ganz auf die Polizei. Freunde ist zu viel gesagt, eher Bekanntenkreis.»

«Chicco war sein Vorbild. Wo ist die Liste von Stephan?»

Ferrari ackerte sie durch.

«Ich kenne nicht alle. Was meint Stephan dazu?»

«Die meisten auf der Liste halten Spiess für den grössten Spinner aller Zeiten. Die Cliquenliste kommt noch, aber das wird dauern, die alle aufzusuchen.»

«Mist, eine Sackgasse mehr. Wird Ina nach wie vor überwacht?»

«Rund um die Uhr.»

«Versuchen wir unser Glück nochmals bei Jojo.»

«Ich prophezeie uns einen Narrengang. Aber besser, als hier Trübsal zu blasen.»

Jojo wusste oder wollte noch immer nichts wissen. Sie blieb hartnäckig bei ihrer Geschichte vom Unbekannten, der es auf ihre Tasche abgesehen hatte.

«Kennst du Ina Reber?»

«Sozusagen meine Nachfolgerin im Bett von Burkhard.»

«Sie ist gestern angeschossen worden, und zwar mit dem gleichen Revolver, mit dem Annik Sonderegger, Burkhard Gärtner und Daniel Spiess umgebracht wurden.»

«Ist … ist sie tot?»

«Sie lebt. Aber nur, weil sie sich zur Seite warf. Es war ein Reflex. Ich könnte mir gut vorstellen, dass du die Nächste bist.»

«Du … nein, Nadine, ich kann nicht.»

«Was kannst du nicht?»

«Ich … ich habe Angst, Nadine. Es ist aus dem Ruder gelaufen.»

«Was?»

«Alles. Die Geschäfte von Sven. Es musste einmal so weit kommen.»

«Willst du uns nicht endlich sagen, was Sven zu verbergen hat?»

«Er … ich weiss es nicht.»

Nadine atmete tief durch.

«Jojo, du bist dir im Klaren, dass du mit deinem Leben spielst. Wenn du etwas weisst, dann rück damit heraus. Das alles sind doch keine Zufälle.»

«Sven … das Café ist nur Tarnung. Er lebt in Wirklichkeit voll und ganz von seinen Erpressungen.»

«Das überrascht uns nicht.»

«Bei Burkhard lief alles schief. Das heisst, Burkhard hätte sicher auch weiter bezahlt, aber dann ist dieser Spiess aufgetaucht.»

«Weil ihn Burkhard engagierte.»

«Sven sass total verstört am Tisch. Er sagte, jemand habe ihm vor zehn Minuten eine Kugel neben den Kopf geballert. Dieser Gärtner sei ein brutaler Typ. Das Geschäft müsse er sausen lassen, er werde aber eine neue Quelle auftreiben … Ich bin dann sofort zu

Burkhard gefahren, habe mich bei ihm entschuldigt und bat ihn, er solle bitte diesen Spiess zurückpfeifen. Er hat mich einfach rausgeworfen.»

«Dann hat Thaler Sarah erpresst.»

«Die zwei Mal bezahlte.»

«Dann tauchte Chicco auf.»

Unwillkürlich zuckte Jojo zusammen.

«Wer ist Chicco?», setzte Nadine nach.

«Keine Ahnung!»

«Du lügst!»

«Ich sage jetzt nichts mehr.»

«Du kennst diesen Chicco. Er hat dich so zugerichtet.»

«Lasst mich jetzt bitte in Ruhe.»

Nadine hielt Jojos Hand fest.

«Du bist in Gefahr, Jojo. Niemand kennt diesen Chicco. Er kann vollkommen unerkannt agieren. Wir wissen, dass es ein Kollege von uns ist. Mehr nicht. Du musst uns helfen.»

Jojo sah sie überrascht an.

«Ich sage nichts mehr, Nadine. Du brauchst nicht weiterzubohren. Es … die Nacht hat mir gereicht. Ich getraue mich nicht mehr auf die Strasse.»

«Dann hilf uns, damit wir den Kerl erwischen.»

«Er … frag Sarah … oder Sven. Ich … ich habe nur von ihm gehört. Er ist viel brutaler als dieser Spiess … Nadine, ich weiss nicht, wie er heisst. Bitte, lasst mich jetzt in Ruhe.»

«Chicco, Chicco und immer wieder Chicco! Er verfolgt uns wie ein böser Fluch. Wer zum Teufel steckt hinter diesem Namen?»

«Sicher nicht Lucky Luke, sonst wäre er der beste Schauspieler aller Zeiten.»

«Jojo lügt, sie kennt ihn.»

«Das glaube ich nicht, Francesco. Aber sie hat von ihm gehört. Wir sind nahe dran. Chicco ist unsere Schlüsselfigur. Mit ihm lösen wir unseren Fall. Ganz sicher.»

«Was sagt eigentlich unser Computer zu dem Namen?»

«Nicht viel. Vor Jahren gab es in Zürich einen Zuhälterboss im Kreis 4, der Chicco hiess. Falls er noch lebt, wäre er bereits im Pensionsalter. Sonst gibts keinerlei Hinweise auf diesen Namen.»

«Glaubst du, Sarah hat Spiess beauftragt, Sven Thaler einzuschüchtern?»

«Lena Gärtner und auch Georg haben ausgesagt, dass Burkhard Gärtner Angst hatte. Garantiert hat er Spiess auf Thaler angesetzt.»

«Und Sarah?»

«Die ist eine Spur härter, als sie uns glauben lässt. Sie will ihren Rachefeldzug zu Ende bringen. Das würde die Anschläge auf Ina und Jojo erklären.»

«Wir laden sie vor.»

«Vergiss es, Francesco. Die ist noch verstockter als Jojo. Wenn sie dahintersteckt, müssen wir sie im Glauben lassen, dass wir ihr nicht auf der Spur sind. Nur so kriegen wir sie.»

«Und unser Freund René? Steckt er hinter dem Mordversuch an seiner Frau? Hat er Spiess tatsächlich in seinem Bunker aufgesucht? Wenn ja, warum?»

Nadines Handy sang.

«Bligg!», kommentierte Ferrari, wie aus der Pistole geschossen.

«Wow! … Hallo, Stephan, ja … super! Wir kommen … Ciao … Du kannst ihm deine Fragen gleich selbst stellen, Francesco.»

«Wem?»

«René Reber. Er sitzt zu Hause und erwartet uns.»

Der schöne René war für einige Tage in Wien gewesen. Er klatschte ihnen die Hotelrechnung und ein Ticket der Wiener Symphoniker auf den Tisch.

«Was spionierst du mir hinterher, Francesco? Reicht es euch nicht, dass ihr Ina gegen mich aufhetzt?»

«Bist du geflogen oder mit dem Zug gefahren?»

«Weder noch. Ich musste abschalten. Das kann ich am besten, wenn ich mit meinem Ferrari über die Autobahn brettere.»

«Gut. Wir werden das überprüfen.»

«Von mir aus. Ganz Wien kann bezeugen, dass ich dort gewesen bin. Was soll der Quatsch?»

«Ina wurde angeschossen!»

«Ina … Ina … ist sie … ist sie tot?», stammelte Reber.

«Sie lebt und wird von uns rund um die Uhr bewacht.»

«Du … Francesco, du glaubst doch nicht, dass ich auf Ina geschossen habe?»

«Du warst ja zur Tatzeit in Wien.»

Blitzschnell packte René Reber den Kommissär am Kragen.

«Du … du glaubst also wirklich, dass ich auf meine Frau schiesse?»

«Nimm die Hände weg», zischte Ferrari.

Wie in Trance liess Reber vom Kommissär ab.

«Wo ist sie? Ich will sie besuchen.»

«Das geht jetzt nicht.»

«Ich will zu meiner Frau. Sofort!»

«Beruhigen Sie sich. Haben Sie niemanden in Wien besucht?»

«Einen Zahnarztkollegen. Wir haben vor Jahren zusammen ein Fortbildungsseminar besucht. Wir treffen uns so ein oder zwei Mal pro Jahr … Ich will zu Ina, Frau Kupfer!»

«Da müssen Sie sich noch etwas gedulden. Was wollten Sie von Daniel Spiess?»

«Woher wissen Sie das?»

«Das tut nichts zur Sache.»

«Ich … okay, ich wollte eine Waffe von ihm kaufen.»

«Wozu?»

«Für alle Fälle. Man ist sich ja in Basel nicht mehr seines Lebens sicher.»

«Und die Idee kam Ihnen urplötzlich? Einfach so? Oder besteht möglicherweise ein Zusammenhang mit Gärtner und Ihrer Frau?»

«Na schön. Ich wollte die Waffe kaufen, um Gärtner einzuschüchtern. Damit er seine dreckigen Pfoten von meiner Frau lässt.»

«Wo ist der Revolver jetzt?»

«Es kam nie zum Deal. Ich sollte ihn nach der Fasnacht bei ihm abholen. In der Zwischenzeit hat sich das Problem wie von selbst gelöst.»

«Wie meinen Sie das?»

«Sind Sie schwer von Begriff? Gärtner ist tot und mein Problem vom Tisch.»

«Aber Ina lebt noch!»

«Wenn du nicht sofort mit deinen dreckigen Anspielungen aufhörst, Francesco, vergesse ich mich.»

«Sind Sie mit einer Hausdurchsuchung einverstanden, Herr Reber?»

«Nur zu. Ich habe nichts dagegen. Wann kann ich Ina besuchen?»

«In einigen Tagen.»

«Unsere Ehe ist total kaputt und nur wegen meiner gottverdammten Eifersucht! Ich bekomms einfach nicht in den Griff … Wie konnte sich Ina nur mit diesem Gärtner einlassen? Das begreife ich nicht. Wenn sie nicht tot wäre, würde ich sagen, die Alte steckt dahinter. Aber über Tote soll man nicht lästern.»

«Welche Alte?»

«Inas Mutter! Die war vom ersten Augenblick an gegen unsere Beziehung und versuchte immer wieder, einen Keil zwischen uns zu treiben. An die

Hochzeit ist sie gar nicht erst gekommen. Das traf Ina schwer. Im letzten Jahr herrschte dann eine Art Waffenstillstand, was vermutlich auf ihre Krankheit zurückzuführen war.»

«An was ist sie gestorben?»

«An einem Hirntumor. Das ging ziemlich schnell, innerhalb von sechs Monaten war sie tot. Ein harter Schlag für Ina, ihre Mutter war nämlich die letzte Verwandte. Ihren Vater hat sie überhaupt nicht gekannt, er starb kurz nach ihrer Geburt. Geschwister gibt es auch keine. Und jetzt? … Was ist nur aus unserem Gelübde geworden? Ich habe Liebe, Achtung und Treue geschworen, in guten wie in schlechten Tagen, solange ich lebe … Rufen Sie mich bitte sofort an, Frau Kupfer, sobald ich Ina besuchen darf, und sagen Sie ihr, dass ich sie über alles liebe!»

Niedergeschlagen verliessen sie den schönen René. Immer, wenn wir glauben, einen Schritt vorwärtszukommen, krebsen wir in Tat und Wahrheit zwei zurück. Es ist zum Verzweifeln.

«Spricht so ein Mörder?», durchbrach Nadine das Schweigen.

«Nicht wirklich. Den können wir wohl von der Liste streichen. Bleibt nur noch das Phantom Chicco. Vielleicht ist ja dieser Zuhälter aus Zürich aufgetaucht.»

«Im Rollstuhl oder an Stöcken und gut geliftet, damit er wie ein Vierzigjähriger aussieht.»

«Hm. Einer kennt unser Phantom mit Sicherheit.»

«Sven Thaler!»

«Meine Rede.»

Der Caféinhaber stand am Fenster in seinem Büro und gestikulierte wild am Handy. Als er Nadine sah, legte er kommentarlos auf.

«Na, wieder eine kleine Erpressung am Laufen?»

«Ärger mit einem Lieferanten.»

«Das solls geben. Machen wir es kurz, wer ist Chicco?»

«Chicco? … Chicco? … Das sagt mir nichts. Können Sie mir einen kleinen Tipp geben?»

«Sicher doch. Chicco war der Partner von Daniel Spiess. Normalerweise läuft er in Wildwestmanier mit zwei Knarren im Halfter durch die Gegend, schlägt in der Nacht junge Frauen zusammen und ballert am Tag in einem Treppenhaus auf Exfreundinnen von Gärtner. Aber ich vermute, Sie können uns nicht weiterhelfen.»

«Bedaure.»

«Kein Problem. Er soll übrigens ein guter Freund von Sarah Linsenmann sein.»

«Interessant.»

«Es kommt noch besser. Wir fahren jetzt nämlich zu Sarah und streuen das Gerücht, dass Sie uns morgen im Kommissariat den Namen von Chicco nennen werden. Ist das interessant genug für Sie?»

Thaler legte langsam sein Handy auf den Tisch.

«Tun Sie, was Sie nicht lassen können.»

«Gut. Das wärs dann schon. Verriegeln Sie schön Ihre Bude, mein Bester. Ich habe aus sicherer Quelle erfahren, dass Chicco mindestens doppelt so brutal sei wie Spiess.»

«Was … was hat Sarah Linsenmann mit Chicco zu tun?»

«Sie hat Spiess und Chicco auf Sie angesetzt.»

Thaler fuhr sich nervös durch die Haare.

«Ich … ich denke darüber nach.»

«Was gibt es da lange zu überlegen?»

«Ich … ich kenne diesen Chicco nicht. Spiess erwähnte den Namen, aber gesehen habe ich ihn nicht.»

«Doch Sie haben Ihre Vermutungen, wer sich hinter dem Namen versteckt. Oder?»

«Es … ich bin mir nicht sicher. Ich melde mich. Wie gehts Jojo?»

«Sie fürchtet sich. Mit Ihren Erpresserspielchen haben Sie Ihre Freundin ganz schön in Gefahr gebracht.»

«Das weiss ich, Herr Kommissär. Nicht nur sie, auch mich.»

«Sagen Sie uns, wer Chicco ist, und Sie können wieder ruhig schlafen.»

«Da bin ich mir nicht so sicher … Wie gesagt, ich überlege es mir. Geben Sie mir Ihre Karte.»

«Warten Sie nicht zu lange, mein Lieber. Sonst treffen wir uns wahrscheinlich beim nächsten Mal auf dem Hörnli.»

«Soll ich dich nach Hause fahren?»

«Kein Date heute?»

«Yvo ist in Shanghai. Er baut dort ein Bürohochhaus.»

«Hoch hinaus schiesst er, dein Lover!»

«Sprich nicht so despektierlich von ihm.»

«Oh, Pardon! Du bist aber sehr empfindlich.»

«Weils dich erstens nichts angeht und zweitens kann ich deine Sprüche über den Altersunterschied nicht ausstehen. Monika ist einiges jünger als du und bei euch funktioniert es ja auch.»

«Das ist doch nicht das Gleiche. Du bist zwanzig Jahre jünger als Yvo.»

«Nicht mal rechnen kannst du. Was solls. Spielt das Alter wirklich eine Rolle?»

«Fahr nicht so schnell.»

«Ich fahre so schnell, wie ich will. Hör auf, mich zu bevormunden, und lenk nicht vom Thema ab. Was spricht gegen Yvo?»

«Er ist immer auf Reisen.»

«Aha, jetzt kommt diese Tour, die Einsamkeitsmasche. Ich könnte ja den Dienst quittieren und mit Yvo durch die Welt gondeln.»

«Grossartige Idee!»

«Eine Überlegung ist es allemal wert. Nadine Kupfer jettet an der Seite des Stararchitekten Yvo Liechti durch die ganze Welt. New York, Chicago, Mexiko-Stadt, Rio de Janeiro, Tokio, Hongkong, Sidney, Johannesburg, London, Paris, Berlin, Rom, Madrid,

Barcelona, Amsterdam, Prag, Moskau und so weiter und so fort. Verfolgt vom Blitzlichtgewitter der Fotografen, lächeln wir in den elegantesten Kleidern der Haute Couture von den Titelbildern der beliebtesten Illustrierten. Na, wie klingt das? Das ist doch was anderes, als den ganzen Tag lang mit einer mürrischen Schlafkappe kreuz und quer in Basel unterwegs zu sein.»

«Wie du meinst! Fahr rechts ran, ich nehme das Tram.»

«Zu spät. Wir sind schon da.»

Ferrari stemmte sich mühsam aus dem Porsche und schlug heftig die Tür zu. Wortlos ging er an Nadine und an Monika, die gerade den Briefkasten leerte, vorbei ins Haus.

«Er ist nicht besonders gut gelaunt.»

«Wenn du es nicht gesagt hättest, es wäre mir nicht aufgefallen. Hallo, Nadine.»

«Hallo, Monika. Ich bin schuld. Ich habe ihm gesagt, dass er im Vergleich mit Yvo ein brummliger Langweiler ist.»

«Oh, oh! Das mag mein geliebter Göttergatte gar nicht. Drinnen erwartet ihn eine weitere Überraschung.»

«Und die wäre?»

«Andreas sitzt vor dem Fernseher und stimmt sich auf einen Fernsehabend ein. Kommst du noch auf einen Kaffee mit rein?»

«Gern.»

«Eleonore kommt auch. Das stört dich doch nicht, oder?»

«Überhaupt nicht.»

Ich bin also ein dummer, fetter, mürrischer Miesepeter! Dann soll sie doch mit ihrem Yvo abrauschen, dem super Weltmann mit Format. Ich komme auch allein klar. Weiber! Was ist denn das? Jetzt hockt dieser Trottel schon wieder vor meiner Glotze!

«Hallo, Francesco!», begrüsste ihn Andreas freudig und stopfte sich eine Hand voll Chips in den Mund.

«Ciao, Andreas.»

«Willst du dich nicht zu mir setzen?»

So weit kommts noch. Grosszügigerweise darf ich es mir auf meiner eigenen Couch gemütlich machen. Nach so einem langen Tag habe ich das einfach nicht verdient! Alles, was ich mir wünsche, ist Ruhe, ein Glas Wein und ein gutes Gespräch mit Monika. Ist das zu viel verlangt? Puma kann diesen Idioten auch nicht ausstehen, sonst würde sie nicht auf einem Stuhl liegen. Widerwillig setzte sich der Kommissär in den Ohrenfauteuil – und schwupp lag die Katze auf seinem Schoss. Aus der Küche hörte man das Lachen der Frauen. Eleonore ist auch dabei. Die kann gleich mit den Kindern bei uns einziehen. Am besten mit Nadine und Yvo zusammen. Aber dem wäre unser Haus zu klein. Schliesslich leben wir ja in einem Palast auf dem Bruderholz wie Iris und Olivia, und nicht in einer Hundehütte wie Kommissär Ferrari.

«Ich habe mir heute einen Fernseher gekauft.»

«Läuft er nicht?»

«Doch, doch. Aber die Spezialprogramme sind noch nicht installiert.»

«Du meinst Swisscom TV.»

«Das ist nicht so wichtig. Ich darf ja sowieso nicht das schauen, was ich will. Seit der Fernseher da ist, blockieren ihn Eleonore und die Mädchen. So ist das halt. Das ist mein Leben.»

«Dein Leben ist ein Jammertal!»

«Du sagst es.»

«Jetzt habe ich genug!», platzte Ferrari der Kragen. «Wenn ich so einen wie dich den ganzen Tag in meiner Nähe hätte, würde ich aus dem Fenster springen.»

«Aber …»

«Nichts aber, du Volltrottel!»

«Francesco!»

«Es ist genug, Monika! Mehr als genug.»

Bei diesen Worten verzog sich Puma unter den Esszimmertisch. Sicher ist sicher.

«Und jetzt zu dir, Andreas. Es ist wahrlich an der Zeit, Klartext zu reden. Vor der Fasnacht dachte ich noch, dass Eleonore ein Hausdrache sei, der dir alles verbietet. Aber inzwischen weiss ich, dass du eine tolle Frau hast. Eine super Frau. Das Übel sitzt ganz woanders, nämlich direkt vor mir. Du bist ein depressiver Depp, der alles miesmacht, keinen Spass am Leben hat und allen auf den Keks geht. Du hockst hier Abend für Abend, starrst auf meinen Fernseher, frisst meine Chips und säufst meinen Wein. Doch du geniesst es nicht einmal. Im Gegenteil, du jammerst und nörgelst, was das Zeug hält. Dabei hast du allen Grund, glücklich zu sein. Du bist ein absoluter Ignorant. So, und jetzt pack deine Krücken und hau ab. Ich will den Rest des Abends geniessen, und zwar allein. Verstanden?»

Andreas rührte sich nicht, während Monika eilig ihre Freundinnen in die Küche zurückschob.

«Das ist Männersache!», flüsterte sie.

Wütend schaute sich der Kommissär die Partien des Cup-Viertelfinals an: FC Münsingen gegen den FC Basel, FC Zürich gegen die Grasshoppers und FC Sion gegen den FC Aarau. Ein Glück, dass sein geliebter FCB bereits in der siebten Minute durch Hamoudi in Führung ging. Es folgten Tore von Kakitani, Embolo, Delgado und wiederum Kakitani.

«Bin ich wirklich so schlimm?», klang es verzweifelt von der Couch.

«Schlimmer!»

«Wenn ich mich ändere, meinst du, dass es zwischen Eli und mir wieder so wie früher wird?»

«Warst du früher denn anders?»

«Ich glaube schon. Ich liebe sie.»

«Dann sag es ihr. Freu dich am Leben. Es ist zu kurz, um fortwährend Trübsal zu blasen.»

Nach der ersten Halbzeit, der FC Basel führte komfortabel mit 0 : 5, humpelte Andreas in die Küche. Minuten verstrichen, doch nichts passierte. Wo bleibt er denn nur? Die Pause ist gleich um. Egal, aber ein kühles Bier wäre jetzt genau das Richtige.

«Wo ist Andreas?», fragte Ferrari erstaunt, als er nur Monika und Nadine in der Küche vorfand.

«Er ist mit Eleonore heimgegangen. Das war aber nicht gerade nett von dir.»

«Nur die Wahrheit.»

«Bist du noch sauer auf mich?», fragte Nadine.

«Nein!»

«Wers glaubt. Und nur, weil ich rein hypothetisch darüber nachdachte, aufzuhören und mit Yvo durch die Welt zu ziehen.»

«Reisende soll man nicht aufhalten.»

«Du könntest ja auch sagen, ich solle hier bei dir in Basel bleiben. Schliesslich sei ich deine Partnerin. Wie wärs damit?»

«Ich habe mich an dich gewöhnt», nuschelte der Kommissär leise.

«Immerhin etwas!»

«Fass es als Kompliment auf, Nadine. Mehr geht nicht. Ich glaube, dass er mir vor zehn Jahren das letzte Mal gesagt hat, dass er mich liebt.»

«Das muss man nicht sagen, das muss man spüren.»

«Mein Philosoph!»

Monika zupfte ihn am Ohrläppchen.

«Lass das. Ich mag das nicht … Oh! Jetzt habe ich die Hälfte der zweiten Halbzeit verpasst.»

In der neunundfünfzigsten Minute hatte Kakitani auf Pass von Albian Ajeti sein drittes Tor erzielt. Die

Rot-Blauen waren nun so richtig in Spiellaune, doch auch die Gastgeber kamen zu Chancen. Und so erzielte Münsingen in der achtzigsten Minute den Ehrentreffer zum Schlussresultat von 1 : 6.

«Ist der Match fertig?», Eleonore trat zögernd ins Wohnzimmer.

«Ja, gerade eben. Wir haben deutlich gewonnen. Wie geht es Andreas? War ich zu grob?»

«Er ist eingeschlafen.» Im nächsten Augenblick warf sich Eleonore Ferrari an den Hals. «Danke, Francesco! Andreas hat sich bei mir für sein ewiges Gejammer entschuldigt. Er versprach mir hoch und heilig, sich zu bessern. Du hättest ihm die Augen geöffnet. Und weisst du was? Wir gehen morgen zusammen essen, nur wir zwei. Ist das nicht fantastisch? Also, gute Nacht, ihr Lieben.»

Und weg war sie. Manchmal kommt die Welt eben doch wieder ins Lot. Lächelnd öffnete der Kommissär einen roten Dezaley und füllte drei Gläser.

«Gibt es etwas zu feiern im Hause Ferrari?», erkundigte sich Monika.

«Und ob. Immerhin habe ich eine Familie zusammengeführt.»

«Wenn auch auf unkonventionelle Art.»

«Der Zweck heiligt die Mittel, zumindest in diesem speziellen Fall … Da wäre noch etwas. Ich liebe dich, Monika.» Er küsste seine Partnerin innig, die überrascht errötete. «Und ich will nicht, dass du mit Yvo durch die Welt ziehst, Nadine. Du bist und bleibst meine Partnerin, Yvo hin oder her.» Er küsste Nadine auf die Wangen. «So, und jetzt gehen wir. Komm, Puma, wir schauen uns die Zusammenfassung der anderen Cupspiele an», sprachs, griff nach der Flasche Dezaley und liess die staunenden Damen einfach sitzen.

11. Kapitel

Wieder beschäftigte sich Ferrari mit seiner Zeichnung. Er strich René Reber als potenziellen Mörder durch, verband aber Reber und Spiess mit einer Linie. Nach wie vor stand Spiess im Zentrum des Geschehens. Wer war Chicco? Spiess kannte ihn sehr gut. Der Kommissär zog eine Linie vom Unbekannten zu Spiess, Jojo, Ina und Thaler, wobei ihm Letzterer vermutlich nie begegnet war, und zum Schluss zu Sarah.

«Es wird immer undurchsichtiger.»

«Wenn ich deine Zeichnung genau betrachte, rückt langsam aber sicher Sarah in den Mittelpunkt.»

«Mit dem Unbekannten als willigem Werkzeug. Wer ist das nächste Opfer? Ina?»

«An die kommt er nicht so leicht heran. Wir haben die Bewachung verstärkt. Es sitzen jetzt immer zwei Mann vor ihrer Tür.»

«Bis die Kollegen anderweitig dringender gebraucht werden, Nadine.»

«Heute Nachmittag ist die Beerdigung von Spiess. Die Kollegen drücken sich. Sie meinen, er gehörte nicht mehr zu uns.»

«Wann hast du mit Margrith Gribi abgemacht?»

«Um Viertel nach eins.»

«Gut, dann haben wir ja noch etwas Zeit. Statten wir Ina nochmals einen Besuch ab. Ich hab so ein Gefühl.»

Ina Reber sass im Bett und las Zeitung.

«Du siehst gut aus.»

«Danke. Ich fühle mich auch schon viel besser.»

«Wir sollen dir einen Gruss von René ausrichten. Er hat ein Alibi, er war zur Tatzeit in Wien.»

Ina sah Ferrari lächelnd an.

«Ehrlich, das ist eine gute Nachricht. Ich habe gewusst, dass er nicht auf mich geschossen hat. Wenn das hier ausgestanden ist, werde ich mich mit ihm aussprechen. Ein Zurück gibt es zwar nicht mehr, aber vielleicht finden wir einen anderen Weg.»

«Liebst du ihn?»

«Eine schwierige Frage, Nadine. Ja, ich glaube schon. Wenn nur seine krankhafte Eifersucht nicht wäre.»

«Er möchte dich besuchen.»

«Sag ihm, dass ich mich freue. Nein, warte, besser ich rufe ihn später selbst an.»

«Jetzt, wo wir René von der Liste streichen mussten, ist die Frage nach dem Täter wieder offen. Wir befürchten, er könnte es nochmals versuchen. Aber keine Sorge, du wirst hier gut bewacht.»

«Immer könnt ihr mich nicht beschützen. In einigen Tagen werde ich entlassen. Was wird dann? Muss ich untertauchen?»

«Du musst uns helfen, den Mörder zu finden.»

«Liebend gern. Und wie?»

Ferrari rückte mit seinem Stuhl näher.

«Wir wissen nicht viel über dich. Nur dass du seit sechs Jahren mit René verheiratet bist, einen tollen Job als Werberin machst und dass sich Gärtner an dich herangemacht hat.»

«Er hat sich nicht an mich herangemacht, Francesco. Wir waren nur Freunde. Begreif das endlich.»

«Ich verstehe einfach nicht, warum Gärtner ausgerechnet bei dir nur eine Freundschaft suchte, im Gegensatz zu Jojo, Sarah und den anderen Frauen.»

«Vielleicht hat es ihm imponiert, dass ich auf sein Gesülze nicht eingegangen bin. Bei der ersten Präsentation flogen die Fetzen. Er nannte mich eine dumme Kuh und ich hielt mit ‹altem Esel› dagegen. Leon schlichtete, doch Burkhard schleuderte unser Konzept aus dem Fenster. Die zweite Präsentation verlief anders. Er sass nur da, warf ab und zu einige Gedanken ein. Ich muss zugeben, die waren wertvoll, weil er seinen Betrieb eben genau kannte, besser als Leon. Nach einer weiteren Präsentation lud er mich zum Essen ein, wohl aus Mitleid.»

«Wieso aus Mitleid?»

«Am Tag vor der zweiten Präsentation ist meine Mutter gestorben. Das war sehr schwierig für mich. Ich konnte mich kaum konzentrieren, wollte aber unbedingt meine Ideen selbst vertreten. Und da passierte es. Während der Sitzung hatte ich einen Aussetzer. Plötzlich wurde mir bewusst, dass ich jetzt allein dastehe. Diese Tatsache wog schwer, erdrückte mich beinahe. Ich rang nach Luft. Natürlich war da noch René, doch zu diesem Zeitpunkt kriselte es schon heftig bei uns. Als Gärtner eine Frage stellte, konnte ich nicht antworten. Ich brachte einfach keinen Ton heraus. Ziemlich arrogant meinte er, ich sei anscheinend nicht besonders an dem Auftrag interessiert. Zum Glück ist Lydia eingesprungen und erklärte, was mit mir los sei. Sie wusste als Einzige vom Tod meiner Mutter. Gärtner entschuldigte sich sofort, gab mir Zeit, mich zu sammeln, und verschob dann die Sitzung. Er und Leon sind sogar zur Beerdigung gekommen. Danach entwickelte sich eine wirklich gute Freundschaft zwischen uns.»

«Lebte deine Mutter in Basel?»

«In Liestal. Wir sahen uns mindestens zwei Mal in der Woche, gingen zusammen essen, ins Kino. Sie war meine beste Freundin, meine Vertraute. Sie fehlt mir sehr.» Ina begann zu weinen. «Ich … ich weiss nicht mehr, wer ich bin, wo ich stehe, wohin ich gehen soll. Was wird aus mir, Nadine?»

«Du bist doch eine gute Werberin, bist intelligent und siehst super aus. Die Männer werden sich um dich schlagen.»

«Darauf kann ich verzichten. Einer, der mich leben lässt, genügt mir schon.»

«Und bis der an die Tür klopft, kannst du bei Monika und mir wohnen. Platz ist genug.»

«Das ist lieb, Francesco. Ich nehme dein Angebot gern an. Vorübergehend. Bis ich auf eigenen Beinen stehen kann. Aber …»

«Nichts aber.»

«Was ist, wenn das eintrifft, was Nadine prophezeit? Wenn der Mörder bei dir zu Hause auftaucht?»

«Das Risiko müssen wir eingehen. Ich rede mit Monika, sie ist bestimmt meiner Meinung. Ist dir zum Anschlag noch etwas eingefallen? Wer kommt als Täter infrage?»

«Ich denke laufend darüber nach. Ich kenne niemanden, der so etwas tun würde.»

«Wie war dein Kontakt zu Sarah Linsenmann?»

«Gesehen habe ich sie nie. Aber die hat einen Vollknall! Zuerst hetzt sie René gegen mich auf und dann Burkhards Gorilla.»

«Hat dich Spiess bedroht?»

«Nur immer schief angeschaut, getraut hat er sich nicht. Aber ich bin nicht blöd, mir war klar, wer dahintersteckt. Sarah rief mich sogar im Büro an und warf mir Beleidigungen an den Kopf. Hure ist noch ziemlich das harmloseste Wort gewesen. Ich habe Burkhard klar gesagt, dass sie mich in Ruhe lassen soll. Das tägliche Eifersuchtsdrama zu Hause reiche mir voll und ganz.»

«Kennst du einen Chicco?»

«Chicco? Komischer Name. Nein, der sagt mir nichts. Wer ist das?»

«Der Busenfreund von Spiess.»

«Tut mir leid. Ich habe Spiess immer nur in Begleitung von Burkhard gesehen.»

Sarah Linsenmann rückte immer mehr ins Zentrum des Geschehens. Eifersüchtig, einnehmend, selbstgerecht und rücksichtslos! Eine gefährliche Kombination. Sie liebte Burkhard abgöttisch und wäre imstande gewesen, jeden aus dem Weg zu räumen, der ihr zur Gefahr würde.

«Ina beklagt sich bei Gärtner über Sarah. Spätestens jetzt realisiert er, dass sie eine Klette ist. Das kann er beim besten Willen nicht gebrauchen. Seine Freiheit will er unter keinen Umständen aufgeben.»

«Und als sie plötzlich mit Sack und Pack bei ihm einzieht, beendet er die Beziehung.»

«Genau. Er serviert sie ab, was die stolze Sarah nicht verkraftet. Immerhin hat sie noch Spiess, der total auf sie abfährt. Sie ist sogar ein ähnlicher Typ wie Ina und Annik. Er will ihr seine Liebe beweisen, legt Gärtner um und beichtet ihr seine Liebestat.»

«Doch anstatt sich ihm an den Hals zu werfen, erschiesst Sarah ihn mit seiner eigenen Waffe. Oder lässt ihn durch Chicco ermorden. Bei dieser Theorie waren wir schon mal.»

«Stimmt. Aber Spiess und Chicco gingen durch dick und dünn. Wie kriegte sie Chicco dazu, seinen besten Freund zu erschiessen?»

«Wenn wir diese Frage beantworten können, ist der Fall gelöst.»

«Es wird nicht einfach sein, Sarah zu überführen. Vor allem, weil wir ihren Komplizen, diesen Chicco, nicht kennen.»

Bis zum Mittag legten sie sich eine Strategie zurecht. Ferraris Blatt sah immer wilder aus und nur ein Insider konnte das Gewirr von Linien und Pfeilen entschlüsseln. Pünktlich um eins holte Monika die beiden ab. Schweigend fuhren sie zuerst zur Hammerstrasse, wo Margrith Gribi bereits auf sie wartete, und dann weiter zum Friedhof Hörnli.

«Eine Eskorte», brach Nadine die Stille und zeigte nach hinten.

Die Rockergang hatte sich ihnen angehängt.

«Die Jungs wollen auch dabei sein. Mir zu Liebe, Herr Kommissär. Daniel konnten sie nicht leiden.»

Es war eine unwürdige Abdankung. In der kleinsten Kapelle auf dem Hörnli sassen nur ein paar Trauergäste. Nadine, Monika und Margrith Gribi hatten zuvorderst Platz genommen, Ferrari eine Reihe dahinter, flankiert von Martin und Carl. Von den Kollegen waren nur ganz wenige anwesend. Während der nächsten halben Stunde leierte der Pfarrer lieblos seine Predigt herunter und las einen kurzen und sehr sachlich formulierten Lebenslauf vor. Schrecklich. Margrith Gribi hielt sich tapfer, drückte im Anschluss an die Feier allen, die Daniel Spiess das letzte Geleit gaben, lange die Hand und fand für jeden ein freundliches Wort. Dann brach der kleine Trauerzug langsam zu den Gräbern auf, Monika und Nadine nahmen die alte Frau in die Mitte. Wie gestern, dachte Ferrari, nur lief am Tag zuvor Big Georg zwischen den beiden Frauen. Annik Sonderegger und Daniel Spiess, zwei Menschen, die noch so viel vor sich hatten. Wer weiss, vielleicht hätte sich Spiess ja doch noch gebessert und wäre mit Annik bis ans Ende seiner Tage glücklich geworden. Wer weiss das schon. Der Kommissär beobachtete das Geschehen aus der Ferne, als Martin auf ihn zutrat.

«Hör zu, Bulle. Kurze Ansprache. Mutter Margi gehört zu uns, irgendwie begleitet sie uns seit einer Ewigkeit. Sie ist schwer in Ordnung. Nur ihr Daniel, der war ein grausames Arschloch. Dafür kann sie nichts. Also, ums kurz zu machen, die zwei da, deine Alte und deine Kollegin, ganz grosse Klasse.» Martin hielt Ferrari die Hand hin, der schmunzelnd einschlug. «Sollen wir Margi mitnehmen?»

«Danke, aber das ist nicht nötig. Wir bringen sie nach Hause.»

«Okay. Du kannst auf einen unserer Parkplätze fahren. Kommt, Jungs, machen wir die Fliege.»

«Was wollten die Typen von dir?», erkundigte sich Monika.

«Sie finden, dass ihr zwei ganz grosse Klasse seid und dass wir unser Auto auf ihren Parkplatz stellen dürfen.»

«Meine Jungs.» Margrith Gribi wischte sich eine Träne von der Wange. «Das … es war ein schwerer Gang, Herr Kommissär. Ein sehr schwerer. Es sind nicht viele von seinen Kollegen gekommen.»

«Es gibt halt viel zu tun.»

Sie lächelte.

«Sie sind ein guter Mensch, Herr Kommissär. Die Wahrheit ist eine andere. Leider. Sie konnten ihren Kollegen Daniel nicht ausstehen … Ist es zu viel verlangt, wenn ich Sie bitte, mich jetzt nach Hause zu fahren?»

«Das ist doch selbstverständlich.»

Wie angesagt, wurde der Parkplatz von einem der Gangmitglieder bewacht. Als er Mutter Margi erkannte, winkte er sie heran. Nicht schlecht, so ein Privatparkplatz mitten in der Stadt. Nadine half der alten Frau beim Aussteigen. Sie war für ihr Alter noch erstaunlich rüstig.

«Es würde mich freuen, wenn Sie noch einen Augenblick zu mir in die Wohnung kämen. Ich habe einen Kuchen gebacken.»

Ferrari, der gerade zu einer Ausrede ansetzen wollte, wurde von Monika und Nadine einfach mitgeschleppt. Widerstand war zwecklos.

«Du bleibst brav sitzen, solange Margrith will. Und schau ja nicht auf die Uhr», zischte ihm Monika leise zu. «Sie bemüht sich wahnsinnig. Schlag dir von mir aus den Bauch voll, aber sei friedlich.»

«Ja, ja, nur immer mit der Ruhe. Ich esse ein Stück Kuchen, plaudere locker drauf los und bleibe bis um Mitternacht sitzen. Am besten wir machen die Nacht zum Tag.»

«Wers glaubt!»

Nadine half der alten Dame beim Kaffeekochen und schnitt den Kuchen in gleich grosse Stücke. Mmh! Wie das duftete. Dem Kommissär lief das Wasser im Mund zusammen.

«Zuerst der Mann.» Margrith Gribi verteilte den Kuchen. «Das ist bei den jungen Frauen nicht mehr so, aber zu meiner Zeit war das ganz normal. Heute reden alle von Emanzipation. Doch Gleichberechtigung erreicht man nicht durch Worte, sondern durch gegenseitigen Respekt. Das ist das Wichtigste.»

«Vielen Dank für den Kuchen. Schmeckt köstlich.»

«Meine Rüblitorten fanden immer guten Anklang, ausser bei den Kindern. Die mögen Schokolade viel lieber.»

«Haben Sie auch Kinder?», hakte Ferrari nach, was ihm von Monika einen Tritt ans Schienbein eintrug.

Man wird ja noch fragen dürfen. Oder?

«Ja, Isabelle. Mein Ein und Alles. Nach dieser schweren Geburt konnte ich leider keine weiteren Kinder mehr bekommen.»

Sie nahm Ferraris Teller und legte ein weiteres Kuchenstück darauf.

«Danke. Ihr Kuchen ist super.»

«Freut mich … Es ist schlimm, wenn die Eltern ihr eigenes Kind überleben, Herr Ferrari.»

Dem Kommissär blieb das Kuchenstück wortwörtlich im Hals stecken. Was bin ich doch für ein Trampel! Wie konnte ich das nur fragen? Jetzt werden alte, schmerzvolle Erinnerungen wach. Genau am Tag, an dem sie ihren Ziehsohn zu Grabe getragen hat. Monika legte der alten Frau mitfühlend ihre Hand auf den Arm.

«Lass nur, Monika. Dein Mann gefällt mir, er erinnert mich an Paul. Der war auch immer so direkt.»

«Du meinst taktlos und beleidigend!»

«Das habe ich Paul auch immer vorgeworfen.»

Ein Lächeln umspielte ihre Lippen.

«Sie müssen … ich meine …»

«Francesco, Francesco! Genau so schaute Paul auch immer. Zuerst wie ein Elefant, dann wie eine kleine Maus. Lasst mich die Geschichte zu Ende erzählen. Isabelle ist an Herzversagen gestorben. Der Arzt nannte es Sekundentod. Sie musste Gott sei Dank nicht leiden … Noch einen Kaffee?»

«Gern!»

Monikas und Nadines Blicke sprachen Bände. Was solls? Ich bin, wie ich bin. Ein Elefant im Porzellanladen. Immer gerade hinaus, direkt und ehrlich.

«Hilfst du mir bitte, Nadine?»

«Natürlich, Margrith.» Beim Vorbeigehen klatschte sie dem Kommissär mit der offenen Handfläche an den Hinterkopf. «Damit dein Gehirn wieder in Gang kommt, Chef.»

Ferrari murmelte unverständlich vor sich hin und massierte sich das Genick. Die eine tritt mich unter dem Tisch, die andere schlägt mich mit der flachen Hand an den Kopf. Schöne Sitten sind das.

«Halt von jetzt an gefälligst den Mund!», flüsterte Monika.

Ferrari schlürfte nach links und nach rechts schielend seinen Kaffee. Gut, dann sage ich kein Wort mehr. Bitte, ihr wollt es ja nicht anders.

«Ich möchte mich bei euch bedanken, dass ihr heute an meiner Seite wart. Die Jungs sind schon in Ordnung, aber an einem Tag wie heute hat mir eure Unterstützung sehr geholfen. Es hätte mich für Daniel gefreut, wenn mehr Menschen zum Abschied gekommen wären, aber ich verstehe das. Seine Kollegen hatten einfach genug von ihm. Sicher sind sie froh, dass er tot ist. Dabei hatte er auch so viele guten Seiten … Wie konnte er nur seine geliebte Annik ermorden? Und danach diesen Gärtner? Der wäre bestimmt an Daniels Beerdigung gekommen. Ein feiner Mann ist das gewesen.»

«Entschuldige, wenn ich das so direkt sage, aber Daniel war krank. In seinem Wahn durfte niemand anderes Annik bekommen. Entweder er oder niemand. Die Ermordung von Burkhard Gärtner ist noch immer ein Rätsel.»

Margrith nickte und schaute dann Nadine irritiert an.

«Habe ich etwas Falsches gesagt, Margrith?»

«Überhaupt nicht, Nadine. Ich bin nicht mehr so rüstig wie noch vor zehn Jahren. Und das Gedächtnis spielt einem ab und zu einen Streich. Es geht schon wieder … Es ist sicher für alle ein Glück, dass Daniel tot ist. Wer weiss, was noch passiert wäre.»

Monika gab Ferrari ein Zeichen. Ja, ja, ich trinke schon aus und dann gehen wir. Hab verstanden.

«Es war etwas viel für mich, meine Lieben. Seid mir bitte nicht böse, aber ich muss mich hinlegen. Das war ein anstrengender Nachmittag.»

«Wir waschen noch ab und dann gehen wir.»

«Das müsst ihr doch nicht, Monika.»

«Wir bestehen darauf. Francesco leistet dir solange Gesellschaft.»

«Weisst du, Francesco, es fällt mir immer schwerer, solchen Diskussionen zu folgen. Vor allem, wenn ich mit jungen Leuten wie euch zusammensitze. Da muss ich mich wahnsinnig konzentrieren.»

«Die jungen Leute waschen draussen das Geschirr ab. Ich bin auch kein Jungspund mehr, Margrith.»

«Na, na. Zwischen uns liegen beinahe zwei Generationen. Vorhin wurde mir wieder einmal bewusst, dass mein Gedächtnis immer schlechter wird.»

«Das scheint mir nicht so. Wenn ich in deinem Alter noch so fit bin, kann ich von Glück reden!»

«Ich versuche mich schon geistig fit zu halten. Aber besonders Namen machen mir Mühe. Nadine sprach von Daniels Chef, diesem Gärtner.»

«Burkhard Gärtner.»

«Genau. Ich war mir sicher, dass er ein Löwe ist.»

«Ein Löwe?»

«Ich baue mir bei Namen immer eine Eselsbrücke. Bei Burkhard hätte ich den Begriff Burg genommen … Jetzt bin ich verwirrt … Der Mann, den er mir vorgestellt hat, war keine Burg, sondern ein Löwe.»

«Leon Gärtner?»

«Das ist der Name! Puh! Jetzt bin aber froh, ich bin doch noch nicht so vergreist.»

«Monika, Nadine! Kommt sofort her! … Würdest du bitte nochmals wiederholen, wie der Mann hiess, den dir Daniel vorgestellt hat, Margrith?»

«Leon … Leon Gärtner.»

Nadine liess sich mit offenem Mund auf den Stuhl fallen.

«Warum schaut ihr mich so entsetzt an? Habe ich etwas Falsches gesagt?»

«Wie alt war der Mann?»

«Etwa so alt wie Daniel. Er himmelte ihn richtig an, ihm hätte er sein Leben anvertraut. Dass er sein Chef war, wusste ich aber nicht. Das habe ich erst durch euch erfahren. So ein junger Mann und schon Chef. Das gabs zu unserer Zeit nicht.»

«Sein Chef war Leons Vater, Burkhard Gärtner. Den hat Daniel erschossen, nicht Leon.»

«Das ist traurig … Vermutlich ist Leon deshalb nicht zur Beerdigung gekommen. Dabei waren sie doch mal wirklich gute Freunde.»

Nadine und Ferrari tauschten Blicke. Es gab für

Leon einen anderen sehr guten Grund, die Abdankung zu meiden!

«Unglaublich! Leon Gärtner ist Chicco. Darauf wäre ich nie gekommen.»

«Und damit der Mörder von Daniel Spiess, Francesco.»

«Aber weshalb?»

«Das sollten wir ihn selbst fragen. Verhaften wir ihn.»

«Nicht so schnell, Nadine. Wir haben keine Beweise, absolut gar keine. Und das Puzzle geht nach wie vor nicht auf.»

«Inwiefern?»

«Der Tod von Annik lässt sich erklären, Daniel Spiess rastet aus und schlägt zu. Schon heikler wird es bei Burkhard Gärtner.»

«Leon hat es satt, dauernd von seinem Vater gegängelt zu werden. Er will ihn los sein und sich die Firma unter den Nagel reissen.»

«Reicht das für einen Mord am eigenen Vater? Schliesslich ist es ja nur eine Frage der Zeit, bis er die Firma übernimmt.»

«Stimmt, irgendwann wäre Leon der alleinige Chef geworden. Somit rückt wiederum Spiess in den Fokus. Er, der für Burkard Gärtner die Drecksarbeit verrichtet hat, wird von diesem abgeschoben, weil er ihn nicht mehr braucht. Der Mohr hat seine Schuldigkeit getan. Das lässt sich Spiess nicht gefallen. Er räumt

Annik und Gärtner senior ab, die beiden, die ihn verraten haben.»

«Diese Taten kann er vor seinem besten Freund nicht verschweigen. Wahrscheinlich prahlt er damit und redet sogar von Freundschaftsdienst, zumal Leon nun die alleinige Führung der Firma übernehmen wird.»

«Leon ist entsetzt. Er sieht, dass Spiess vollkommen aus dem Ruder läuft, sich absolut irrational verhält. Er sucht ihn in seinem Bunker auf. Ein Wort führt zum anderen. Spiess bedroht ihn mit der Waffe. Leon ist schneller und erschiesst ihn.»

«Na, also. Das wärs. Nur der Gedanke, dass Leon auf Notwehr plädiert, gefällt mir nicht.»

«Bleibt die Frage, was Leon mit dem Attentat auf Ina bezweckt hat?»

«Das … Mist! Keine Ahnung. Und jetzt?»

«Machen wir einen Umweg über Jojo und Thaler. Vielleicht knacken wir sie dieses Mal.»

Die zwei sassen wie ertappte Kinder in Ferraris Büro.

«Jojo, Herr Thaler, machen wirs kurz. Wir wissen, dass Leon Gärtner Chicco ist.»

«Gratuliere, Herr Kommissär. Dann können wir ja jetzt wieder gehen.»

«Nicht so schnell, Herr Thaler. Chicco war es auch, der Ihre Freundin in der Nacht überfallen hat.»

«Wenn Sie das sagen, wird es wohl so sein.»

«Jetzt fragen wir uns, warum?»

«Keine Ahnung! Wer sagt denn, dass es auch wirklich Leon Gärtner gewesen ist?»

«Schluss jetzt mit dem Theater, Sven! Ich getraue mich nicht mehr auf die Strasse, das muss ein Ende haben. Es stimmt, Herr Ferrari, es war Gärtner.»

Sven Thaler verzog das Gesicht zur Grimasse.

«Aus welchem Grund?»

«Wegen ihm, Nadine. Er kann den Hals nie vollkriegen.»

«Also, Herr Thaler, raus mit der Sprache.»

«Ein Deal?»

«Kein Deal. Aber wir sind nicht an Ihnen interessiert, nur an Leon Gärtner.»

«Echt? Okay … Ich konnte ja nicht wissen, dass dieser smarte Jüngling noch brutaler als Spiess ist.»

«Womit haben Sie ihn erpresst?»

«Am späten Abend bin ich zu Spiess gegangen, zu ihm nach Hause. Ich habe rausgefunden, wo er wohnt. Ich wollte auf Nummer sicher gehen, ihm nochmals klar sagen, dass wir Gärtner in Ruhe lassen. Nicht dass der Typ plötzlich noch glaubt, wir würden weitermachen, und uns abknallt. Das habe ich ihm voll zugetraut. Doch Spiess war nicht in seiner Wohnung. Als jemand das Haus verliess, bin ich rein. Ich wollte mich einfach ein wenig umsehen. Keine Ahnung, warum. Im Garten entdeckte ich diesen Schuppen. Je näher ich kam, desto deutlicher hörte ich Stimmen. Zwei Männer sprachen miteinander. Der eine sagte: ‹Spinnst du? Du solltest meinen Alten abknallen und nicht deine Ex.› Und der andere antwortete: ‹Besser konnte es doch gar nicht laufen. Niemand stellt eine Verbindung zwischen Annik und Burkhard her, weil es ja keine gibt. Die Kollegen werden fieberhaft danach suchen und scheitern. Also entspann dich.› Daraufhin bin ich wieder verschwunden. Mann, hatte ich Schiss! Als ich am anderen Morgen aus den Medien erfuhr, dass Burkhard Gärtner ermordet worden ist, musste ich nur noch eins und eins zusammenzählen.»

«Und mit Ihrem Wissen sind Sie dann nicht zur Polizei, sondern auf Erpressungstour gegangen. Warum zu Leon Gärtner und nicht zu Spiess?»

«Weil ich den für harmloser hielt, was ein grausamer Fehler war. Vordergründig ging Gärtner auf den Deal ein und kam am Samstagabend ins Café. Die Kohle hatte er nicht dabei, dafür eine Kanone. ‹Kennst du die Waffe? Die gehörte Spiess. Weisst du, was ich mit ihm gemacht habe? Willst du mich noch immer erpressen?› Dann ist er wieder gegangen.»

«Weshalb hat er Jojo zusammengeschlagen?»

«Weil Sven den grossen Max spielte. Gärtner hat das gemerkt und mir aufgelauert», antwortete Jojo.

«Sorry, Jojo. Ich dachte wirklich, der Wicht blufft. Am Morgen, nachdem er Jojo auseinandergenommen hat, ist er bei uns zu Hause aufgetaucht. Ich war natürlich stocksauer und bin auf ihn los. Der Kerl kann Karate oder irgend so eine scheiss Kampfsportart. Peng! Und schon lag ich am Boden.»

«Da wussten auch Sie, dass mit ihm nicht zu spassen ist.»

«Vor allem, nachdem er russisches Roulett mit mir gespielt hat. Mannomann. Das Geräusch, dieses Klick, werde ich mein ganzes Leben lang nicht mehr vergessen. Ich hatte Glück! Beim nächsten Mal würde er zwei Kugeln drin lassen, und nicht nur eine. Ein Vollpsychopath! Total krass.»

Ferrari trommelte unter Nadines strafenden Blicken mit seinem Kugelschreiber auf seinem Bürotisch herum, während Staatsanwalt Borer mit Sorgenfalten am Clubtisch sass.

«Das reicht nicht, Ferrari. Es gibt keine Beweise.»

«Jojo und Sven Thaler werden aussagen.»

«Aussage gegen Aussage! Wem glaubt der Richter wohl? Einem ehrenwerten Geschäftsmann, der soeben seinen Vater verloren hat, oder einer Bardame und einem Erpresser?»

«Na gut, dann machen Sie doch einen Vorschlag.»

«Nur nicht so gehässig, Ferrari. Ich kann nichts dafür, dass Ihre Beweislage dünn ist. Was heisst hier dünn? Dünn ist im Vergleich ja gerade noch dick. Gutes Wortspiel», lobte er sich.

Nadine wippte immer stärker auf Ferraris Stuhl. Sie wird ihn ruinieren. Mein Stuhl hat eine magische Anziehungskraft, alle setzen sich drauf, von Big Georg über Stephan bis zu Nadine. Dabei habe ich mir den hart erarbeitet. Es kriegt halt nicht jeder eine Sonderbehandlung und einen teuren Bürostuhl wie unser werter Herr Staatsanwalt.

«Wir warten noch etwas mit der Verhaftung von Leon Gärtner, Francesco.»

«Bis er abhaut?»

«Nein, bis wir stichhaltige Beweise vorlegen können.»

«Ganz meine Meinung, Frau Kupfer.»

«Und wie kommen wir an diese?»

«Indem wir Lena Gärtner in die Mangel nehmen.»

«Moment, Herrschaften! Das kommt überhaupt nicht infrage. Stellen Sie sich den Aufruhr vor, wenn Sie Frau Gärtner vorladen. Eine unbescholtene, angesehene Frau, in diversen karitativen Institutionen tätig, deren Mann vor Kurzem ermordet wurde. Und Sie wollen ein Geständnis aus ihr herauspressen? Nein, kommt nicht infrage!»

«Sie deckt aber ihren Sohn. Sie behauptet nämlich, am Fasnachtsdienstag mit ihm zusammen in der Zürcher Oper gewesen zu sein. Dabei hat Thaler Leon Gärtner und Daniel Spiess in dessen Bunker belauscht.»

«Belauscht ist nicht gesehen … Gut, stellen Sie sie zur Rede!»

Überrascht wirkte Lena Gärtner nicht, als sie ihnen die Tür öffnete. Sie lächelte, ein trauriges, flehendes Lächeln. Nadine und der Kommissär wussten sofort, dass sie auf der richtigen Fährte waren. Stumm sassen sie sich im Wohnzimmer gegenüber. Nach einigen unendlich langen Minuten brach Lena Gärtner das Schweigen.

«Was hätte ich tun sollen? Ihn an Sie ausliefern? Wie hätten Sie an meiner Stelle gehandelt, Herr Ferrari?»

«Ich … ich weiss es ehrlich gesagt nicht.»

«Wie sind Sie darauf gekommen?»

«Ein Zeuge hat am späten Dienstagabend ein Gespräch zwischen Ihrem Sohn und Daniel Spiess mitverfolgt.»

«Dabei wäre es beinahe aufgegangen. Wir hatten nämlich tatsächlich Karten für das Opernhaus in Zürich. Leon sagte mir allerdings kurzfristig ab.»

«Wann hat er es Ihnen erzählt?»

«Am Tag danach. Er kam am frühen Morgen vorbei. Ich wusste sofort, dass etwas Schreckliches passiert war. Ich sah es in seinen Augen. ‹Paps ist tot. Ich habe ihn ermordet, ermorden lassen. Du musst mir helfen, damit die Polizei keine Verbindung zwischen Spiess und mir herstellen kann. Wir waren gestern in der Oper, wenn jemand fragt›, bat er mich … Es war eine unsägliche Freundschaft zwischen ihm und Daniel Spiess. Ich habe ihn oft gebeten, er solle sich von ihm lösen. Spiess hat meinem Sohn Unglück gebracht. Doch letztendlich hat er sich selbst ins Unglück gestürzt. Und alles wegen Ina.»

«Das müssen Sie uns etwas genauer erklären.»

Sie schaute fragend zu den beiden hinüber.

«Wir wissen, dass Daniel Spiess seine ehemalige

Freundin Annik Sonderegger und Ihren Mann getötet und Ihr Sohn daraufhin seinen Freund ermordet hat, aber wir konnten bisher noch nicht herausfinden, warum er Ina ermorden wollte.»

«Weil Burkhard sich ein einziges Mal in seinem Leben vom Verstand und nicht von seinen sexuellen Interessen leiten liess.»

«Das verstehe ich nicht.»

«Es ist auch schwer zu begreifen, Herr Kommissär. Leon und ich dachten, es hätte ihn auf die alten Tage nochmals richtig erwischt. Er schwärmte nur noch von dieser Ina. Ina hier, Ina dort. Es war kaum zum Aushalten.»

«Ina bestreitet vehement, mit Ihrem Mann ein Verhältnis gehabt zu haben.»

«Ich bin mir sicher, dass sie die Wahrheit sagt. Darum ging es auch gar nicht. Vor einigen Wochen kam Leon am Boden zerstört zu mir. Anscheinend wollte Burkhard, dass Ina in unsere Firma einsteigt, als gleichberechtigte Direktorin. Zuerst hielt ich das Ganze für einen Scherz. Ich sprach Burkhard darauf an, seine Antwort war eindeutig. Ina habe das Zeug dazu. Er wollte sie allen Ernstes an Leons Seite stellen, um zu sehen, wer sich von den beiden durchsetzt. Sie sei damit einverstanden.»

«Und das haben Sie Leon erzählt?»

«Zuerst wollte ich es Burkhard ausreden. Aber ich kenne meinen Mann, die Entscheidung war längst gefallen. Und wie immer würde er sich durch nichts und niemanden davon abbringen lassen. So wurde Ina für Leon mit einem Schlag zur Konkurrentin beziehungsweise zur Bedrohung. Ich musste meinen Sohn vorwarnen, ihn auf das Gespräch mit Burkhard vorbereiten.»

«Hat diese Unterredung auch stattgefunden?»

«Ja, hier an diesem Tisch. Es war eine Abrechnung zwischen Vater und Sohn. Das schlimmste Gespräch, das ich in meinem Leben anhören musste. Denn letztendlich war es auch eine Abrechnung mit mir. Jahrelang habe ich geschwiegen und nicht die Kraft aufgebracht, mich von Burkhard zu trennen. Geschweige denn meine Rechte einzufordern, dann würden mir jetzt fünfzig Prozent der Firma gehören.»

«Wie endete das Gespräch?»

«Leon forderte seine Rechte ein und Burkhard konterte mit der Tatsache, dass ihm die Mehrheit an der Firma gehöre. Noch entscheide er. Wenn es Leon nicht passe, könne er ja seinen Posten zur Verfügung stellen. Ina werde einsteigen, das sei beschlossene Sache. Ende der Diskussion. Leon stand auf und verliess wortlos das Haus.»

«Aus diesem Grund liess er seinen Vater ermorden, Frau Gärtner?»

«Mein Sohn ist leider genauso verrückt wie dieser Spiess, sogar noch eine Spur verrückter, und sehr ehrgeizig. Doch in dieser Hinsicht wurde er von seinem noch um einiges ehrgeizigeren Vater gebremst. Burkhard duldete keine fähigen Personen an seiner Seite.

Er liess ihn nicht aufkommen, machte ihn oft in der Firma lächerlich. Immer wieder kam Leon zu mir und beklagte sich. Ich … ich konnte ihm nicht helfen. Es musste irgendwann so weit kommen. Warum er gerade in Ina eine geeignete Nachfolgerin sah, weiss ich nicht.»

«Vermutlich weil sie ihm widersprach. Er betrachtete sie als auf Augenhöhe, sie war ihm ebenbürtig.»

«Was Leon für ihn nie war … nie sein konnte … Am Dienstagmittag rief mich Leon an. Er war sehr aufgebracht, meinte, er habe es zu Ende gebracht. Ina, der böse Geist, sei tot. Niemand nehme ihm die Firma weg … Ich … ich wusste nicht, was ich sagen sollte … Was passiert jetzt, Nadine?»

«Wir müssen Leon verhaften. Er hat sich für seine Taten zu verantworten.»

Lena Gärtner lächelte traurig.

«Er war vor einer Stunde hier. Wir diskutierten alle Möglichkeiten durch. Ob er nach Polen fliehen soll, zu den anderen Verrückten, oder ob er sich stellen soll. Er hat sich für den dritten Weg entschieden, Herr Kommissär.»

«Welchen dritten Weg?», flüsterte Ferrari.

«Den Weg in die Freiheit. Er erwartet Sie zu Hause.»

Sofort informierte Nadine die Kollegen. Nach knapp einer halben Stunde rief Stephan Moser zurück und bestätigte die schlimmsten Befürchtungen. Leon Gärtner lag tot in seiner Wohnung. Er hatte sich mit der Pistole erschossen, mit der bereits drei Morde begangen worden waren.

«Ich … er liess es sich nicht ausreden. In dieser Beziehung war er genauso wie sein Vater, stur, stur und nochmals stur. Sie prallten immer wieder aufeinander. Glauben Sie ja nicht, dass das an mir spurlos vorbeiging. Ich habe in den letzten Jahren viel gelitten und gelernt, es zu verstecken. Hier ein Lächeln, da ein Lächeln, auch wenn es mir zum Heulen zumute war. Wie heute. Ich musste immer stark sein, sonst wäre ich schon längst untergegangen. Als Leon ging, wusste ich, dass es ein Abschied für immer war.»

Auf einmal sass ihnen eine uralte Frau gegenüber, in sich zusammengefallen, traurig und einsam. Nadine setzte sich zu ihr und nahm sie in den Arm.

«Leon ist kein schlechter Mensch gewesen, Nadine. Das musst du mir glauben. Er litt von klein an unter seinem dominanten und mental starken Vater. Leon wollte sich beweisen, ihn mit anderen Mitteln schlagen. Deshalb auch dieser verbissene Karate- und Waffenwahn. Jetzt … jetzt bin ich wirklich allein, Nadine.» Tränen liefen über ihre Wangen. «Aber es geht weiter. Ich kann ihnen nicht nachfolgen. Mir fehlen die Kraft, um mein Leben zu beenden, und der Mut.»

«Weiterleben ist mutig, Lena.»

«Das habe ich Leon auch gesagt. Ich bat ihn inständig, sich zu stellen. In zehn Jahren wäre er bestimmt wieder in Freiheit gewesen. Er lachte nur. Zehn Jahre! Da sei er längst im Gefängnis verrottet. Er nahm mich in den Arm, küsste mich und bat mich um Verzeihung. Dann ist er gegangen. Einfach so … ‹Du musst mich nicht um Verzeihung bitten, Leon. Du bist mein Sohn. Was auch immer passiert, ich bin für dich da. Ich liebe dich›, rief ich ihm nach. Ich hoffe, er hat meine Worte noch gehört …»

Ferrari ging in den Garten hinaus. Die frische Luft tat gut. Wie ich meinen Job in solchen Momenten hasse! Wieder einmal ist der Gerechtigkeit Genüge getan, doch auf welche Kosten? Zurück bleibt eine gebrochene alte Frau, die alles verloren hat. Hoffentlich hat sie nicht erst im Verlust den eigentlichen Wert des Verlorenen erkannt. Der Kommissär atmete tief durch, bevor er wieder ins Wohnzimmer trat.

«Dein Mann hat mit Ina nie über den Job in eurer Firma gesprochen», hörte er Nadine sagen.

«Ich verstehe dich nicht, Nadine?», entgegnete Lena Gärtner irritiert.

«Ich habe soeben mit Ina telefoniert. Sie weiss nichts von der Stelle bei Mapex. Vielleicht wollte Burkhard Gärtner mit ihr darüber sprechen, aber es ist nie so weit gekommen.»

Lena sah Nadine mit entsetzten Augen an.

«Nicht … nicht mit ihr … geredet? Nur … nur gesagt, dass es so sei? Es … es war einzig und allein eine Provokation von Burkhard?»

Die Stille im Raum war unerträglich.

«Hast du … gibt es jemanden, zu dem du heute Abend gehen könntest, Lena?»

«Nein, niemanden. Ich komme schon allein zurecht.»

«Würdest du … ich würde dich gern zu uns einladen. Zumindest für heute Nacht», bot ihr Ferrari an.

Lena lächelte und überlegte einen kurzen Augenblick, der sich wie eine Ewigkeit anfühlte.

«Ich nehme dein Angebot an, Francesco. Danke. Schon komisch. Als ich dich und Nadine zum ersten Mal sah, wusste ich sofort, dass ihr den Fall aufklären würdet. Es war nur eine Frage der Zeit. Diese Tage wollte ich mit Leon geniessen … Ich packe einige Dinge ein, dann können wir.»

Nadine reichte Ferrari ein Papiertaschentuch.

«Eine tapfere Frau.»

«Willst du ihr nicht nachgehen?», Ferraris Stimme klang besorgt.

«Sie wird sich nichts antun», beruhigte ihn Nadine und küsste ihn auf die Wange.

«Wofür ist der gewesen?»

«Weil du ein sehr grosses Herz hast.»

Lena und der Kommissär fuhren mit dem Taxi nach Birsfelden. Monika kümmerte sich rührend um ihren neuen Gast und kochte für alle ein himmlisches Nachtessen. Nikki übernachtete bei einer Freundin, was Ferrari gar nicht passte. Womöglich ist es gar keine Freundin, sondern der Bubi aus Davos mit den blonden Locken.

«Nikki ist zwanzig, falls du das vergessen hast. Daran wirst du dich gewöhnen müssen, Papi», stichelte Monika.

«Es sei denn, dass er Nikki einsperrt.»

«Das werden wir zu verhindern wissen, Nadine.»

Puma hatte in Lena eine neue Freundin gefunden. Sie schnurrte zufrieden, während sie ihr liebevoll übers Fell streichelte.

«Ich schulde euch noch eine Erklärung», begann Lena nach einer Weile. «Ich möchte es gern jetzt loswerden, wenn ihr nichts dagegen habt.» Sie schaute in die Runde und fuhr dann fort. «Mit dem Tod von Annik hatte Leon nichts zu tun. Im Gegenteil, er war über ihren Tod total aufgebracht. Spiess wollte offenbar mit seiner Vergangenheit abschliessen und dazu gehörte Annik. Leider. Vermutlich hatte er sich von ihr verraten gefühlt. So wie Leon von seinem Vater.»

«Aber weshalb hat Leon seinen Freund Spiess ermordet?»

«Weil Spiess auf den Geschmack gekommen war, wie Leon es ausdrückte. Er wollte alle aufmischen. Zuerst diesen Thaler, dann einen Chef der Basler Polizei …»

«Big Georg!»

«Und immer so weiter. Spiess liess sich nicht mehr bremsen, hatte sich total verrannt. Ein falsches Wort, eine Kleinigkeit, die ihm nicht passte, und man musste mit allem rechnen. Ich glaube, er war verrückt geworden. Leon erkannte die Gefahr und … erschoss ihn. Nun stand ihm nur noch Ina im Weg …»

«Zum Glück ist der Anschlag auf sie misslungen.»

Puma sprang von Lenas Schoss und verschwand im Garten.

«Ja, Gott sei Dank. Monika, ich möchte Ina besuchen. Würden du und Nadine mich begleiten?»

Ferrari verzog das Gesicht. Immerhin bin ich heute Abend einmal mehr der Quotenmann in dieser Runde.

«Entschuldige, Francesco. Selbstverständlich wäre es mir eine Ehre, wenn du auch mitkommen würdest.»

12. Kapitel

Am Freitagvormittag wurde Big Georg von seinen Mitarbeitern mit allen Ehren empfangen. «Herzlich willkommen zu Hause, Georg» stand auf einem grossen Plakat an der Bürotür. Nach einer langfädigen Ansprache ganz im Stil eines Politikers überreichte ihm Staatsanwalt Jakob Borer feierlich den Karton mit seinen privaten Utensilien.

«Danke, liebe Kollegen.» Georgs Stimme zitterte vor Rührung und seine Augen strahlten. «Es ist ein gutes Gefühl, wieder arbeiten zu dürfen, und ein grosses Glück, euch als Freunde zu haben.»

Ferrari wischte sich verstohlen über die Augen. Immerhin nahm diese Geschichte ein gutes Ende.

Gegen Mittag begleiteten sie Lena Gärtner ins Kantonsspital. Ina war mit dem Besuch einverstanden und wartete gespannt auf die Begegnung. Die beiden Frauen begrüssten sich zurückhaltend und betrachteten sich lange, ohne ein Wort zu sprechen. Monika und Nadine drängten den Kommissär aus dem Zimmer.

«Gerade jetzt, wo es spannend wird. Was die wohl miteinander besprechen?», murrte Ferrari.

«Sei nicht so neugierig.»

Nach einer halben Stunde kam Lena aus dem Zimmer. Auf der Höhe der Tür drehte sie sich nochmals um und winkte Ina zu.

«Sie hat viel Ähnlichkeit mit Burkhard. Nicht vom Aussehen her, aber von ihren Ansichten», wandte sich Lena an die Wartenden. «Ich glaube, Burkhard hat gespürt, dass sie eine würdige Nachfolgerin wäre. Eine bessere, als es Leon je sein konnte.» Lena hängte sich bei Ferrari unter. «Danke, dass ihr mich begleitet habt. Das war für mich ein schwerer Weg.» Sie lächelte. «Ich habe ihr angeboten, dass sie vorübergehend bei mir einziehen kann. So lange, bis sie sich über ihre Beziehung mit diesem Reber im Klaren ist.»

«Und?»

«Sobald sie entlassen wird, kommt sie zu mir.»

«Super!»

«Burkhard hat sie wirklich nicht gefragt, aber ich. Ich bot ihr an, unsere … meine Firma zu leiten.»

«Und?»

«Sie war überrascht … mehr als das. Es komme alles so unerwartet. Ob ich das wirklich wolle. Ich habe ihr gesagt, dass sie es sich in Ruhe überlegen soll … Sie wird die Firma übernehmen. Da bin ich mir ganz sicher.» Sie schaute Ferrari, Monika und Nadine mit Tränen in den Augen an. «Das Leben ist schon eigenartig. Gestern habe ich meinen Sohn verloren und heute habe ich eine Tochter gewonnen.»

Krimis im Friedrich Reinhardt Verlag

Anne Gold: **Tod auf der Fähre**

Kommissär Francesco Ferrari liebt Basel, seine Stadt. Sie ist beschaulich und friedlich. Zumindest meistens. Ein Anruf reisst ihn am frühen Morgen aus seinen Gedanken. Am Tatort wird Ferrari den Eindruck nicht los, das Gesicht der Leiche schon einmal gesehen zu haben. Mit Recht, der Tote ist ein berühmter Künstler aus der Basler Schickeria. Und ehe sich der Kommissär versieht, steckt er mitten in einem undurchsichtigen Sumpf von Korruption, Macht und bedingungsloser Liebe.

3. Auflage
209 Seiten, gebunden
mit Schutzumschlag
CHF/EUR 29.80
ISBN 978-3-7245-1433-6

Auch als Taschenbuch erhältlich
2. Auflage
CHF/EUR 14.80
ISBN 978-3-7245-1691-0

Anne Gold: **Spiel mit dem Tod**

Nach einer durchzechten Nacht will Kommissär Ferrari die ältere Dame, die überzeugt ist, dass ihr Ehemann einen Selbstmord plant, so rasch wie möglich loswerden: Er verspricht ihr, mit ihrem Gatten zu reden. Wie erwartet, löst sich die Selbstmordtheorie während des Gesprächs unter den Männern in Luft auf. Doch kurze Zeit später springt der Mann vom Dach seines Arbeitsortes. Ferrari ist entsetzt. Gegen den ausdrücklichen Befehl von Staatsanwalt Borer beginnen er und seine Assistentin Nadine Kupfer mit ersten Ermittlungen. Und schon bald weicht das schlechte Gewissen einem schrecklichen Verdacht …

2. Auflage
286 Seiten, gebunden
mit Schutzumschlag
CHF/EUR 29.80
ISBN 978-3-7245-1471-8

Auch als Taschenbuch erhältlich
CHF/EUR 14.80
ISBN 978-3-7245-1762-7

Anne Gold: **Requiem für einen Rockstar**

Im St. Jakob-Park wird ein berühmter Basler Rockstar ermordet aufgefunden. Kommissär Francesco Ferrari und seine Assistentin Nadine Kupfer versuchen den Mord aufzuklären und werden dabei mit tiefen menschlichen Abgründen und den harten Bandagen der Rockszene konfrontiert.

279 Seiten, gebunden
mit Schutzumschlag
CHF/EUR 29.80
ISBN 978-3-7245-1538-8

Auch als Taschenbuch erhältlich
CHF/EUR 14.80
ISBN 978-3-7245-1794-8

Anne Gold: **Und der Basilisk weinte**

Drei Messermorde innert kurzer Zeit. Das Ungewöhnliche an den Opfern ist, dass es nichts Auffälliges an ihnen gibt – zumindest nicht auf den ersten Blick. Eine Spur führt Kommissär Ferrari und seine Assistentin Nadine Kupfer in die dunkle Vergangenheit. Bald schon beginnt ein spannender Wettlauf mit der Zeit.

2. Auflage
316 Seiten, gebunden mit
Schutzumschlag
CHF/EUR 29.80
ISBN 978-3-7245-1610-1

Auch als Taschenbuch erhältlich
CHF/EUR 14.80
ISBN 978-3-7245-1882-2

eBook Die erfolgreiche Anne-Gold-Reihe ist jetzt auch als eBook erhältlich.

Anne Gold: **Helvetias Traum vom Glück**

Nadine kann es nicht glauben, die Bundesversammlung wählt einen rechtsradikalen Basler in den Bundesrat. Eine Katastrophe! Doch das Schicksal will es anders: Während des Empfangs in Basel wird der neue Bundesrat ermordet. Kommissär Francesco Ferrari und seine Assistentin Nadine Kupfer übernehmen den brisanten Fall und stellen fest, dass sich der Ermordete nicht nur bei seinen politischen Gegnern, sondern auch im Privatleben viele Feinde gemacht hat.

320 Seiten, gebunden mit Schutzumschlag
CHF/EUR 29.80
ISBN 978-3-7245-1680-4

Auch als Taschenbuch erhältlich
CHF/EUR 14.80
ISBN 978-3-7245-1994-2

Anne Gold: **Das Auge des Sehers**

Woche für Woche erzielt Arian Nostramo, der berühmte Hellseher von Basel, mit seiner TV-Sendung am Montagabend Rekordeinschaltquoten. Er polarisiert wie kein anderer. Während ihn die einen für den Wahrsager schlechthin halten, sehen seine Gegner in ihm den grössten Scharlatan auf Erden und Anführer einer gefährlichen Sekte. Eines Tages, mitten in der Livesendung, wird Nostramo von einem Anrufer bedroht. Kein Grund zur Sorge denkt Kommissär Francesco Ferrari, der kaum eine Folge auslässt. Doch weit gefehlt. Seine Assistentin Nadine Kupfer beordert ihn nur wenig später nach Riehen, wo Ferrari eines Besseren belehrt wird. Hat der Anrufer seine Drohung wirklich in die Tat umgesetzt? Ist es reiner Zufall oder handelt es sich gar um ein geschicktes Ablenkungsmanöver des Mörders? Kommissär Ferrari und seine Kollegin begeben sich auf eine dunkle Reise in die faszinierende Welt des Hellsehens.

368 Seiten, gebunden mit Schutzumschlag
CHF/EUR 29.80
ISBN 978-3-7245-1763-4

Auch als Taschenbuch erhältlich
CHF/EUR 14.80
ISBN 978-3-7245-2044-3

Anne Gold: **Das Schweigen der Tukane**

Im Kommissariat kursiert das Gerücht, dass ein Wachtmeister der Sitte ein Verhältnis mit einer Edelprostituierten hat. Nadine Kupfer bittet ihren Chef, Kommissär Francesco Ferrari, dem Kollegen ins Gewissen zu reden. Doch bevor er sich mit dem Wachtmeister unterhalten kann, wird eine stadtbekannte Persönlichkeit ermordet, und zwar in der Wohnung der Prostituierten. Der Fall scheint klar, die Meinungen sind schnell gemacht und im Kommissariat brodelt es mächtig. Während der Grossteil des Polizeikorps zum Wachtmeister hält, der von der Unschuld seiner Geliebten überzeugt ist, glaubt Nadine, dass er versucht, die Ermittlungen zu behindern. Die Fronten verhärten sich zusehends, bis der Konflikt eskaliert und sich eine Katastrophe abzeichnet.

352 Seiten, gebunden mit Schutzumschlag
CHF/EUR 29.80
ISBN 978-3-7245-1850-1

Anne Gold: **Die Tränen der Justitia**

Der Supergau ist eingetreten, die Enkelin von Staatsanwalt Jakob Borer wurde entführt! Ein Zufall oder verbirgt sich hinter dieser Wahnsinnstat die bittere Rache eines Verurteilten? Kommissär Francesco Ferrari und seine Kollegin Nadine Kupfer sind schockiert und zum Nichtstun verurteilt. Denn solange es sich um eine Entführung handelt, sind ihnen die Hände gebunden. Und die Vorstellung, dass es zu ihrem Fall werden könnte, wäre eine Tragödie. Systematisch gehen die beiden Borers Fälle der letzten Jahre durch. Dabei stossen sie auf zwei kürzlich entlassene Mörder, die dem Staatsanwalt im Gerichtssaal gedroht hatten. Am liebsten würde Ferrari die Verbrecher in die Mangel nehmen, wäre da nicht das Verbot des Staatsanwalts, sich in die laufende Ermittlung einer anderen Abteilung einzumischen …

320 Seiten, gebunden mit Schutzumschlag
CHF/EUR 29.80
ISBN 978-3-7245-1930-0

Anne Gold: **Wenn Marionetten einsam sterben**

Olivia Vischer, eine reiche Baslerin, ruft zum Sponsorenlauf und die ganze Stadt nimmt teil, auch der bekannte Anwalt Edgar Hasenböhler. Seit Jahren setzt er sich für die Rechte von Menschen ein, die keine Lobby haben. Kurz bevor Kommissär Francesco Ferrari seine Runden absolvieren kann, wird Hasenböhler tot in seiner Wohnung aufgefunden. Während der Ermittlungen stellen Ferrari und seine Kollegin Nadine Kupfer fest, dass Hasenböhler sich im Laufe der Jahre durch seine konsequente Haltung viele mächtige Feinde geschaffen hat. Feinde, die auch nicht vor einem brutalen Mord zurückschrecken.

320 Seiten, gebunden mit Schutzumschlag
CHF/EUR 29.80
ISBN 978-3-7245-2018-4